LA SUA TOMBA NASCOSTA

LIBRI DI LISA REGAN

In lingua italiana

Le ragazze svanite

La ragazza senza nome

La sua tomba nascosta

In lingua inglese

Detective Josie Quinn

Vanishing Girls

The Girl With No Name

Her Mother's Grave

Her Final Confession

The Bones She Buried

Her Silent Cry

Cold Heart Creek

Find Her Alive

Save Her Soul

Breathe Your Last

Hush Little Girl

Her Deadly Touch

The Drowning Girls

Watch Her Disappear

Local Girl Missing

The Innocent Wife

Close Her Eyes

My Child is Missing

LISA REGAN

LA SUA TOMBA NASCOSTA

Tradotto da
Alessandro Cataoli & Pietro Negri

bookouture

A mio fratello, Andrew Brock, per avermi dimostrato che si può sempre riscrivere la propria storia!

PROLOGO

Appiccò il fuoco nella stanza delle bambine. Le sue labbra si incurvarono in un ghigno mentre le fiamme ambrate lambivano le pareti e si diffondevano in tutta la stanza, distruggendo il mobilio perfettamente abbinato e la moquette da cui aveva passato infinite ore a strofinare macchie invisibili. Il baldacchino di tulle della culla, che ogni giorno sistemava minuziosamente, volò via con un sibilo che la riempì di soddisfazione. *Non svegliare le bambine. Non entrare finché non si sono svegliate. Non, non, non.* Questo le servirà da lezione.

L'aria diventava sempre più pesante e cominciava a bruciarle il naso e la gola, così uscì dalla stanza. Spirali di fumo nero e denso scivolarono intorno alla porta, coprendo il soffitto e inseguendola nel corridoio. Si coprì la bocca con l'avambraccio mentre correva. Presto le fiamme sarebbero divampate in tutta la casa, bruciando ogni oggetto di lusso che quella strega maligna e spocchiosa possedeva. Sarebbe stato stupendo.

Si precipitò al piano di sotto, fermandosi per avvicinare un fiammifero alle pesanti tende e alle mantovane che ornavano le finestre del soggiorno e della sala da pranzo, finché l'odore del fuoco che sentiva in gola non divenne insopportabile. Si diresse verso la cucina, con l'intenzione di uscire dalla porta sul retro prima di essere scoperta: non aveva più potuto mettere piede in casa dopo che l'avevano accusata di rubare.

Era a metà strada quando qualcosa nel salotto attrasse il suo sguardo e la fece fermare di colpo. Si sentì scuotere da un brivido di eccitazione. C'era qualcosa di ancora più distruttivo del fuoco; un modo per distruggere quella strega per sempre. Il ghigno si allargò ancora di più sul suo volto, mentre sfrecciava nella stanza con le mani tese.

UNO

GIORNI NOSTRI

Harris Quinn, sei mesi, ridacchiò dall'alto del suo seggiolone quando la scodellina di plastica con il purè di piselli finì con un tonfo sul pavimento della cucina, ricoprendo le scarpe da ginnastica di Josie con una poltiglia di un verde sbiadito.

Sorpresa, Josie guardò quel faccino coperto di pappa e si mise a ridere anche lei; era impossibile arrabbiarsi con lui. Prese un tovagliolo di carta da sopra il lavandino e si chinò per pulire il pavimento, borbottando «Errore da principiante.» rivolta a Harris, che sbatteva con gioia i palmi delle mani sul vassoio del seggiolone. Lanciare oggetti per terra e guardare Josie raccoglierli era il suo nuovo gioco preferito.

Gettato il mucchio di fazzoletti di carta nel bidone dell'immondizia, si voltò in tempo per vedere Harris premersi sugli occhi i pugnetti coperti di piselli. Poi guardò l'orologio sul microonde di Misty. «È ora di fare un sonnellino, ometto.» gli disse.

Si guardò intorno alla ricerca di eventuali tracce di cibo sul pavimento o sulle pareti della casa immacolata di Misty Derossi. Non era frequente che le chiedesse di occuparsi di suo figlio, ma ogni tanto la chiamava, se la nonna di Harris non poteva. Attendeva con piacere queste rare visite, perciò non voleva mettere a repentaglio il suo status di babysitter di fiducia lasciando la casa un disastro.

Preso un panno dal lavandino, pulì il viso e le mani di Harris che si contorceva e si lamentava in segno di protesta. «Ecco fatto.» annunciò slacciando le cinghie del seggiolone e sollevandolo, meravigliandosi di quanto fosse cresciuto in così poco tempo. Ricordava ancora la prima volta che lo aveva tenuto in braccio, stretto al petto, dopo averlo salvato dalle gelide correnti del fiume Susquehanna; non aveva che pochi giorni di vita, era minuscolo, fragile ed era fortunato a essere vivo. Ora era robusto e massiccio, i riccioli biondi diventavano ogni giorno più folti e cominciava a lasciar intravedere una vera e propria personalità.

Adesso che era più grande, si divertiva a farlo ridacchiare, a guardarlo spalmarsi la pappa sulle guance rosee, a pulirlo e poi ad addormentarsi con a lui sulla sedia a dondolo che aveva comprato per Misty. Era uno dei pochi pezzi di arredamento moderno presenti in casa, ed era decisamente estraneo al salotto, che sembrava uscito dalle pagine di *Victorian Homes*.

Harris appoggiò la testa sulla spalla di Josie, che ora si era sistemata sulla sedia e la faceva dondolare avanti e indietro dolcemente con i piedi.

Dalla custodia di stoffa che aveva accanto, Josie estrasse uno dei ciucci di Harris, che lo afferrò avidamente. Spostandolo un po' più in basso, in modo che le poggiasse la guancia sul petto, gli accarezzò i capelli finché lui non scivolò in un sonno profondo. Pensò che non ci fosse niente di simile a quella sensazione, mentre cominciava a sonnecchiare anche lei.

Il trillo del suo cellulare ruppe il silenzio, e gli occhi di Josie si aprirono di scatto, vigili e ansiosi. Il suono era ovattato e proveniva dall'altra parte della stanza, dalla sua giacca, che aveva appeso allo schienale del divano. Chiunque fosse, avrebbe richiamato se si trattava di un'urgenza.

Abbassando lo sguardo su Harris, fu sollevata nel vederlo dormire indisturbato, con il ciuccio che ciondolava dall'orlo del labbro inferiore, sul punto di cadere. Una chiazza di saliva si allargava sulla maglietta sotto la sua testa. Josie sorrise, accarezzandogli la schiena e facendo dondolare la sedia dolcemente. Il telefono smise di trillare e lei chiuse di nuovo gli occhi. Se si trattava di una vera emergenza, il tenente Noah Fraley e la detective Gretchen Palmer sapevano dove trovarla.

Era appena ripiombata in una tiepida sonnolenza quando il telefono squillò di nuovo. Stavolta Harris si scosse. Josie gli rinfilò il ciuccio in bocca il più velocemente possibile e lui succhiò forte per un attimo, prima di aggrottare le sopracciglia in vista di quello che si preannunciava come un pianto infelice; Josie trattenne il fiato in attesa, ma lui si rilassò e si lasciò sfuggire un piccolo sospiro. Maledisse silenziosamente il telefono, sapendo che non c'era modo di raggiungere la giacca senza svegliarlo. In ogni caso, un attimo dopo sentì la porta d'ingresso aprirsi e richiudersi, e la voce di Misty che annunciava: «Sono a casa!»

Harris si scosse di nuovo, sgranando gli occhi e premendo il viso sul petto di Josie, mentre la voce di Misty giungeva dal corridoio. «Josie? Sei in salotto?»

Harris sollevò la testa per individuare la madre, con gli occhi azzurri ancora annebbiati dal sonno. Misty apparve sulla soglia, e vedendolo un gran sorriso le illuminò il volto. Un lato della bocca le pendeva ancora, come se un dito invisibile la tirasse verso il basso, ma aveva riacquistato molte funzioni dall'aggressione a cui era scampata il giorno in cui era nato Harris. Battendo le mani, Misty attraversò la stanza e lo sollevò prendendolo da Josie, sussurrandogli qualcosa e lisciandogli i riccioli. «Ciao, piccolo» gli mormorò. «Hai fatto un bel riposino?»

Josie si stiracchiò, si aggiustò la maglietta e alzò lo sguardo verso Misty. «Com'è andata?»

Misty sorrise e indicò gli incisivi superiori. «Ho fatto l'impianto permanente. È una sensazione fantastica. Sono così contenta di aver finito.»

Quando era stata aggredita le si era rotto uno degli incisivi superiori e in ospedale le era stata applicata una corona provvisoria; c'erano voluti alcuni mesi per mettere da parte i soldi necessari a ripararlo definitivamente. Josie l'aveva aiutata ogni volta che aveva potuto, ma lei aveva usato tutti quei soldi per le necessità di Harris. Prima dell'arrivo del bambino, Misty si guadagnava da vivere ballando nello strip club locale, il che le aveva permesso di acquistare e arredare quella casa fastosa. Aveva usato i suoi risparmi per una inseminazione in vitro per rimanere incinta di Harris e aveva deciso che non sarebbe tornata a fare la spogliarellista una volta partorito; e ora anche se lo avesse voluto, le ferite riportate escludevano ogni possibilità di riprendere a esibirsi.

Josie si alzò e si avvicinò al divano, frugando nelle tasche per trovare il cellulare. «Sembra venuto bene.» disse a Misty.

Misty passò da un fianco all'altro Harris, che le appoggiò la testa sulla spalla, il ciuccio in bocca. «Ha mangiato?»

«Un po' di dolce alla frutta e del purè di piselli. Gli interessava di più vedere che effetto faceva sul pavimento.»

Misty rise. «Oh sì, è la novità del momento. Non c'è da preoccuparsi. Vedo se gli va il biberon.»

Josie controllò le chiamate perse: entrambe dallo stesso numero. Non lo riconosceva.

«Grazie ancora» disse Misty, anche se l'aveva già ringraziata una dozzina di volte prima di andare dal dentista. «Se Mrs. Quinn non fosse stata così malata, lo avrebbe guardato lei. Si è presa una specie di virus intestinale.»

Josie si infilò la giacca e si avvicinò a Harris per accarezzargli la schiena. «Non è un problema. Non vogliamo che si buschi qualcosa. Puoi chiamarmi quando vuoi. Finalmente stiamo ultimando le pratiche per il procuratore distrettuale sul nostro ultimo caso importante, quindi le cose vanno a rilento.»

«Lo spacciatore, giusto? Lloyd Todd?»

«Più che altro è un boss.» precisò Josie.

«È pazzesco pensare che gestisse un'organizzazione così grande.» osservò Misty.

Lloyd Todd era stato considerato un pilastro della comunità della piccola città di Denton. La sua impresa di appalti era una delle più attive e conosciute, ma, come Josie e la sua squadra avevano scoperto negli ultimi due mesi, era stata soprattutto una copertura per una grande operazione di traffico di droga. Todd aveva quasi due dozzine di giovani uomini e un paio di ragazze che lavoravano per lui come muli e spacciatori di basso livello. Aveva procurato circa l'ottanta per cento delle sostanze illegali della città a clienti che ne avevano bisogno. Josie non si era sorpresa che il numero di morti per overdose fosse diminuito drasticamente dopo il suo arresto. Naturalmente sarebbero aumentate di nuovo quando i clienti di Todd si fossero riforniti altrove.

«È stato un vero shock.» concordò Josie.

Misty la seguì attraverso il labirinto di stanze lussuose fino a raggiungere la porta d'ingresso. Una volta sulla veranda, Misty le chiese: «Vuoi fermarti a pranzo?»

Non era la prima volta che le chiedeva di restare ancora un po', ma mentre avrebbe passato volentieri più tempo con il bambino, non era sicura che la sua relazione con Misty fosse pronta per un pranzo tra donne. Avevano impiegato molto tempo per raggiungere un rapporto civile: quando diversi anni prima il matrimonio di Josie con il suo defunto marito, Ray Quinn, era andato in pezzi, lui aveva iniziato una relazione con Misty. Ray teneva molto a Misty e il suo ultimo desiderio era stato che Josie rispettasse la sua scelta. Era un impegno difficile, anche nei momenti migliori. C'era voluta l'aggressione a Misty e la nascita del figlio di Ray perché si avvicinassero. Tuttavia, Josie riconosceva di poter essere irritante, anche quando cercava di non esserlo, e temeva che la fragile intesa che aveva sviluppato con Misty si sarebbe rovinata se avessero trascorso più tempo insieme. «Devo lavorare.» mentì.

La bocca di Misty si afflosciò per la delusione e la parziale paralisi facciale accentuò ancora di più l'espressione.

Josie sentì una punta di colpa. «Magari la prossima volta.»

Lo sguardo di Misty cadde sulle assi di legno del pavimento. «Lo dici ogni volta. Ascolta, so che non siamo sempre andate d'accordo, ma voglio che tu sappia che io...»

Lo squillo del cellulare interruppe il discorso di Misty prima che iniziasse. Fissarono entrambe la tasca della giacca. Tirando fuori il telefono, Josie rivolse a Misty un sorriso imbarazzato e diede un'occhiata allo schermo. Era lo stesso numero di prima. Per evitare l'argomento della loro riconciliazione, Josie rispose rapidamente portandosi il telefono all'orecchio.

«Quinn.» disse.

Si sentì rispondere da una voce maschile. «Josie Quinn?»

«Sì. Chi parla?»

«Io... puoi chiamarmi Roger.»

«Posso "chiamarti" Roger? Chi è lei?»

All'altro capo silenzio. Poi: «Chiamo per l'annuncio. Hai presente? Su Craigslist.»

Sentì lo stomaco sprofondare. Alzò lo sguardo verso Misty, che la guardava perplessa. Josie scese dalla veranda, usò la mano libera per mimare di portarsi il ricevitore del telefono all'orecchio, sussurrando: «Chiama se ti serve qualcosa.»

Si allontanò e si affrettò verso la sua auto, riportando l'attenzione su Roger. «Il mio annuncio su Craigslist? Quale sarebbe?»

«Quale?» chiese Roger, e di nuovo Josie sentì una maggiore esitazione nella sua voce. «Tu non... questo è il numero giusto?»

«Mi ha chiamato lei, Roger.»

Ancora una pausa. Poi Roger disse: «Non sembra che tu abbia voglia di divertirti.»

«Farsi prendere in giro su Craigslist non è la mia idea di divertimento, Roger.»

Roger aveva riattaccato. Josie lanciò un'occhiata verso la casa di Misty, ma lei era rientrata con il bambino. Sospirando salì sulla sua Ford Escape e mise in moto. Aprì l'app per visualizzare il sito Craigslist di Denton. Ci vollero un paio di minuti per trovare l'annuncio. Questa volta era sotto la voce Incontri Occasionali. Era stato pubblicato tre ore prima. *Ragazza birichina cerca compagno di giochi – Donna in cerca di un uomo.*

Il terrore le bloccò il dito sullo schermo; non voleva leggerlo, non voleva sapere cosa c'era scritto, ma doveva dare un'occhiata. Meglio farlo ora, nell'intimità della sua auto, che alla centrale con il tenente e la detective che leggevano sopra le sue spalle. La prima volta che era successo, c'era voluto un quarto d'ora prima che il rossore sulle guance le passasse. Fece un respiro profondo, trattenne il fiato e premette il link all'annuncio.

Cerco divertimento eccitante. Trentenne calda in cerca di piacere pomeridiano. Una lingua così abile che non ti lascerà mai insoddisfatto. Sempre pulita, sempre discreta. Chiama per rimorchiare.

Sotto c'era il suo nome e il numero di cellulare.

Lasciò andare l'aria che aveva trattenuto e lanciò il telefono sul sedile del passeggero come se le avesse bruciato la mano. Un movimento dietro una delle finestre della casa di Misty attirò la sua attenzione. Probabilmente era lei che sbirciava da dietro la tenda, chiedendosi perché sostasse ancora sul marciapiede. Josie si allontanò e si diresse alla centrale. Era il suo giorno libero, ma questa cosa non poteva aspettare.

DUE

Le telefonate erano iniziate subito dopo l'arresto di Lloyd Todd, un mese prima. Seguivano sempre un annuncio su Craigslist che riportava il suo nome e il suo numero di cellulare, qualcuno talmente disgustoso ed esplicito che a stento era riuscita a leggerlo. Aveva cambiato numero già tre volte. Chiunque fosse a scrivere gli annunci ogni volta era riuscito a entrare in possesso del nuovo numero. Aveva cercato di capire in che modo, tanto che tutta la sua squadra era finita nel mirino dei sospetti, ma non era ancora riuscita a risalire al responsabile. Si era recata al negozio di cellulari, arrivando persino al punto di convocare i dipendenti per un interrogatorio, ma quella pista era caduta in fretta, perché non era stata in grado di provare che qualcuno di loro avesse diffuso il suo numero ogni volta che lo cambiava. Dopo l'ultimo annuncio aveva cambiato operatore, ma adesso era evidente che non era bastato.

Josie percorse la fitta trama delle vie del centro. La città si estendeva per circa venticinque miglia quadrate, molte delle quali sulle montagne selvagge della Pennsylvania centrale, con strade tortuose a una sola corsia, fitti boschi e case di campagna sparse in lungo e in largo. La popolazione superava i trentamila abitanti e aumentava quando l'università era aperta, causando tanti incidenti e reati da tenere occupati i cinquantacinque membri della squadra di Josie. Arrivò alla centrale in soli dieci minuti, lasciò l'auto al posto riservato al capo nel parcheggio municipale ed entrò dalla porta principale. Il sergente alla scrivania le fece un cenno di saluto.

«C'è il tenente Fraley?» gli chiese.

Lui indicò il soffitto. «Di sopra, sta finendo le pratiche sul caso Todd.»

«Ottimo.» rispose Josie.

Salì i gradini due alla volta e trovò Noah alla sua scrivania, che fissava lo schermo del computer, con una penna rosicchiata che gli pendeva dalla bocca e i folti capelli castani in disordine. Senza muovere la testa, i suoi occhi la seguirono. «Odio le scartoffie» borbottò sfilandosi la penna dalla bocca «Te l'ho mai detto?»

Josie si appollaiò sul bordo della scrivania. «Possibile.» rispose. Lui buttò la penna sulla scrivania, chiuse i programmi del computer per concentrarsi su di lei, e accigliandosi, le chiese: «Che succede?»

Lei prese il cellulare. «Ne è arrivato un altro.»

Josie guardò il telefono, poi si alzò, facendo cenno verso il suo ufficio dove avrebbero potuto parlare in privato. Noah si chiuse la porta alle spalle e quando Josie girò intorno alla scrivania e si sedette sulla sedia, lui aveva già tirato fuori il suo taccuino. Aprì l'annuncio sul telefono e glielo lesse ad alta voce, mentre la penna di Noah volava sulla pagina e il suo volto diventava sempre più serio; gli raccontò della telefonata di Roger e gli riferì il numero di telefono della chiamata.

«Lo segnalerò come contenuto proibito e invierò un altro mandato via fax agli uffici di Craigslist.» disse Noah.

Josie sospirò. «E questo non ci porterà da nessuna parte, proprio come le ultime tre volte.»

«Ma dobbiamo costruire un caso. Quando scopriremo chi è

il responsabile, dovremo avere tutto in ordine per poterlo arrestare.»

«Sappiamo chi c'è dietro: Lloyd Todd e la sua schiera di farabutti.»

«Bene, allora dobbiamo essere pronti a mettere in galera quelle canaglie.»

«Come abbiamo fatto quando hanno tagliato le gomme delle auto nel parcheggio della polizia? O quando hanno tirato uova alle finestre del piano di sotto? Sono arrabbiati perché abbiamo arrestato il loro capo e gli abbiamo tolto la droga, e ora sono tutti disoccupati e in astinenza. Si stanno sfogando.»

«Direttamente su di te.» precisò Noah.

«Perché sono io a dover andare in televisione ogni volta che succede qualcosa di importante o di grave in questa città.»

«Esatto» risponde Noah, sorridendo. «So che è la tua passione.» Lei lo fissò.

«Dovresti assumere un addetto stampa.» le suggerì.

Josie roteò gli occhi. «Non possiamo permettercelo. Ma fai togliere l'annuncio di oggi, ti dispiace?»

«Va bene, ma ti mando anche un mandato via fax.»

«Così da trovare indirizzi e-mail e IP fittizi che non ci aiuteranno a capire chi sta facendo tutto questo? Sapere che questa persona ha pubblicato gli annunci da un indirizzo IP da qualche parte a Denton non restringe molto il campo. Chi avrebbe mai detto che questi imbecilli fossero così esperti di tecnologia?»

«L'ultima volta abbiamo ristretto il campo allo Starbucks vicino all'università.» osservò Noah.

«Sì» ammise Josie. «Qualcuno che si era connesso al loro wifi. Ma non abbiamo idea se fosse all'interno del caffè o in macchina o dall'altra parte della strada. Non c'è stato modo di capire dalle riprese video se si trattasse di uno dei clienti, perché là dentro tutti quanti stanno al computer o al telefono.»

«Vale comunque la pena di indagare» affermò Noah.

«Potremmo avere fortuna. La cosa si fa seria. Credo che questi annunci su Craigslist vadano oltre lo scherzo, Boss.»

«Noah...»

Lui la fissò e lei capì a cosa stava pensando. «Non dirlo nemmeno.» disse lei.

«Boss, lascia che ti metta sotto sorveglianza. Solo fino a quando non avremo preso questi teppisti.»

«Non mi serve una scorta» dichiarò Josie. «Non per una cosa del genere. È uno scherzo da liceali.»

«Ci sono uomini che ti chiamano per fare sesso.»

«Uomini che mi credono una persona che non sono. Fidati, non mi preoccupo di tipi come quel Roger. Quello non reggerebbe nemmeno una telefonata con me. Dubito che cercherà di rintracciarmi.»

«Non è Roger che mi preoccupa» disse Noah. I suoi occhi la fissarono. «Mi preoccupa quel farabutto che ha messo gli annunci. Sei sicura che sia collegato a Lloyd Todd?»

«Beh, come capo della polizia ho fatto arrestare parecchia gente. Potrebbe essere uno chiunque, ma tutto è iniziato in seguito all'arresto di Todd, dopo che ho tenuto perlomeno tre conferenze stampa. Se i suoi scagnozzi cercano qualcuno su cui scaricare la rabbia, io sono la persona giusta. Ma credimi, è una seccatura da nulla. Non siamo certo al punto di mettermi sotto sorveglianza.»

Noah stava per aggiungere qualcosa, ma Josie lo fermò alzando una mano. «Non sto escludendo la possibilità della scorta, anche se sono perfettamente in grado di badare a me stessa. Ma non ora, va bene? Ora devo tornare al negozio di cellulari e farmi cambiare il numero. Di nuovo.»

Ormai Noah la conosceva abbastanza bene da non insistere. «Bene» annunciò. «Mi metterò al lavoro. Scrivimi dal nuovo numero.»

TRE

Lo Spur Mobile era completamente vuoto, cosa per la quale Josie ringraziò il cielo. Se c'era qualcosa di più fastidioso delle chiamate di uomini in cerca di incontri sessuali, era aspettare in fila per farsi cambiare il numero di telefono. Il giovane commesso, che se ne stava dietro al bancone con aria indifferente, si sfilò le cuffie vedendola avvicinarsi.

Non le fece molte domande, nemmeno quando consultò il suo account e vide quante volte aveva cambiato numero nell'ultimo mese. Mezz'ora più tardi era tutto sistemato. Una volta fuori, mandò un messaggio ai suoi contatti più importanti con il nuovo numero. Quando chiamò sua nonna Lisette, tirò un sospiro di sollievo sentendo la segreteria telefonica; non aveva voglia di spiegare la situazione di Craigslist, soprattutto a sua nonna.

Il telefono vibrò proprio mentre lo stava rimettendo in tasca: un messaggio di risposta di Trinity Payne. *"Hai di nuovo cambiato numero? Ma che succede?"*

Trinity era l'unica giornalista che Josie avrebbe considerato un'amica, e anche questa era una forzatura. Trinity era salita alla ribalta del panorama giornalistico nazionale subito dopo il college, per poi cadere in disgrazia dopo che una fonte le aveva rifilato una bufala. Due anni prima stava facendo penitenza lavorando per l'emittente televisiva della sua città, quando Josie aveva risolto un grosso caso di ragazze svanite nel nulla che le aveva rese entrambe famose. Trinity era stata un'alleata indispensabile durante gli ultimi sviluppi di quel caso e, da allora, un'eccellente fonte di informazioni su praticamente tutto quello che accadeva in giro. Josie si teneva in contatto con lei proprio per questo motivo.

"Non è affar tuo", le rispose.

"Hai pensato alla mia proposta? La produzione sarebbe felice se facessi un servizio su di te. Capo di polizia di una piccola città risolve casi importanti. Avrebbe risonanza nazionale".

Trinity voleva realizzare un servizio su Josie da quando aveva risolto una serie di omicidi che percorrevano tutta la East Coast.

"Non se ne parla", le scrisse in risposta.

Ci volle solo un attimo perché Trinity rispondesse. *"Un'altra volta, allora. Sarò in città tra un paio di settimane per una retrospettiva sul caso delle ragazze svanite. Andremo a pranzo. E l'arresto di Lloyd Todd? Sarebbe un'ottima storia per una rubrica nazionale. Che ne dici di un'esclusiva?"*

Josie scosse la testa, ridendo. Trinity era a dir poco tenace. Stavolta non si disturbò a rispondere. Era sicura che alla fine Trinity avrebbe ottenuto ciò che voleva. Avrebbe aspettato finché non avesse avuto bisogno di un favore da lei, e allora avrebbe usato la storia di Lloyd Todd come leva.

Il suo stomaco emise un forte brontolio mentre rientrava in macchina. Avrebbe dovuto accettare l'invito a pranzo di Misty. Alla faccia del giorno di riposo! Catalogò mentalmente quello che aveva in frigo e si diresse verso il drive-thru più vicino.

Aveva appena spazzolato un hamburger quando squillò il telefono. Con un'occhiata allo schermo vide che era Noah.

Accostò, abbandonò il sacchetto di patatine sul sedile del passeggero e fece scorrere un dito unto sull'icona della risposta. «Hai qualcosa?»

«Non sugli annunci, né sulla banda di Todd.»

Lei capì dalla leggera tensione della sua voce che qualsiasi fosse il motivo di quella chiamata, era serio. «Cosa c'è?»

«Alcuni ragazzi hanno trovato dei resti umani al parcheggio per roulotte dei Moss Gardens. Lo conosci?»

Lo conosceva bene. «Sì.» rispose sorprendendosi della fermezza della sua voce. Si sentì gelare: muoversi sembrava impossibile. «Che tipo di resti umani?»

«Ossa. Vecchie. Gretchen è già sul posto e la dottoressa Feist sta arrivando.»

«Ci vediamo lì.» disse Josie. Si costrinse a uscire da quella momentanea paralisi e mise in moto; l'odore delle patatine fritte si era fatto improvvisamente nauseante. Immettendosi nel traffico, si diresse verso il parcheggio delle roulotte che non visitava da quando aveva quattordici anni, e che una volta chiamava casa.

QUATTRO
JOSIE – SEI ANNI

«Ehi, JoJo, ti va di fare un gioco?»

Josie sentì la voce di sua madre che si perdeva nel buio corridoio della roulotte, infilandosi sotto la porta della sua stanza. Il pastello rosso che stringeva in mano si immobilizzò, in bilico sull'album da colorare che la madre le aveva regalato quel giorno. Non le faceva quasi mai regali, così Josie l'aveva preso ed era corsa in camera sua, chiudendo la porta e spalmandosi sul pavimento con tutti i suoi pastelli prima che la madre potesse ripensarci e riprenderselo. Aveva già colorato quattro pagine intere.

«JoJo» ripeté «la mamma vuole fare un gioco.»

Josie fissò il fiore colorato a metà sotto la sua mano. Raramente sua madre voleva giocare. «Arrivo.» ribatté lei.

Rimise i pastelli nella scatola, chiuse l'album e prese il suo cagnolino di peluche, Wolfie. Corse in salotto dove trovò sua madre distesa sul divano marrone e bitorzoluto. Di fronte a lei, la televisione trasmetteva un notiziario con il volume muto. Alcuni granelli di polvere fluttuavano nella luce pomeridiana che filtrava dalle finestre. «JoJo» cantilenò sua madre, «avvicinati.»

Josie fece un passo avanti. «Che gioco vuoi fare, mamma?»

Una risata sommessa si diffuse nell'aria. «Quello in cui vediamo quanto velocemente riesci a prendermi una birra dal frigorifero.»

«Oh.» Josie sapeva per esperienza che da lì al frigorifero la separavano solo sette passi. Sua madre metteva sempre le lattine di birra sul ripiano più basso, in modo che Josie potesse raggiungerle facilmente. Talvolta contava i secondi che Josie impiegava a correre fino al frigorifero e ritorno, ma non stavolta. Mentre Josie le porgeva una birra, notò la cintura allentata intorno alla parte superiore del braccio e, accanto sul divano, un cucchiaio annerito, un accendino e un ago; non le aveva mai chiesto a cosa servissero quegli oggetti, ma la mettevano a disagio. Stava fissando la piccola crosta scura nell'incavo del gomito della madre quando la porta della roulotte si aprì alle sue spalle.

Wolfie le cadde di mano mentre si voltava per vedere un uomo in piedi sulla soglia.

CINQUE

Il parcheggio dei Moss Gardens si trovava in cima a una collina dietro il parco cittadino, e ospitava un gruppo di circa due dozzine di case mobili distanti tra loro tanto quanto bastava a far sì che, se qualcuno avesse gridato, i vicini avrebbero potuto non udirlo; e Josie lo sapeva bene.

Quando ci viveva, l'ingresso era contrassegnato da un grande masso sul ciglio della strada con la scritta Moss Gardens incisa in caratteri neri. Oggi, il masso era sovrastato da un arco in ferro battuto che riportava il nome del parco a grandi lettere ornate. Più avanti, vide che le roulotte marroni e scialbe della sua infanzia erano state sostituite o ristrutturate. Non c'era più nulla del grigiore che ricordava: quasi tutte le roulotte erano dipinte in modo vivace ed erano ben tenute; alcune all'esterno avevano persino delle piante in vaso. Era chiaro che voleva sembrare un luogo accogliente, ma lei, conoscendolo, trovava i colori vivaci e i tocchi casalinghi pacchiani e irritanti.

Passò davanti al lotto dove un tempo era situata la roulotte in cui aveva passato l'infanzia con i genitori; era stata rimossa da tempo, o demolita, e il vicino usava lo spazio come parcheggio aggiuntivo. I pochi tubi che spuntavano dall'erba ingiallita erano l'unico segno che qualcuno aveva abitato lì.

In fondo al parco, tra il parcheggio delle roulotte e uno dei quartieri popolari di Denton, c'era una piccola valle boscosa. Non c'era un sentiero tracciato, ma Josie ricordava un passaggio largo una spalla, dove i ragazzi del posto calpestavano le erbacce alte per tagliare nella boscaglia. In fondo al parco, oltre l'ultima fila di roulotte, c'era una strada asfaltata a una corsia che costeggiava il margine del bosco.

Parcheggiati in uno dei vialetti, Josie scorse il SUV di Noah fornitogli dal dipartimento e due auto di pattuglia che sostavano in mezzo alla strada, con i musi rivolti come frecce verso il vecchio sentiero. Passandoci accanto, Josie vide anche il cancello di metallo con una targa di divieto d'accesso. Ricordava il giorno in cui erano stati installati. Era stato poco dopo che suo padre aveva percorso quello stesso sentiero e si era sparato un colpo in testa.

Sfortunatamente per il proprietario del terreno, un cartello di divieto di accesso a Denton era considerato come un invito all'esplorazione, e Josie e il suo defunto marito Ray, avevano trascorso buona parte della loro infanzia proprio in quei boschi bui e pericolosi: avrebbero dovuto averne paura, ma, rispetto alle loro case, offrivano una tregua sacrosanta e necessaria. Non faceva freddo, ma Josie rabbrividì mentre parcheggiava dietro il piccolo pick-up bianco del medico legale e scendeva.

Fu sollevata di vedere che la notizia del ritrovamento non si era diffusa e che nessun vicino ficcanaso si stava aggirando sulla scena, allungando il collo in cerca di qualcosa su cui spettegolare. Solo Noah e alcuni degli altri agenti di Josie erano sulla strada: Hiller vicino alla sua auto di pattuglia, Wright a guardia del cancello. Le fecero un cenno di saluto mentre si avvicinava a Noah, appoggiato all'altra auto di pattuglia, taccuino e penna alla mano.

«Cosa avete trovato?» chiese Josie.

Noah indicò il sedile posteriore della macchina: «Un paio di bambini che giocavano nel bosco hanno rinvenuto delle ossa.»

Josie sbirciò attraverso il finestrino sul sedile posteriore della macchina, dove i volti di due ragazzini la fissavano. Non potevano avere più di dieci o undici anni, dodici al massimo, avevano gli occhi scuri e i capelli castani, uno li portava corti, a spazzola, l'altro lunghi, quasi a coprirgli gli occhi. Ed entrambi erano coperti di fango.

«Gretchen è andata a prendere la madre» aggiunse Noah. «A quanto pare il padre non è rintracciabile.»

«Sono fratelli?»

Noah annuì.

«Chi ha chiamato?»

«Una loro vicina di casa, Barbara Rhodes. Tiene d'occhio i ragazzi mentre la madre lavora al Denton Diner. Li aveva lasciati giocare nel bosco. Quando li ha chiamati per mangiare, uno di loro aveva con sé quella che pensiamo sia una mascella. Ha chiamato il 911.»

Josie guardò di nuovo i ragazzi. Quello con i capelli lunghi la fissava, con il mento proteso in avanti in segno di sfida. Gli occhi, spalancati dalla paura, raccontavano un'altra storia. Accanto a lui, il fratello si mordicchiava le unghie.

«Dov'è la mascella adesso?»

«Gretchen l'ha presa come prova» rispose. «La Scientifica è laggiù con la dottoressa Feist che sta analizzando la scena del crimine.»

«La vicina?»

Fece un gesto verso l'ultima fila di roulotte. «La terza da sinistra, la numero ventisette. Quella bianca. Ho raccolto la sua dichiarazione e l'ho rimandata a casa. Meno gente c'è, meglio è.»

Josie annuì, contenta di non dover gestire una folla di curiosi, o almeno non ancora. Il rumore di un'auto attirò la loro attenzione. La Chevrolet Cruze di Gretchen svoltò l'angolo e si fermò dietro l'auto di Josie. Prima ancora che si fermasse, una donna in jeans neri, polo e grembiule nero abbinato balzò fuori dal lato del passeggero e corse verso Josie e Noah. Il ragazzino con i capelli lunghi premette una mano contro il finestrino, mentre Josie si ritrasse e aprì la portiera. I ragazzi saltarono fuori in un groviglio di braccia e gambe allampanate e corsero verso la madre. Lei li avvolse in un abbraccio, baciandoli sulla testa e studiando i loro volti uno per uno. Il più piccolo, quello con i capelli corti, sembrava sollevato. Suo fratello no. Josie, Noah e Gretchen incontrarono i tre in mezzo alla strada.

Gretchen presentò la donna. «Maureen Price, la madre dei ragazzi. Le ho spiegato che non possiamo parlare con i suoi ragazzi senza il suo permesso.»

Maureen strinse la spalla del ragazzo dai capelli lunghi. «Questo è Kyle, il maggiore. Ha dodici anni, e questo è Troy, di undici.» Fece un sorriso tirato. «Sono nati nello stesso anno.» spiegò.

Da vicino, Josie vide che Maureen era piuttosto giovane, probabilmente non aveva nemmeno trentacinque anni. Il suo viso rotondo e i suoi chiari occhi azzurri avevano qualcosa di familiare. I capelli castani erano tirati indietro in uno stretto chignon. Josie si chiese se avesse frequentato la Denton East High School. Avrebbe avuto qualche anno in più di lei e Ray.

«Capo Quinn» disse Josie, allungando una mano. «Lui è il tenente Fraley. Perché non ci raccontate che cosa è successo?»

Maureen abbassò lo sguardo sulle teste dei figli, i loro corpi sottili incastrati contro il suo. «Pensavo di avervi detto di stare alla larga da quei boschi.»

«Oh, mamma» replicò Troy «ci annoiavamo a casa di Mrs. Rhodes.»

«Cosa stavate facendo là dentro?» chiese Noah.

«Giocavamo.» rispose Kyle, con gli occhi ancora spalancati e diffidenti.

Troy si allontanò da sua madre e mimò di impugnare un fucile, girando su se stesso e strizzando un occhio come se stesse guardando attraverso il mirino. «Stavamo giocando alla guerra!»

«Alla guerra?» domandò Gretchen.

Maureen roteò gli occhi e cercò di riportare Troy al suo fianco. «Si sono fissati con il canale militare.»

Noah sollevò un sopracciglio. «Il canale militare?»

Troy disse: «Volevamo fare delle buche da soldati. Come nelle guerre mondiali.»

Josie lanciò un'occhiata al ragazzino più grande, ma lui non disse nulla. «Dove avete preso le pale?»

«Da Mrs. Rhodes.» rispose Troy.

Kyle aggiunse: «Abbiamo preso in prestito le sue pale da giardinaggio. Lei ha detto che andava bene.»

Maureen si mordicchiò il labbro inferiore. «Ragazzi, davvero, non dovreste disturbare Mrs. Rhodes con queste cose. Perché non potete semplicemente giocare ai videogiochi finché non torno a casa?»

Josie chiese: «Quante buche avete scavato?»

«Tre» rispose Troy. «Ci siamo fermati quando abbiamo trovato le... le ossa.»

«Quanto a fondo?» si informò Josie, guardando direttamente Kyle.

Il ragazzo più grande scrollò le spalle. «Quando ci entriamo dentro, arrivano fino a qui.» e indicò il plesso solare. Quindi, circa un metro più in basso.

«Chi di voi ha deciso di portarsi a casa le ossa?» volle sapere Noah.

Dal rossore del viso del giovane Troy, Josie capì che era stato lui, ma nessuno dei due ragazzi rispose. Maureen rivolse a entrambi uno sguardo severo. «Ragazzi, rispondete all'agente.»

«Non siete nei guai» chiarì Gretchen. «Stiamo solo cercando di capire che cosa è successo esattamente.»

Troy guardò il fratello, ma lo sguardo di Kyle era scivolato sull'asfalto. Con un sospiro, disse: «È stata una mia idea. Non pensavo che Mrs. Rhodes ci avrebbe creduto. Ma appena gliel'ho mostrata, ha chiamato il 911 e ci ha detto di stare lontani dal bosco.»

«Uno di voi ha mostrato alla detective Palmer dove si trovavano le ossa, quando è arrivata qui?» chiese Josie. Entrambi i ragazzi annuirono e, a fatica, Kyle alzò una mano.

«Il tenente Fraley mi ha detto che il pezzo dello scheletro che avete portato era la mascella» proseguì Josie. «Ditemi, era già staccata? Separata dal cranio? O l'avete fatto voi?»

I due ragazzi si guardarono l'un l'altro. Il fratello maggiore si mordicchiò l'unghia di un indice.

«In ogni caso non è un problema» specificò Josie «anche se siete stati voi, non finirete nei guai. Abbiamo solo bisogno di saperlo per capire cosa è successo a queste ossa prima e dopo che le avete scoperte. Avete capito?»

Il piccolo Troy annuì. «Volete essere sicuri che non lo abbia fatto l'assassino!» esclamò.

Sua madre gli diede un colpo sulla spalla. «Troy!»

«Va tutto bene» disse Josie «non sappiamo cosa sia successo, ma conoscere i dettagli ci aiuterà a capirlo.»

«L'abbiamo staccato noi» ammise Kyle con tono piatto. Si guardò i piedi. «Mi dispiace.»

Gretchen gli rivolse un sorriso. «Va tutto bene» li rassicurò. «Grazie per aver detto la verità.»

Tirò fuori un biglietto da visita e lo diede a Maureen, poi rivolgendosi ai ragazzi disse: «Se vi viene in mente qualcos'altro di importante, potete chiamarmi. Però state lontano da quei boschi, almeno finché non avremo finito di raccogliere le prove, chiaro?»

«Questo significa niente più buche.» disse Maureen ai figli con tono deciso. Afferrò Troy per il colletto e lo spinse verso la loro roulotte. Josie intuì che era quella accanto alla roulotte di Mrs. Rhodes, con due biciclette appoggiate ai lati.

Una volta che tutti e tre furono all'interno, Gretchen batté le mani e guardò Noah e Josie. «Andiamo a vedere cosa ha portato alla luce la dottoressa Feist.»

SEI

Josie si issò oltre il cancello e si inoltrò nel bosco. Gretchen e Noah la seguirono, mentre i ramoscelli si spezzavano con uno schiocco sotto i loro piedi. Il sentiero era esattamente come lo ricordava: conduceva in profondità tra gli alberi prima di scomparire quando il bosco diventava troppo fitto. Josie si fermò e si voltò verso Gretchen. «Da che parte?»

Gretchen indicò a sinistra e Josie sentì la pelle d'oca per tutto il corpo; il bosco si estendeva per quasi tre miglia eppure sapeva, quasi istintivamente, che si stavano dirigendo verso il tratto che più temeva di rivisitare. Josie fece cenno a Gretchen di mettersi in testa e Noah si mise dietro di lei. Si fecero strada tra le sterpaglie, zigzagando i fitti tronchi degli aceri rossi e delle querce settentrionali fino a un gigantesco acero norvegese circondato da una striscia di nastro giallo da scena del crimine.

Josie si sentì sprofondare quando si fermò bruscamente e il petto di Noah le urtò la schiena. «Boss?» la chiamò lui.

Era difficile capire come facesse a saperlo, come facesse il suo corpo a ricordare, ma era così. Aveva solo sei anni quando suo padre si era sparato sotto quell'albero. Non avrebbe saputo riconoscerlo se sua madre non avesse insistito a trascinarla nei boschi per osservarlo ogni volta che si sentiva particolarmente crudele.

Josie sentì la voce di sua madre come un sussurro che soffiava tra le foglie sopra la sua testa. «Qui è dove il tuo caro papà è venuto a morire.»

La mano di Noah scivolò sotto il gomito di Josie, dandole una leggera spinta. La sua voce questa volta era più morbida, destinata solo a lei. «Stai bene?»

Josie scosse la testa. «Bene.» mormorò.

Distogliendo lo sguardo dall'albero, contò le tre buche che i Price avevano scavato in semicerchio alla base dell'albero. La Scientifica si aggirava in tute bianche in Tyvek e con cartelle, fotocamere e contrassegni per le prove, documentando ogni cosa.

«Quelle non sembrano buche da soldato.» osservò Josie.

«Le hanno scavate dei bambini, Boss.» le fece notare Gretchen.

Le buche erano state scavate in modo approssimativo e la più grande delle tre, di forma più rettangolare, era stata delimitata con filo e contrassegni identificativi. La voce del medico legale della contea, la dottoressa Anya Feist, si levò dall'interno della buca. «Capo? È lei?»

«Sì, sono io» rispose Josie. «Che cos'ha trovato là sotto?»

La testa della dottoressa Feist si alzò di scatto, una cuffia bianca di protezione le teneva i capelli biondi con riflessi argentati lontani dal viso. Al collo aveva una macchina fotografica. «Le farò sapere. Lei rimanga lì. Non ho bisogno di altre persone intorno a questa buca. Con tutta la pioggia che è caduta, il terreno è già parecchio morbido. Devo semplicemente scavare senza che la terra mi crolli addosso.» Alzò le mani guantate: in una c'era quello che sembrava un pennello e nell'altra una piccola cazzuola. «Il mio assistente sta arrivando. Ha già fatto questo tipo di lavoro, mi aiuterà lui. Quello che dovete fare è tenere tutti lontani da qui. E per rispondere alla sua domanda, Capo, non posso dirle molto finché non porto queste ossa in laboratorio.»

«Non vuole nemmeno azzardare un'ipotesi su quanto tempo il corpo sia rimasto lì?» chiese Josie.

La dottoressa Feist roteò gli occhi, ma disse: «Solo ossa, un corpo sepolto così in profondità, non imbalsamato? Secondo me è qui da almeno otto anni, o forse di più. Potrebbero anche essere trenta o quaranta. Tutto quello che posso dire è che il cranio ha una frattura notevole.»

Josie percepì gli occhi di Noah su di sé. Poteva praticamente sentire i suoi pensieri. Due anni prima, il famoso caso delle ragazze scomparse di Denton aveva portato alla luce decine di resti sepolti in un'area boschiva in cima a una montagna e all'identificazione di due serial killer che operavano nella zona da decenni. Questa scena sembrava un déjà-vu.

«Non è collegato al caso delle ragazze scomparse» disse Josie. «Non sappiamo nemmeno se si tratta di una donna.»

Lui le rivolse un debole mezzo sorriso. «Adesso riesci a leggermi nel pensiero?»

Anche Josie abbozzò un sorriso. «Sto migliorando.» Fece un gesto indicando tutt'intorno. «Siamo ad almeno quindici miglia dalla montagna dove sono stati trovati i corpi di quelle ragazze. Questa è un'altra storia.»

Noah si accigliò. «Non abbiamo dossier relativi a persone scomparse da così tanto tempo, Boss, nessun caso tanto vecchio da giustificare un tale stato di decomposizione.»

«Lo so.» disse Josie. Sapeva esattamente quanti casi di persone scomparse c'erano in quel momento nella sua città e nella contea. Conosceva persino i loro nomi. Noah aveva ragione. Il caso più datato di scomparsa risaliva a tre anni prima, e quel ragazzo era stato classificato come fuggito di casa e faceva uso abituale di droghe. Con cautela fece un passo in avanti, sfiorando con la camicia il nastro da scena del crimine, e sbirciò oltre il bordo della buca dove la dottoressa Feist stava faticosamente rimuovendo la terra da un teschio.

«Allora è qualcuno di cui non è stata denunciata la scomparsa. In un modo o nell'altro, lo scopriremo.»

SETTE

JOSIE – SEI ANNI

Il cuore di Josie perse diversi battiti prima di rendersi conto che era solo il suo papà in piedi sulla porta. Gli corse incontro, ma lui non la prese in braccio e non la fece girare come faceva di solito. Invece, le pose una mano sulla testa e guardò oltre, verso la madre che giaceva sul divano. Josie si voltò e vide il sorriso della madre incurvarsi sulle labbra mentre gli occhi sbattevano a ripetizione. «Accidenti» esclamò lei. «Pensavo che dovessi lavorare.»

«È così» rispose. «Ma volevo vedere...» si interruppe. La sua mano si spostò sulla spalla di Josie e la spinse indietro verso il corridoio, senza mai staccare gli occhi dal divano. Josie guardò i suoi genitori fissarsi per un momento di tensione, e uno strano tremolio la prese alle gambe. La stanza sembrava piena di qualcosa, qualcosa di brutto, ma non sapeva cosa.

«Vai in camera tua, JoJo» disse suo padre. «Subito.»

OTTO

Il mattino seguente, Josie, Noah e Gretchen si trovarono all'obitorio di Denton, attorno a un tavolo anatomico metallico ricoperto con un telo. La stanza, spoglia e senza finestre, si trovava nel seminterrato del Denton Memorial Hospital, un vecchio edificio di mattoni in cima a una collina che guardava una buona parte della città. Josie non riusciva ad abituarsi all'odore, una combinazione putrida di sostanze chimiche e decomposizione. Accanto a lei, Noah era pallido, quasi verde, mentre Gretchen, completamente indifferente, sembrava quasi annoiata. Josie ricordava che Gretchen aveva assistito a un'infinità di autopsie durante il servizio svolto come detective della Omicidi presso il Dipartimento di Polizia di Philadelphia, prima di arrivare a Denton.

Josie diede una leggera gomitata a Noah.

«Sto bene.» bofonchiò lui da un lato della bocca.

La dottoressa Feist entrò dal piccolo ufficio che condivideva con il suo assistente, appena fuori dalla sala autopsie principale. Aveva i capelli legati in una coda di cavallo e indossava un camice blu scuro. «Ho già verbalizzato i miei risultati iniziali» annunciò con un sorriso. «Quindi, potete farmi delle domande.»

Con cautela, rimosse il lenzuolo. Le ossa sembravano piccole e inconsistenti, allineate in una perfetta forma corporea sul tavolo da visita. La terra era stata spazzolata via dalle ossa, che ora apparivano di colore bianco sporco. I quattro si misero intorno al tavolo condividendo un momento di silenzio per lo sconosciuto che era stato assassinato e dimenticato per così tanto tempo che ne era rimasta solo l'ossatura sottile e ingiallita.

Josie sapeva, prima ancora che la dottoressa Feist parlasse, che stavano osservando i resti di una giovane donna; ne aveva visti parecchi di scheletri femminili durante le indagini che l'avevano fatta diventare capo.

«Credo che si tratti di resti femminili» cominciò la dottoressa Feist. «Stimerei l'altezza a circa un metro e cinquantacinque, un metro e sessanta.» Indicò la mandibola, che era stata separata dal cranio. «Il mento è arrotondato, mentre gli uomini tendono ad avere un mento più squadrato.» Indicò la fronte. «L'osso frontale è liscio e verticale. Il processo mastoideo» il dito della dottoressa Feist si spostò su un piccolo osso conico dietro la mascella, dove si sarebbe trovato l'orecchio della ragazza «che è questo osso che sporge nel punto in cui si attaccano alcuni muscoli del collo, come si può vedere, è piccolo. Negli uomini è molto pronunciato.»

Gretchen scarabocchiò sul suo taccuino.

Josie fece un passo avanti e indicò l'osso pelvico. «Il bacino toglie ogni dubbio.»

La dottoressa Feist sorrise, guardando Josie con occhi brillanti come se fosse la sua allieva prediletta. «Sì, è così. Ma perché, Capo?»

Josie indicò la cintura pelvica. «Questa apertura qui è più ampia e rotonda, così le donne possono partorire. Inoltre, qui, questo angolo...» indicò il centro inferiore dell'osso pelvico.

«L'arco pubico.» intervenne la dottoressa Feist.

«Esatto. L'angolo in cui si incontrano i due lati è più ottuso nelle donne. Più di novanta gradi.»

Noah chiese: «Anche questo per il parto?» Sia Josie che il medico annuirono.

«Quanti anni aveva?» chiese Gretchen, con la penna in bilico sul suo taccuino. «Tra i sedici e i diciannove anni.» rispose la dottoressa Feist.

«È un dato piuttosto preciso.» osservò Noah.

«Beh, le cartilagini di accrescimento, o meglio la loro mancanza, lo rendono abbastanza facile da determinare» spiegò la dottoressa Feist. «Le ossa lunghe del corpo hanno tre parti: la diafisi, cioè il fusto, la metafisi, che è la parte in cui si allarga e si svasa all'estremità, e poi l'epifisi, che è sostanzialmente la calotta terminale dell'osso o la placca di crescita. Nei bambini, c'è uno spazio tra l'epifisi e la metafisi.»

Gretchen, impegnata a disegnare sul taccuino, disse: «Intende dire che c'è uno spazio tra la cartilagine di accrescimento e l'estremità nodosa dell'osso.»

La dottoressa tentennò il capo. «In pratica, sì. Con l'avanzare dell'età, le cartilagini di accrescimento e l'estremità "nodosa", come la chiama lei, si fondono. Le cartilagini di accrescimento si fondono a un'età abbastanza precisa. Per esempio, l'epifisi del femore all'estremità prossimale, che è il punto in cui il femore entra nella cavità dell'anca, si fonde tra i quindici e i diciannove anni, con un margine di sei mesi agli estremi di questo intervallo.».

Scorse un dito guantato lungo il femore destro della ragazza, fermandosi alla cavità dell'anca e indicando la parte superiore dove l'osso si inserisce nel bacino. «È fuso, il che significa che poteva avere quindici anni, quindici anni e mezzo, o diciannove anni o diciannove anni e mezzo.»

«Ma ha detto sedici.» le fece notare Josie.

«Sto facendo una stima, ovviamente» rispose la dottoressa Feist. «Ma il radio distale si fonde intorno ai sedici anni, e i suoi sono fusi.» Il suo dito guantato raggiunse l'osso lungo del braccio sul lato del pollice destro della ragazza. Toccando la parte appiattita dove il radio incontra le complesse ossa della mano, la dottoressa Feist disse: «Non c'è spazio. L'epifisi si è fusa con la metafisi.»

«Quando si fonde l'ultima cartilagine di accrescimento?» domandò Gretchen. «L'estremità mediale della clavicola si fonde al massimo entro i trent'anni» rispose la dottoressa Feist. «Tuttavia, la fusione epifisaria della parte mediale o laterale della clavicola non avviene prima dei diciannove anni, e questa ragazza non ce l'ha.»

Josie si chinò e scrutò le clavicole della ragazza.

Noah si passò una mano tra i folti capelli castani. «Sto cercando di ricordare il corso di anatomia dell'università.»

«La laterale è la parte che entra nella spalla» disse Gretchen. «Il mediale si attacca allo sterno.»

«Esibizionista.» mormorò Noah.

Gretchen teneva la testa bassa e con la penna disegnava lo scheletro a ritmo serrato.

«Esatto» disse la dottoressa Feist. «Più o meno.» Indicò lo spazio tra l'epifisi e la metafisi su ciascuna estremità delle clavicole. «Se avesse avuto diciannove anni o più, queste cartilagini di accrescimento sarebbero fuse.»

«Quindi si tratta di un'adolescente.» concluse Josie, con lo stomaco in tensione.

«Sì» concordò la dottoressa Feist. «È possibile arrotondare di un anno su entrambi gli estremi di questo intervallo, forse da quindici a venti, ma credo che si tratti di una ragazza tra i sedici e i diciannove anni. Oh, e questa ragazza ha partorito almeno una volta.»

Josie capì dal sopracciglio alzato e dal sorriso soddisfatto della dottoressa Feist che si divertiva a buttare lì quella piccola sorpresa. Mani sui fianchi, Josie si adeguò all'espressione della dottoressa e chiese: «Come fa a dedurlo?»

La dottoressa Feist fece cenno a tutti di avvicinarsi al tavolo. Si radunarono intorno e lei indicò uno dei piani piatti dell'osso pelvico, dove Josie poteva distinguere una serie di piccoli fori grandi più o meno come pallini da caccia. «Si chiama cicatrice da parto, o pitting.» spiegò la dottoressa Feist.

«Cicatrice da parto?» chiese Noah.

«Sì, esatto» confermò la dottoressa Feist. «Quando una donna partorisce, le ossa pubiche si separano per permettere al bambino di passare, e a volte i legamenti attaccati alle ossa si strappano e lasciano queste piccole cicatrici. Non è sempre preciso al cento per cento, ma in una ragazza così giovane direi che queste sono dovute al parto.»

Josie si accigliò. «Non c'è modo di sapere quanti anni aveva quando ha partorito, o qualcosa sul bambino?»

«No Capo, mi dispiace. Posso solo dirle che ha avuto un bambino prima di morire.»

«Forse qualcuno l'ha uccisa e ha preso il suo bambino.» suggerì Gretchen.

La dottoressa Feist alzò le spalle. «Non posso fare ipotesi sul perché sia stata uccisa o su cosa sia successo al suo bambino, ma sicuramente è stata uccisa. La frattura si vede meglio ora che è stata ripulita.»

Si spostò a capo del tavolo e si avvicinò, regolando la grande lampada circolare che pendeva dal soffitto in modo che illuminasse direttamente il cranio della ragazza. Josie si avvicinò alla dottoressa Feist e Noah e Gretchen la seguirono, allungando il collo per vedere la parte superiore del cranio. «Vedete queste» disse la dottoressa Feist, indicando lievi linee irregolari che correvano lungo il centro del cranio, dalla parte anteriore a quella posteriore, e lungo la parte anteriore, da tempia a tempia. «Queste si chiamano suture. Sono aperture in cui le placche del cranio si uniscono. Sono comuni, e si può vedere che sono ancora parzialmente aperte, il che è normale negli adolescenti. La maggior parte delle suture del cranio si chiude in età adulta.» Indicò altre suture nella parte posteriore del cranio e sopra le orecchie. Poi indicò una grande depressione sulla sommità del cranio, sul lato sinistro, circa a metà tra la parte anteriore della testa e quella posteriore. Delle crepe frastagliate si estendevano dal punto in cui l'osso aveva ceduto leggermente. «Questo non è normale.» dichiarò la dottoressa.

Noah emise un fischio basso. «Cosa può averlo causato?» chiese.

La dottoressa Feist alzò le spalle. Usò il pollice e l'indice per delimitare le dimensioni della frattura. «Forse un martello? Il lato smussato, non il bordo tagliente. È abbastanza grande da far pensare che qualsiasi cosa l'abbia colpita sia stata smussata, ma stiamo comunque parlando di qualcosa di relativamente piccolo.»

«Una mazza da baseball?» chiese Gretchen.

La dottoressa Feist si accigliò. «Forse, ma è più probabile che si tratti di qualcosa di più piccolo e pesante.»

«Un cric?» propose Josie.

Il medico annuì. «È più probabile. Chiunque l'abbia colpita ha usato una forza notevole. È difficile dirlo solo dalle ossa, ma non sono sicura che la colluttazione, se c'è stata, sia durata a lungo. Non ha altre fratture. Certo, potrebbe aver riportato contusioni o lacerazioni, ma non lo sapremo mai.»

«E dell'angolazione?» chiese Josie. «Cosa si può dire? Qualcuno più alto di lei? O più basso? O della stessa altezza?»

La dottoressa Feist alzò un dito: «Ho stimato che fosse alta circa un metro e sessanta. Direi che è stata uccisa da una persona della stessa altezza, ma con un colpo dall'alto.» Fece un cenno a Gretchen, che era alta più o meno come lei. Gretchen si avvicinò e la dottoressa Feist le si accostò di lato, leggermente alle spalle, con entrambe le braccia sollevate sopra la testa come se stesse stringendo qualcosa; abbassò l'arma invisibile sulla testa di Gretchen, fermandosi prima di toccarla. «Se fosse stata una persona più alta di lei, o se fosse stata inginocchiata, mi aspetterei che la frattura fosse più depressa, perché il colpo sarebbe stato più incisivo.»

«Va bene» ricapitolò Gretchen «quindi sospettiamo che sia stata colpita alla testa, da qualcuno di altezza simile, e poi sepolta nel bosco.»

«E sospettiamo che chi l'ha uccisa sia una donna.» aggiunse Josie.

«Come fai a dirlo?» chiese Noah.

«Quanti uomini conosci di uno e sessanta?»

«Non molti, ma esistono.» ribatté Noah.

«Lo so» rispose Josie. «Ma se devo fare un'ipotesi plausibile direi che in questo caso è più probabile che stiamo cercando un aggressore donna.» Josie si voltò verso la dottoressa. «Non c'è modo di sapere se è stata uccisa lì nel bosco o se è stata uccisa altrove e poi spostata nella fossa?»

«Temo di no.»

Noah rivolse lo sguardo alla dottoressa Feist. «È in grado di capire se è stata aggredita sessualmente?»

La dottoressa Feist gli rivolse un sorriso tirato. «Non c'è modo di dire parecchie cose. Questa povera ragazza è stata sepolta per molto tempo.»

Si avvicinò a un tavolo lungo la parete e prese una borsa marrone, che svuotò sul tavolo anatomico vicino ai piedi dello scheletro. Ne uscirono prima dei brandelli di tessuto sporco e poi un indumento più grande. Era coperto di terra, sbiadito e in parte disintegrato, ma Josie riuscì a capire che era una giacca a vento blu scuro con motivi a quadretti stinti di giallo, turchese e rosa sulle spalle e all'altezza delle tasche. Era rimasta solo una manica e, quando la dottoressa Feist la sollevò, si videro diversi lembi di tessuto mancanti sulla schiena, sul colletto e la vita, consumati dal tempo e dall'erosione della terra.

«Questo è ciò che resta dei suoi vestiti.» spiegò il medico.

Gretchen sollevò un sopracciglio. «Nessuna possibilità che nelle tasche della giacca ci siano oggetti identificativi?»

La dottoressa Feist rise e posò con cura la giacca sul tavolo. «L'interno delle tasche è sparito. Decomposto. Il resto» fece cenno al mucchio di frammenti «sono solo bottoni, una suola da scarpe e quelli che probabilmente sono ritagli di pelle.»

Josie si avvicinò e guardò la triste collezione di oggetti: una cerniera arrugginita, un paio di occhielli anneriti di scarpe che avevano perso i lacci, alcuni ritagli di pelle, le minuscole fibbie in nichel di un reggiseno e una suola di gomma sporca consumata sui bordi. Josie passò lo sguardo dal mucchio alla giacca e poi la indicò: «Di che materiale è fatta?»

«Direi di nylon.»

«Sembra anni Ottanta» disse Gretchen. «Le giacche a vento erano di gran moda all'epoca, soprattutto quelle con inserti di colori vivaci.»

Josie annuì. «Quanto tempo impiega il nylon a degradarsi nel terreno?»

Noah tirò fuori il telefono e le sue dita lavorarono velocemente sullo schermo. Un attimo dopo disse: «Da trenta a quarant'anni.»

«Mi sembra corretto» confermò la dottoressa Feist. «La sfida in un caso come questo è capire da quanto tempo il corpo è sottoterra. Di solito gli oggetti che troviamo insieme alle ossa, se ce ne sono, sono i più utili per cercare di stabilire un arco temporale. Avrei chiesto un consulto a un mio amico del Dipartimento di Archeologia dell'università, ma trenta o quarant'anni sarebbero un punto di partenza.»

«Tutte ottime osservazioni» disse Josie. «Ma sapete bene quanto me che in tutta la contea non ci sono adolescenti scomparse da così tanto tempo.»

La dottoressa Feist sorrise e alzò un dito. «Oh, potrei essere in grado di restringervi il campo.»

Josie, Noah e Gretchen la fissarono. La penna affannata di Gretchen finalmente si fermò in attesa.

«Aspettate di vedere questo» disse la dottoressa tornando alla testa del tavolo e afferrando i lati del cranio con entrambe le mani. Lo sollevò dall'osso della mandibola e lo tenne sotto la luce della lampada sovrastante, in modo che potessero vedere l'interno del palato; i tre agenti si chinarono a guardare.

«Porca miseria» esclamò Noah. «Sono zanne quelle?»

Dietro agli incisivi c'erano altri due denti conici che finivano a punta.

«Denti sovrannumerari.» spiegò la dottoressa Feist.

«Denti in più?» chiese Josie.

«Sì, più o meno. La condizione si chiama iperdontia. È un difetto ereditario. Estremamente raro. Una cosa che un dentista in una città così piccola ricorderebbe, soprattutto se si considera che i suoi denti in soprannumero sembrano davvero delle zanne. Ho fatto una piccola ricerca. I denti sovrannumerari possono comparire in qualsiasi punto dell'arcata dentaria. Non tutti i pazienti presentano denti in più che sembrano zanne. Credetemi, se l'aveste vista non ve ne sareste scordati.»

Josie incontrò gli occhi di Noah e poi quelli di Gretchen. «Bene» disse. «Iniziate a rintracciare i dentisti che esercitavano in città trenta o quarant'anni fa.»

NOVE

Per tutta la settimana Josie sognò l'alto acero nel bosco dietro la roulotte dove aveva vissuto la sua infanzia. A volte vedeva suo padre, con un buco in testa e un sorriso macabro sul volto. Le faceva un cenno. «Vieni» diceva. «Devo mostrarti qualcosa.» Ogni volta Josie aveva troppa paura di avvicinarsi a lui. A volte c'era il suo ex marito, Ray, solo che aveva nove anni, e si precipitava nel bosco dietro di lei, dicendole di non avvicinarsi. Si risvegliava sudata e agitata nel letto a due piazze, con braccia e gambe attorcigliate nelle lenzuola.

E quella mattina non andò diversamente. Aprì gli occhi di scatto, il petto ansimava e i respiri affannosi rallentarono gradualmente al calore della luce che filtrava dalle finestre della sua camera. Si mise a sedere, staccandosi dalla pelle la maglietta intrisa di sudore, e si guardò intorno, osservando i soffitti alti, le grandi finestre e le pareti dipinte con un rilassante color crema. Era la stanza che preferiva, aperta e ariosa in un modo che di solito trovava confortante, ma rabbrividì lo stesso mentre il sudore sul corpo si asciugava, lasciandola appiccicosa. Avrebbe avuto giusto il tempo di farsi una doccia e di fermarsi a prendere un caffè prima di recarsi al lavoro.

Venti minuti dopo stava chiudendo la porta di casa, con la mente impegnata sulle valutazioni delle prestazioni e sulle richieste di equipaggiamento che la aspettavano sulla scrivania, quando squillò il cellulare. Era Noah.

«Cosa c'è?»

La risata di Noah venne filtrata dalla linea telefonica. «Ehi, Boss, stai diventando brava nei convenevoli. Sto bene, grazie.»

Le venne da sorridere mentre passava dalla scalinata d'ingresso al vialetto dove l'aspettava la sua Escape. «Sono felice di sentirlo, Fraley» disse. «Prenderei volentieri un caffè macchiato da Komorrah's Koffee. Forse potresti andarci prima che io arrivi alla centrale. Che ne dici di una chiacchierata?»

«Il latte è già sulla tua scrivania.» rispose lui, facendola sorridere di nuovo.

«Credo ti serva un aumento» scherzò. «Allora, che cos'hai?»

«Ho la prima identificazione della nostra ragazza misteriosa. Non abbiamo trovato riscontri a Denton, così Gretchen ha allargato l'area di ricerca. Abbiamo rintracciato un dentista di Bellewood che ha ereditato lo studio del padre circa dieci anni fa. A quanto pare suo padre, che aveva esercitato per decenni prima di andare in pensione, menzionava spesso una paziente affetta da iperdontia che aveva curato tra la fine degli anni Settanta e l'inizio degli anni Ottanta, perché la condizione era molto rara. Gretchen è andata a prendere la cartella clinica, in modo che la dottoressa Feist possa vedere se sono compatibili.»

Josie si avvicinò alla sua Escape, provando un brivido di eccitazione: un'identificazione in una settimana, era un buon inizio. «È fantastico.» disse, estraendo il portachiavi dalla tasca della giacca.

«Sì, siamo stati fortunati con quelle zanne.»

«Denti sovrannumerari.» lo corresse Josie. Da quando li aveva visti, non aveva potuto fare a meno di chiedersi cosa avesse passato quella povera ragazza per colpa loro; i bambini possono essere straordinariamente crudeli.

«Scusa» disse Noah. «Denti sovrannumerari. Comunque, se non fosse stato per loro, non saremmo mai riusciti a risalire alla sua identità.»

Josie alzò un braccio e tenne il telefono premuto tra la spalla e l'orecchio mentre tirava la maniglia della portiera. Sul lato inferiore della maniglia, le sue dita affondarono in qualcosa di freddo e molliccio. «Come si chiamava?» chiese.

L'odore le giunse al naso nel momento in cui staccò la mano dalla maniglia della portiera: un odore ripugnante e stomachevole. Alzò le dita davanti al viso e il colore marrone confermò la sua ipotesi. «Merda.» mormorò.

«Che cosa?»

«Niente. Il suo nome?»

«Belinda Rose. Data di nascita 15 ottobre 1966.»

Josie si sentì sbiancare, il sudore freddo di quella mattina tornò a ricoprirle la pelle come una pellicola untuosa. Non sapeva bene cosa la facesse sentire più nauseata: gli escrementi che le ricoprivano le dita o il nome pronunciato dalle labbra di Noah. Allontanò la mano da sé, si guardò intorno e realizzò che sarebbe dovuta rientrare in casa per pulirsi. Ma le gambe si erano fatte pesanti, immobilizzate, e i polmoni come pieni di piombo.

«Boss?»

«Non è possibile.» rantolò Josie.

«Cosa non è possibile?»

«Belinda Rose non può essere morta, non può essere morta da più di trent'anni.»

«Ah sì? E perché?»

«Perché Belinda Rose è il nome di mia madre e, per quanto ne so, è ancora viva.»

DIECI
JOSIE – SEI ANNI

La roulotte le sembrava troppo piccola solo quando sua madre si arrabbiava; quando si arrabbiava sul serio, la sua furia riempiva l'intero locale come dense nuvole di vapore di una doccia calda. Non si poteva fuggire dalla sua furia, anche quando Josie si nascondeva sotto il tavolo della cucina e guardava i suoi piedi fare avanti e indietro, avanti e indietro. Non era mai un buon segno quando iniziava a camminare.

«Ma chi si crede di essere?» ringhiò la madre, sputando ovunque. Lo sportello del frigorifero si aprì e si richiuse sbattendo e Josie sentì lo schiocco di una lattina di birra che veniva aperta. Si strinse al petto il suo Wolfie, ormai logoro, e si ritrasse il più possibile per sfuggire alle mani della madre, che sapeva si sarebbero infilate sotto il tavolo e l'avrebbero trascinata fuori, prima o poi.

Ma non arrivarono. Le palpebre di Josie si fecero così pesanti che riuscì a malapena a tenerle aperte. Soffocò uno sbadiglio e cercò di ignorare il freddo che dalle piastrelle le penetrava nella camicia da notte.

Era tardi. Lo sapeva perché era buio fuori.

«Quel bastardo.» la udì borbottare, mentre i suoi piedi all'improvviso si muovevano di nuovo per la cucina.

Josie cercò di escludere quel suono, ascoltando con attenzione il rumore del furgone di suo padre all'esterno. Voleva che tornasse a casa. Poi sentì il rumore dei cassetti della cucina che venivano strappati dalla loro sede e delle posate che cadevano a terra. Poi di nuovo la voce di sua madre, stavolta densa e biascicata, che parlava anche se non c'era nessuno. «Non la passerai liscia. Che Dio ti maledica. Distruggerò tutto ciò che ami. Tutto.»

Poi all'improvviso e in modo spaventoso, il volto di sua madre apparve nel piccolo spazio sotto il tavolo, e le sorrise. Josie provò quella sensazione di nausea allo stomaco che avvertiva sempre quando sua madre si comportava così. Tese una mano verso Josie.

«Adesso vieni qui, piccola.»

UNDICI

Josie entrò in casa e si pulì per non sporcare nulla. Ma anche dopo aver strofinato la mano più volte ed essersi assicurata di non essersi sporcata i vestiti, l'odore le rimase nel naso. Aveva chiuso bruscamente la telefonata con Noah, ma lui la stava raggiungendo a casa e questo la aiutò a calmarsi. Si diresse in una delle camere per gli ospiti, dove teneva il portatile su una piccola scrivania d'angolo, scostò la sedia, si sedette e lo accese.

Un mese prima, dopo aver trovato tutti e quattro gli pneumatici squarciati e appena una settimana dopo che tutti i veicoli del dipartimento alla centrale avevano subito la stessa sorte, aveva fatto installare una telecamera di sicurezza nel vialetto. Le nuove gomme per la Escape le erano costate una piccola fortuna e non avrebbe permesso al vandalo di farla franca una seconda volta.

Scorse il filmato dal momento in cui aveva parcheggiato la sera prima, e poi mandò avanti veloce fino a quando non vide una figura infilarsi nel vialetto. Guardò l'indicatore dell'ora, le 3:12 del mattino, quando lei stava dormendo profondamente. L'individuo indossava pantaloni larghi e una felpa con cappuccio abbassato sul viso. Non riusciva a capire se si trattasse di un uomo o di una donna, ma in base all'altezza, a occhio un metro e ottanta circa, doveva trattarsi presumibilmente di un uomo.

Guardò la figura incappucciata infilare una mano in un sacchetto di carta, tirarne fuori una manciata di materia scura e schiacciarla sotto le maniglie della portiera della sua auto. Così avrebbe dovuto pulire tutte e quattro le maniglie.

«Fantastico.» mormorò tra sé e sé.

Quando la figura ebbe finito, Josie lo poté vedere mentre si toglieva i guanti di lattice, li infilava nel sacchetto di carta e poi correva per strada, con il sacchetto in mano. Riportando il filmato al fotogramma della prima apparizione, Josie si accasciò sulla sedia e sospirò. Nessuno dei suoi vicini poteva essere sveglio alle tre del mattino. E anche in tal caso e se avessero visto quell'uomo, sarebbe stato improbabile che avessero visto qualcosa di più di quello che Josie aveva ripreso con la telecamera.

Noah arrivò dieci minuti dopo. Lei lo fece entrare ed esaminarono il filmato insieme. Lo salvò su una chiavetta e gliela porse. «Voglio un rapporto. Da te e nessun altro.»

Noah sospirò. «Stai documentando tutto, ma non mi permetti di fare niente al riguardo.»

Josie gli lanciò un'occhiata liquidatoria mentre si alzava. «Non c'è niente da fare. Sono solo stupidi adolescenti che fanno degli scherzi. Non mi serve la scorta.»

Noah sapeva bene che non serviva ricominciare a discuterne. Così, prese la chiavetta e se la mise in tasca. «L'annuncio su Craigslist è un vicolo cieco. Avevi ragione. Tutto quello che possiamo ricavare dall'indirizzo IP è che si trovava da qualche parte qui a Denton, questa volta vicino al centro commerciale. Probabilmente qualcuno si è servito del wi-fi gratuito di uno dei negozi.»

«Figuriamoci.» commentò Josie.

Noah non si mosse dalla porta. Il suo sguardo le fece sentire il viso avvampare. Allora, mettendosi le mani sui fianchi, gli chiese: «Che c'è?»

«Dobbiamo parlare di Belinda Rose e di tua madre.»

DODICI
JOSIE – SEI ANNI

L'ospedale era grande e luminoso, con infiniti corridoi piastrellati e brutte tende blu al posto delle pareti. Da dietro ogni tenda Josie poteva sentire voci sommesse e talvolta grida di dolore. Le infermiere, in camice pervinca, si affrettavano su e giù per i corridoi, dentro e fuori dai box. Dopo un'attesa lunga e snervante, con la testa che le pulsava, una di loro si fermò da lei, infilò un paio di guanti di lattice e preparò un pezzo di garza piegato e puzzolente per pulire la ferita che aveva sul lato del viso.

«Brucerà un po', tesoro.» le disse l'infermiera. Fece cenno a un'altra infermiera di tenerla ferma sul letto prima di premerle il tampone bagnato sul viso.

Sembrò che la pelle le si squarciasse e che le infermiere le stessero dando fuoco. Più si dimenava tra le loro grandi mani, più loro la premevano contro il materasso di plastica. L'infermiera che le teneva la testa allentò un attimo la presa per controllare la ferita e Josie abbassò lo sguardo sulla sua camicia da notte intrisa di sangue. Il suo cuore fece le capriole nel petto. Era morta?

No, pensò. Non era morta.

Non era morta perché Needle era arrivato proprio nel momento in cui il coltello di sua madre le aveva tagliato il lato del viso. Needle non era il suo vero nome. Josie non sapeva come si chiamasse veramente, sapeva solo che veniva alla roulotte quando suo padre era al lavoro e portava sempre con sé aghi appuntiti e pericolosi. Non era un uomo gentile, ma l'espressione spaventata che aveva quando era entrato quella sera l'aveva terrorizzata più della furia cieca di sua madre e più di qualsiasi lama.

Era stato Needle a sottrarre il coltello alla madre di Josie. Era stato Needle a insistere per portare Josie in ospedale, a sollevarla da terra e a portarla in macchina. Josie non ricordava se le avesse accompagnate, ma di sicuro non lo aveva visto in ospedale. Needle non c'era più.

Non poteva essere morta se Needle aveva fermato sua madre. Ma il sangue. C'era così tanto sangue. Lottò disperatamente contro le infermiere.

«Josie, tesoro, devi stare ferma.» La voce di sua madre arrivò da qualche parte accanto a lei.

«Mi dispiace, tesoro, so che fa male. Abbiamo quasi finito.» disse una delle infermiere.

Voleva il suo papà.

Finalmente si fermarono. Il suo respiro si fece affannoso. Con delicatezza, una delle infermiere la girò sulla schiena e le disse con un sorriso afflitto «Mi dispiace molto, tesoro.» La forte luce dietro la testa dell'infermiera le bruciò gli occhi.

L'altra infermiera si rivolse alla madre. «Dovremo metterle dei punti. Vuole dirci cosa è successo?»

TREDICI

Josie osservò Noah che ispezionava la sua Ford Escape e si abbassava per dare un'occhiata alla materia fecale incrostata sotto le maniglie delle portiere. Storse il naso, scattò alcune foto con il cellulare e si girò verso di lei. «Vuoi mandare un campione al laboratorio, per verificare se è umana?»

Le si rivoltò lo stomaco. «No» rispose, «non ho intenzione di spendere i soldi del dipartimento per uno scherzo di cattivo gusto.»

«Quanto dureranno le ripercussioni dell'arresto di Lloyd Todd?» chiese Noah.

«Difficile dirlo. Spero non molto. Andiamo con la tua macchina. Voglio andare alla centrale prima che il mio caffellatte si raffreddi.»

Noah sorrise. «E vuoi lasciare questo schifo incrostato sotto le maniglie tutto il giorno? Non credo proprio. Lo pulisco io, mentre mi racconti di tua madre.»

Josie rimase in piedi in mezzo al vialetto a braccia conserte, mentre Noah entrava e usciva da casa sua per prendere guanti di lattice, tovaglioli di carta, un detergente per superfici e un sacchetto di plastica. Per prima, pulì la portiera del guidatore, parlando nel frattempo: «Quindi tua madre si chiamava Belinda Rose.»

Josie non rispose.

Una volta tolta tutta la sporcizia da sotto la maniglia con i tovaglioli di carta, spruzzò il disinfettante e usò altri tovaglioli di carta per eliminare i resti, depositando tutti i fazzoletti sporchi nel sacchetto di plastica. L'odore si diffuse fino a raggiungere Josie, che storse il naso, mentre Noah sembrava non esserne disturbato.

«Te ne intendi di lavori di merda, eh? » chiese lei.

Lui sorrise. «Non cambiare argomento.»

«Me lo chiedevo perché l'odore all'obitorio ti ha fatto diventare verde in un attimo, mentre lì ci sei praticamente immerso, e non ti dà alcun fastidio.»

«Potrebbe esserci più di una Belinda Rose.» fece notare, passando alla maniglia successiva.

«Con la stessa data di nascita?»

«Mi sembrava che il tuo nome da nubile fosse Matson, non Rose.» disse Noah.

«Infatti. Matson era il cognome di mio padre. I miei genitori non si sono mai sposati.»

«Dov'è tua madre adesso?»

Josie abbassò il capo. Non le piaceva parlare di sua madre; negli ultimi sedici anni aveva cercato di non pensare a quella donna. Sua madre le aveva tolto abbastanza. Non meritava altro tempo o energia mentale da parte sua. «Non lo so» rispose «non la vedo da quando se n'è andata. Avevo quattordici anni.»

Noah si girò e la guardò, con un sopracciglio alzato. «Non hai mai provato a cercarla?»

Josie cercò i risvolti della giacca e li strinse avvicinandoli. Il suo sguardo si allontanò da Noah. «Non è il tipo di persona che si va a cercare.»

«Quanto è alta?» chiese lui, e Josie capì che stava pensando al loro incontro con la dottoressa Feist dopo l'autopsia.

Sospirò. «Abbastanza alta da poter colpire quella ragazza in testa con un martello o un cric. Direi uno e sessantacinque.»

«Hai mica una sua foto? Potremmo iniziare con quella.»

«No, non ce l'ho.»

«È così grave, eh?»

Non ne hai idea, pensò Josie. Poi aggiunse, ad alta voce: «Prima di andarsene distrusse tutte le foto che la ritraevano.»

All'epoca, Josie aveva pensato che quel gesto fosse esattamente in linea con il tipo di mostro perfido e vendicativo che sua madre era sempre stata, soprattutto perché nelle uniche foto di sua madre c'era anche suo padre.

Josie ricordava di essere tornata a casa e di aver trovato l'intera roulotte che puzzava di fumo e gli ultimi frammenti di fotografie ridotti a un mucchio di cenere nel lavello di acciaio inossidabile della cucina. Belinda non le aveva lasciato nemmeno una foto di suo padre. All'epoca Josie aveva pensato che sua madre stesse solo cercando di farle del male, come faceva sempre, ma ora si chiedeva se ci fosse un motivo più sinistro per distruggere quelle foto. Di certo non rendeva più facile il lavoro di Josie nel rintracciarla.

«E tuo padre?» proseguì Noah. «Pensi che ne abbia?»

«È morto quando avevo sei anni.»

Si aspettò altre domande e il suo corpo si sciolse di sollievo quando non arrivarono. Invece, spostandosi dall'altro lato dell'auto e mettendosi a pulire le maniglie, Noah disse: «Mi dispiace. Beh, senti, possiamo riprendere il discorso di tua madre più avanti se dovremo avviare delle indagini su di lei. Per ora credo che la prima cosa da fare sia confermare i dati odontoiatrici. Diamo un'occhiata alla cartella di Gretchen e partiamo da lì.»

QUATTORDICI

JOSIE – SEI ANNI

La madre di Josie si muoveva nell'angusto spazio chiuso dietro la tenda. Si teneva una mano premuta sul cuore, mentre l'altra stringeva un fazzoletto di carta per asciugarsi le lacrime che scendevano copiose dagli occhi pieni di apprensione. Josie la fissò, scioccata e confusa nel vederla piangere per la prima volta.

«Stavo dormendo» spiegò.«Mi sono svegliata per andare in bagno e sono andata a controllare JoJo. Non era nel suo letto, così ho cercato nella roulotte. Non l'ho trovata. La porta sul retro era aperta, allora ho preso una torcia e sono andata a cercarla. L'ho trovata nel bosco, a terra, coperta di sangue.» Un lamento le uscì dalla gola.«La mia bambina. La mia piccolina. Era... era ricoperta di sangue.»

Josie lanciò un'occhiata alle due infermiere che guardavano sua madre piangere, con espressioni indecifrabili.

«Deve essere caduta» proseguì la madre di Josie.«Insomma, era buio e quei boschi sono pieni di rifiuti e di vetri, tutte cose con cui i bambini possono farsi male.»

«Le ha chiesto cosa è successo?» chiese una delle infermiere con la stessa voce che usava la maestra d'asilo di Josie quando gli alunni non mettevano tutte le loro cose negli armadietti.

«Certo... certo che l'ho fatto» rispose. «È lei che me lo ha detto, per questo so che è caduta.»

Le due infermiere si scambiarono uno sguardo scettico. Poi una di loro disse: «Il dottore arriverà tra poco.»

Se ne andarono, una di loro guardò con preoccupazione Josie prima di sparire oltre la tenda.

Pochi secondi dopo, il mento di Josie era intrappolato nella mano della madre che stringeva le dita sull'osso e tirava la pelle intorno alla ferita, facendola piangere per il dolore. «Ma... mamma» rantolò.

Gli occhi blu di sua madre erano quasi neri dalla furia. Quando parlò con un sussurro rabbioso, lo sputo schizzò sul naso di Josie. «Non dire una cazzo di parola, capito?»

«Hai detto delle bugie.» piagnucolò Josie attraverso la parte della bocca ancora mobile.

Le dita di sua madre strinsero di più, facendo temere a Josie che le si strappasse la faccia.

«Ti ho detto di stare zitta. Non una parola. Quello che dico è quello che è successo, capito? Se dici a qualcuno, anche a una sola persona, quello che è successo, finisci nello sgabuzzino. Per sempre. E né tuo padre né tua nonna potranno salvarti. Chiaro?»

Il suo corpo era tutto un tremito, una calda umidità si diffuse lungo le gambe e attraverso la camicia da notte. «Lo prometto.» sussurrò. Finalmente sua madre lasciò la presa e si spostò dall'altra parte della stanza per sbirciare attraverso la tenda. Abbracciandosi da sola, Josie desiderò di aver portato Wolfie. Poi si ricordò che l'ultima volta che lo aveva visto, giaceva lontano da lei in una pozza del suo sangue sul pavimento della cucina.

QUINDICI

Noah aveva fatto un buon lavoro con le maniglie delle portiere, ma lei era ancora convinta che l'odore le fosse rimasto addosso. Mentre gli stava accanto all'obitorio, annusò l'aria ma riuscì a sentire solo l'odore chimico della morte che saturava il piccolo impero nel seminterrato della dottoressa Feist. Si erano fermati a prendere un caffè lungo la strada, ma ora si sentiva troppo nauseata per berlo, così si limitava a tenere il bicchiere di carta pieno in una mano.

La dottoressa entrò nella stanza con Gretchen al seguito e si diresse verso il vecchio visore per raggi X appeso alla parete. Lo accese e le luci fluorescenti all'interno si accesero con un lampeggio. Gretchen le porse due lastre e lei le appese l'una accanto all'altra. Non ci voleva un esperto per constatare che le radiografie dentali che la dottoressa aveva fatto al momento dell'autopsia di Belinda Rose corrispondevano perfettamente a quelle che Gretchen aveva recuperato dal dentista. Il cuore di Josie sussultò dolorosamente nel petto; se Belinda Rose era stata sepolta nel bosco per oltre trent'anni, chi diavolo era la donna che si dichiarava sua madre?

«Bene» esordì la dottoressa voltandosi verso gli agenti. «Ora avete l'identità della vittima. Immagino che dobbiate solo trovare il suo assassino.»

«Quanti anni aveva quando sono state fatte quelle radiografie?» chiese Josie a Gretchen.

Gretchen inforcò gli occhiali da lettura e sfogliò la scarna cartella che aveva portato con sé. «Sembra che l'ultimo esame sia stato fatto quando aveva quattordici anni.»

«Cos'altro c'è in quella cartella?» chiese Josie.

Gretchen sfogliò altre pagine, aggrottando le sopracciglia.

«Cosa c'è?» chiese Noah.

«Sembra che fosse stata affidata allo Stato» disse Gretchen. «C'è una nota qui: viveva in una casa-famiglia a Bellewood.» Era il capoluogo della contea, distante quaranta miglia da Denton.

Josie attraversò la stanza e sbirciò oltre la spalla di Gretchen, studiando l'indirizzo. «Quel posto è stato demolito quando andavo al liceo. Adesso ci hanno fatto un centro commerciale. C'è un contatto? Qualcuno doveva portarla alle visite dentistiche, firmare le cure e tutto il resto.»

Gretchen girò una pagina. «Maggie Smith.»

«Troviamola. Se è ancora viva. Prepariamo qualche mandato e vediamo se riusciamo a ottenere il fascicolo della ragazza dai Servizi Sociali.» ordinò Josie.

Noah si avvicinò. «Cerco il nome di Belinda nei database.» Lanciò un'occhiata a Josie. «È possibile che qualcuno abbia usato la sua identità dopo che è stata uccisa.»

Passò un'eternità prima che arrivasse il dottore. Era giovane, doveva avere l'età di suo padre, e fece molte domande, a cui sua madre rispose immancabilmente con la stessa faccia triste e piena di lacrime che aveva rifilato alle infermiere.

«Che mi dice del padre di Josie? Dov'era quando è successo tutto questo?»

«Lavora di notte alla stazione di servizio vicino all'Interstatale.»

«L'ha chiamato?»

La madre di Josie rispose con un sorriso di esitazione. «Per un piccolo taglio? No, non volevo, non volevo disturbarlo.»

Il medico alzò un sopracciglio e si avvicinò al letto dove era sdraiata Josie, le sollevò delicatamente i capelli, si chinò e, dopo aver esaminato il lato del viso, guardò con sdegno la madre. «Questo non è un taglietto, signora Rose. Temo che sua figlia avrà bisogno di diversi punti di sutura.» Il cuore di Josie fece una capriola. Il rischio di piangere la costrinse a concentrarsi più che poté per trattenere le lacrime. Sentiva la mano calda del medico sulla sua spalla. Quando alzò lo sguardo su di lui, lui le sorrise. «Ti darò una medicina, così non ti faranno male, va bene tesoro?»

Lei annuì, non sapendo se credergli o meno.

Il dottore guardò di nuovo la madre di Josie. «Credo che il padre dovrebbe venire qui. Perché non va a chiamarlo?»

Da solo con Josie, il dottore chiamò un'altra infermiera e le fecero un sacco di domande: Era la mamma che le aveva fatto del male? Come si era procurata quel taglio? Cosa ci faceva nel bosco? Le aveva fatto del male un'altra persona? E infine, aveva paura della mamma? Josie sapeva bene che non doveva dire la verità. Continuava a mugugnare «Sono caduta.» a ripetizione, come un giocattolo rotto. All'inizio era difficile dire quella bugia, ma più la ripeteva, più diventava facile, finché non fu normale come respirare e il suo corpo non si rese più conto che stava mentendo.

I medici e le infermiere insistettero per controllare che non ci fossero ferite anche agli arti e al busto e le fecero altre domande finché Josie riuscì a malapena a tenere gli occhi aperti. Quando il medico iniziò a metterle i punti, a Josie non importava più cosa fossero o se facessero male. Voleva solo dormire. Non aveva bisogno di essere tenuta giù. Nessuno doveva dirle di stare ferma. Si girò semplicemente su un fianco e chiuse gli occhi. Il dottore aveva ragione. Sentì l'ago che le aveva infilato per intorpidire il viso, ma non sentì altro. Non sentì nulla.

Suo padre arrivò mentre il dottore le metteva i punti sulla sua guancia. Se ne accorse perché lo sentì litigare con la madre fuori dalla tenda, ma udì solo alcune parole. «Tu... colpa tua... malata... che te ne vai... non vedrai mai... polizia... abuso... custodia... ti odio.»

DICIASSETTE

Josie era seduta dietro la sua scrivania alla centrale, con il portatile acceso davanti a sé. Gretchen era fuori a farsi rilasciare i mandati per ottenere il fascicolo di affidamento di Belinda Rose del Dipartimento dei Servizi Sociali. Noah stava prendendo altro caffè. Josie aprì il primo dei numerosi database per inserire le informazioni su Belinda Rose, ma le sue dita si bloccarono sulla tastiera. Sentì un formicolio in testa. Una volta imboccata questa strada, non sarebbe più tornata indietro. Aveva sperato di confinare sua madre nel passato, ma ora era impossibile. Il Dipartimento di Polizia di Denton doveva risolvere un omicidio. Dovevano scoprire chi era la ragazza sepolta nel bosco. Poiché la madre di Josie aveva chiaramente rubato l'identità della ragazza qualche tempo dopo la sua morte, non c'era altra scelta che rintracciarla, o almeno trovare qualcosa che le collegasse.

La porta del suo ufficio si aprì, Noah entrò con una tazza di caffè fumante in una mano e lei quasi si tuffò per prenderla. Lui rise. «Ehi! Sei un po' stanca, per caso?»

Avvolgendo le mani intorno alla tazza, si sedette di nuovo e la sorseggiò. «Cerco una distrazione» spiegò. «Chiudi la porta.»

Il rumore dei suoi agenti che si muovevano nell'ufficio all'esterno si attenuò quando Noah chiuse la porta con uno scatto. Si sedette sulla sedia di fronte a lei e sollevò un sopracciglio. «Che succede, Boss?»

«Sto cercando di trovare un modo per risolvere questo omicidio senza dover tornare in contatto con mia madre.»

«Non sono sicuro che sia possibile» disse Noah, «sai che dobbiamo seguire tutte le piste, e se tua madre, poco dopo l'omicidio, ha assunto l'identità di questa ragazza, questo la rende un'indiziata. Insomma, Belinda Rose non compare in nessuno dei nostri elenchi di persone scomparse, perciò come avrebbe fatto tua madre a sapere così presto dopo la sua morte di poter sfruttare la sua identità?»

Josie posò la tazza sulla scrivania e ne seguì il bordo con l'indice, fissando il vapore che saliva dall'interno della tazza invece che su Noah. «Capisco quello che vuoi dire.»

Lui aspettò un attimo. Poi chiese: «Non ti interessa scoprire chi era veramente tua madre?»

Josie lo guardò negli occhi, con le dita si scostò i capelli neri dalla lunga cicatrice sul lato destro del viso. Deglutì per placare la secchezza della gola. «Oh, so chi era veramente.»

Ma non so se voglio che il resto del mondo lo sappia, aggiunse tra sé.

«Boss.» proseguì Noah.

«Sì.»

«Anche tu sai chi sei. Non dimenticarlo.»

Era proprio quello che aveva bisogno di sentire, perfettamente formulato. «Grazie.»

Noah si protese in avanti, tirò fuori dalla tasca posteriore un fascicolo di documenti arrotolati, lo stese e lo spinse sulla scrivania. «Ho già fatto una ricerca usando il nome Belinda Rose con la data di nascita, 15 ottobre 1966, per cercare un ultimo indirizzo conosciuto.»

Josie chiuse il portatile e guardò il rapporto. Mentre i suoi occhi scorrevano sugli indirizzi associati a Belinda Rose, Noah si alzò e passò accanto a lei. Indicò il primo indirizzo, che Josie riconobbe immediatamente. «Questa era la casa-famiglia gestita da Maggie Smith» disse. «Stiamo ancora cercando di rintracciarla. Lamay sta facendo delle ricerche. Presto ci dirà qualcosa, sempre che sia ancora viva.»

Le dita di Noah continuarono a scorrere l'elenco. «L'indirizzo successivo era un appartamento a Fairfield. La vera Belinda Rose avrebbe avuto diciotto anni quando viveva lì.»

«È a quasi un'ora da Bellewood, nella contea di Lenore.» disse Josie. «Mi chiedo se ci abbia vissuto davvero, o se fosse già morta a quel tempo. Potrebbe essere stata mia madre a vivere in quell'appartamento con il suo nome.»

«Sono sicuro che saremo in grado di formulare un'ipotesi più precisa su quando è morta una volta che avremo il fascicolo del Dipartimento dei Servizi Sociali e che avremo parlato con la Smith.» affermò Noah.

«Guarda qui» disse Josie indicando l'indirizzo di Fairfield. «Prima di trasferirsi al parcheggio delle roulotte, ha vissuto in un mucchio di appartamenti sparsi per la contea di Alcott e Lenore, tutti a una quarantina di miglia da Bellewood, se non di più. Ben prima che mia madre arrivasse al parcheggio per roulotte. Non credo che questa sia la vera Belinda Rose.» Josie ricordava con chiarezza quanto spesso e quanto improvvisamente sua madre andasse e venisse, abbandonandola per mesi per poi tornare quando meno se lo aspettava, come un tornado che si abbatteva sulla sua vita, distruggendo tutto.

«Va bene, quindi sappiamo che era tua madre quella a vivere nel parcheggio delle roulotte» sintetizzò Noah «ed è probabile che anche la mezza dozzina di appartamenti precedenti fossero suoi. Devo chiedere a qualcuno di andare per parlare con i proprietari?»

Josie si appoggiò alla sedia e bevve un altro sorso di caffè. «Non sono sicura che ne valga la pena» disse. «È successo più di trent'anni fa. Alcuni di questi edifici potrebbero anche essere stati abbattuti.»

«Qualche vicino ficcanaso?» suggerì Noah.

«Fa' delle indagini» gli disse «Non si sa mai.»

«C'è qualcuno che vive ancora nel parcheggio delle roulotte e che potrebbe ricordarsi di lei?»

«Ne dubito» disse Josie «ma puoi mandare qualcuno a chiedere in giro.»

C'è qualcuno, pensò tra sé e sé, *anche se non vive più al parcheggio delle roulotte.* Josie non sapeva nemmeno se fosse ancora vivo; non pensava a Dexter McMann da sedici anni, aveva cancellato dalla sua mente l'intero episodio, proprio come aveva cercato di fare con tutto ciò che riguardava sua madre. Ad ogni modo, dubitava che lui ne sapesse più di lei. Non voleva riaprire quella ferita a meno che non fosse assolutamente necessario.

«Penso che dovremmo cercare dove è andata dopo il parcheggio delle roulotte, e c'è solo un indirizzo registrato su Belinda Rose dopo quello.» disse Josie.

Secondo il rapporto, l'anno in cui Josie aveva compiuto quindici anni, sua madre aveva vissuto in un appartamento a Philadelphia, a due ore di distanza da Denton. «Dopo di allora non c'è più nulla» aggiunse Josie. «Ha usato questa identità fino al 2002, poi l'ha cambiata.»

«O forse è morta.» suggerì Noah.

«Non sono così fortunata.» borbottò Josie.

«Come scusa?»

«Niente, niente. Deve averne assunta un'altra oppure è tornata alla sua vera identità, qualunque essa sia.»

«Aveva una famiglia?» chiese Noah.

Josie scosse la testa. «No. Cioè, se ce l'aveva, non me ne ha mai parlato. Ero una bambina. Non gliel'ho mai chiesto.» *Cercavo di non parlarle affatto.*

«Manderò qualcuno a controllare gli indirizzi su questa lista, per vedere se riusciamo a trovare qualcosa» disse Noah. «Anche se non troviamo niente, scaveremo nella vita della vera Belinda Rose. Forse si conoscevano.»

DICIOTTO
JOSIE – SEI ANNI

Le dita scorrevano sul capo di Josie, accarezzandole delicatamente i capelli. Rannicchiata nel suo letto, le sue piccole mani stringevano la morbida coperta rosa che la nonna le aveva regalato per Natale. Era la cosa che preferiva al mondo dopo Wolfie. Povero Wolfie, non lo vedeva dalla notte in ospedale.

«JoJo.» sussurrò suo padre.

Aprì di scatto gli occhi e sorrise, ma una scarica di dolore le partì dall'orecchio fino al mento, facendola trasalire. L'aveva quasi dimenticato. Il volto di suo padre fluttuava sopra il suo letto, a metà tra il sorriso e la preoccupazione. Conosceva il suo sguardo preoccupato. Una delle sue sopracciglia si alzava sempre come un bruco peloso piegato verso il centro. Allungando una mano, vi passò sopra un dito, cercando di stenderlo.

«Papà, è l'ora della sveglia?» chiese

Di nuovo, lui le scostò i capelli dal viso, facendo attenzione a evitare la medicazione. «No, tesoro, è ancora notte.»

«Non devi andare a lavorare?» chiese ancora.

Lui sorrise e la sua fronte da bruco preoccupato si inarcò di più. «Non stasera, tesoro. Ho bisogno di parlare con te. Andiamo dalla nonna, va bene?»

«Verrà anche la mamma?» chiese lei.

Suo padre distolse lo sguardo, guardò la porta chiusa e poi tornò a guardare lei. «No. La mamma resta qui.»

Josie cercò di nascondere quanto questo la rendesse felice.

«JoJo» disse suo padre, spostandosi sul bordo del letto. «Ho bisogno che tu faccia molto silenzio, capito? Almeno fino a quando non saremo arrivati al mio furgone. Puoi farlo per me?»

Con gli occhi spalancati, Josie annuì.

Lui si alzò e si avvicinò a un piccolo borsone vicino alla porta, infilandoci dentro delle cose, i suoi vestiti e i giocattoli. Stava per chiedere quanto tempo sarebbero rimasti a casa della nonna, quando ci fu un colpo contro la porta della sua camera. Entrambi sussultarono. Suo padre si voltò proprio mentre un altro forte colpo scuoteva la porta. Poi la voce di sua madre gridò: «Dannazione Eli, cosa stai facendo lì dentro?» Suo padre non rispose. Rimase lì in mezzo alla stanza di Josie, con il borsone in una mano.

«Apri questa porta, Eli. Subito!» ringhiò.

«Papà» sussurrò Josie. «Ho paura.»

DICIANNOVE

Una settimana dopo, Josie si ritrovò Gretchen e Noah, in piedi davanti alla sua scrivania, che la guardavano a disagio. «Cosa vuol dire che abbiamo un problema?» chiese.

Noah si sedette sulla sedia degli ospiti, mentre Gretchen iniziò a camminare, con il blocco degli appunti in mano. Tirò fuori gli occhiali da lettura e li appoggiò sul naso prima di sfogliare alcune pagine. Lesse i nomi di tutte le persone con cui aveva parlato al Dipartimento dei Servizi Sociali, ma a Josie non suonavano familiari.

«Basta» la interruppe. «Mi stai dicendo che hai parlato con tutte quelle persone e che *tutte* ti hanno detto la stessa cosa?»

Gretchen alzò lo sguardo su di lei. «Esatto. Il dossier di Belinda Rose non c'è. Il Dipartimento dei Servizi Sociali non ce l'ha.»

«Non c'è?» chiese Noah. «Vuol dire che potrebbe essere da qualche altra parte? Hanno un archivio fuori sede?»

«No, non ce l'hanno. I documenti della contea sono tutti conservati in un unico archivio, nell'ufficio principale di Bellewood, e il fascicolo di Belinda Rose non è tra questi.» spiegò Gretchen.

«Quindi l'hanno perso.» concluse Josie.

«Non arriverebbero a tanto.» rispose Gretchen.

Noah rise: «Il che significa che l'hanno perso. Oppure è stato distrutto per qualche motivo e non vogliono prendersi la colpa.»

Josie si passò una mano tra i capelli. «D'accordo, ma devono avere sicuramente una qualsiasi documentazione su Maggie Smith. Gestiva la casa in cui viveva Belinda.»

Gretchen agitò la penna in aria. «Sì. È l'unica pista che abbiamo a questo punto. Pare che Maggie Smith si sia sposata alla fine degli anni Novanta, abbia lasciato il programma di affidamento e sia diventata Maggie Lane. Lei e il marito hanno viaggiato per il paese in camper finché lui non è morto di infarto.»

«Era nel suo fascicolo personale?» chiese Noah, perplesso.

Gretchen sorrise. «No, l'ho saputo da una del Dipartimento dei Servizi Sociali. Pettegolezzi da ufficio. Era nuova quando Maggie se ne andò per sposarsi. Maggie dirigeva la casa-famiglia da quasi trent'anni, quindi all'epoca era un argomento di conversazione piuttosto piccante.»

Josie chiese: «Quanti anni aveva Maggie quando si sposò?»

«Più di sessanta. Questo era l'altro motivo di tutti i pettegolezzi. Aveva aspettato tutta la vita per sposarsi e poi suo marito è morto nel giro di dieci anni. Una cosa terribile.»

«Lasciò il suo posto alla casa-famiglia alla fine degli anni Novanta» osservò Josie. «È stato vent'anni fa. Il che significa che dovrebbe avere circa ottant'anni. È ancora viva?»

«Sì» disse Gretchen «attualmente risiede a Rockview Ridge, proprio qui a Denton.»

VENTI

Josie si tirò le coperte sopra la testa, raggomitolandosi più che poteva. Più piccola, doveva farsi più piccola. Le grida provenienti da fuori attraversarono l'aria, penetrarono il legno fragile della porta e urtarono contro il suo lettino. Josie desiderò di nuovo di riavere Wolfie.

«È anche figlia mia, Belinda.» disse suo padre.

«E allora? La prendi e mi lasci qui? Mi lasci qui da sola?»

«Te l'avevo detto una settimana fa che non avrebbe funzionato.»

La voce di sua madre divenne stridula. «Allora vattene. Vattene!»

Qualcosa rimbombò contro la porta della stanza di Josie. Lei si rannicchiò di più, premendo la fronte contro le ginocchia.

«Porto via mia figlia.» disse suo padre.

«Non è tua! È mia!»

«Col cavolo che lo è.»

Ci fu una serie di tonfi e poi uno schianto, e Josie sentì quello che sembrava un vetro che si rompeva. Poi la voce di sua madre, stavolta cattiva, come all'ospedale quando l'aveva afferrata per il mento. «Ti ho detto che non la porterai via. Rimane qui con me.»

«Hai rinunciato al diritto di essere sua madre quando le hai puntato una lama al viso. Pensi che non sappia che sei stata tu? Ventisette punti, strega sadica.»

«Non puoi provare un bel niente. Ora vattene. Non la porterai via.»

«Togliti di mezzo, Belinda.»

«Pensi di poter prendere l'unica cosa che ho e andartene?»

«È quello che sto facendo, no? Hai dei problemi molto seri, Belinda. Josie non è al sicuro qui. La porto da mia madre.»

«Oh certo, corri da mammina.»

Josie sentì un fruscio, poi un tonfo. Poi suo padre disse: «Non voglio farti del male, Belinda, ma lo farò se questo significa proteggere Josie. La porto via. Ora togliti di mezzo.»

Sua madre rise e il corpo di Josie si irrigidì. Aveva la sensazione che il suo cuore impiegasse troppo tempo tra un battito e l'altro.

Altri scossoni. Poi le arrivò di nuovo la voce di suo padre, e questa volta sembrava diversa. «Belinda» disse. «Dove l'hai presa quella?»

«Non la porterai con te, Eli.»

«Parliamone.»

Ancora una risata di sua madre. Josie provò la straniante sensazione di farsela addosso. Cercò di trattenerla. Sua madre si sarebbe arrabbiata *molto* se avesse bagnato il letto.

«Oh, certo, ora vuoi parlare.» sentì dire sua madre oltre la porta.

«Ma non qui» disse suo padre. «Facciamo una passeggiata, d'accordo? Prendiamo un po' d'aria fresca? Possiamo discuterne.»

«Possiamo parlare quanto vuoi, Eli, ma non la porterai con te.»

VENTUNO

Arroccata in cima a una collina rocciosa ai margini della città, Rockview Ridge era l'unica casa di riposo di Denton. La nonna di Josie, Lisette Matson, vi risiedeva ormai da diversi anni. Oltre a sua madre, Lisette era l'ultima parente di Josie ancora in vita e anche la sua migliore amica. Josie andava a farle visita regolarmente e sapeva bene dove trovarla a quell'ora del giorno. Individuò i riccioli argentati di Lisette non appena entrò nella mensa; il pranzo era finito, ma alcuni residenti si attardavano a leggere riviste, a guardare la televisione in comune e, come Lisette, a giocare a carte. La nonna alzò lo sguardo e sorrise, facendole cenno di avvicinarsi.

«Non vieni mai a farmi visita così presto.» notò mentre la nipote le si avvicinava per un bacio.

«Lo so. Questioni di lavoro.» rispose Josie sedendosi di fronte alla nonna.

Lisette stava facendo un solitario; buttò una carta su una delle file e disse: «Immagino che tu non abbia tempo per una partita.»

«No, scusa nonna. Senti, devo farti delle domande.»
Lisette si accigliò. «È tutto a posto? Che succede?»

Josie allungò la mano verso quella di Lisette e la accarezzò. «Non preoccuparti. Non ci sono morti, feriti o dispersi. Anche se non è proprio così.»

Raccontò a Lisette della scoperta dei resti della vera Belinda Rose dietro il parcheggio delle roulotte. «Crediamo che mia madre abbia rubato l'identità di questa ragazza. Ho bisogno che tu mi dica tutto quello che ricordi di lei.»

Lo sguardo di Lisette scivolò sul tavolo. Lentamente, raccolse le carte e iniziò a mescolarle. «Josie...» iniziò, e il suo tono riempì la nipote di terrore. Era il tono che aveva usato quando l'aveva sorpresa a bere a sedici anni, il tono che aveva usato quando aveva scoperto che Josie e Ray avevano rapporti; era il suo tono di avvertimento, il tono che diceva: "Non posso impedirti di percorrere la strada che hai scelto, ma ti dico di stare attenta".

Il cuore di Josie fece un rapido doppio battito. «Nonna» disse piano. «Se mia madre ha fatto qualcosa a questa ragazza, devo saperlo.»

Lisette continuava a non guardarla. «È meglio che la lasci nel tuo passato, Josie. Hai dimenticato quanto è stato difficile farla uscire dalle nostre vite?»

«Certo che no. Credimi, se potessi scegliere, correrei urlando nella direzione opposta. Non mi interessa nemmeno che non sia chi diceva di essere, ma devo risolvere un omicidio e lei ha avuto un legame con la vittima.»

Lisette smise di mescolare e posò il mazzo sul tavolo, battendo i lati a uno a uno finché le carte non furono perfettamente impilate. Josie ebbe l'impressione che avesse gli occhi lucidi.

«Nonna, per favore.»

Improvvisamente le dita di Lisette affondarono nell'avambraccio di Josie con una forza e un'intensità che smentivano i suoi ottantacinque anni. Con gli occhi spalancati e la voce bassa, Lisette si sporse verso di lei e disse: «Pensi che non sappia quello che ti ha fatto?»

Josie resistette all'impulso di allontanarsi, anche se il dolore le saliva lungo il braccio. «Non dire nulla.» disse con voce soffocata.

«Lo so, Josie. So quello che ha fatto.»

«Ti prego, nonna. Basta.»

«È per questo che ho lottato tanto per te. Per questo ho fatto le cose che ho fatto. Ricordatelo.»

Josie non riusciva a riprendere fiato. Le dita di Lisette scavarono tanto a fondo che Josie avrebbe giurato di sentire la pelle scorticarsi.

«Avrei dovuto ucciderla quando ne avevo la possibilità.» aggiunse Lisette.

«Nonna!»

Josie si guardò intorno, ma nessuno dei residenti nella stanza le stava prestando attenzione e Gretchen, che l'aveva accompagnata alla casa di riposo, era ancora alla reception a chiedere informazioni su Maggie Lane.

«Avrei voluto...» continuò Lisette. «Volevo farlo, credimi. Sarebbe stata la cosa migliore per tutti noi, ma temevo che mi avrebbero scoperta e tu saresti rimasta sola.»

Josie staccò una per una le dita della nonna dal suo braccio e le adagiò la mano sul tavolo. «Nonna, ti prego. Questo è il passato. Proprio come hai detto tu. Non sto cercando di riportarlo a galla, ma questo caso deve essere risolto.»

«Non puoi occupartene tu, Josie. Devi stare lontano da lei. Ci sono agenti che lavorano per te. Lascia che se ne occupino loro.»

Josie coprì la mano di Lisette con la sua. «E verranno qui a farti le stesse domande che sto per farti io. Sono il capo della polizia, nonna. Non devo condurre l'indagine, ma devo supervisionarla. Dimmi solo quello che riesci a ricordare.»

«Prometti di stare lontano da lei?» le chiese Lisette.

«Per quanto possibile.» rispose Josie.

Lisette allontanò la mano e abbassò lo sguardo sul proprio grembo. «Non so molto più di te, temo. Tuo padre la portò da me un paio di volte, nei primi tempi, presentandola come Belinda Rose. Non avevamo motivo di non crederle.»

«E il suo passato?» chiese Josie. «Ha mai parlato della sua famiglia o delle sue origini?»

Lisette rimase in silenzio per un momento e Josie capì, dal modo in cui il suo sguardo si dirigeva verso il soffitto, che stava scavando nella sua memoria per recuperare qualche frammento rimasto della sua vita prima della nascita di Josie. «Non aveva famiglia» rispose poi «così disse lei. Era cresciuta in affidamento. Me lo ricordo perché mi dispiacque per lei. Tua madre era molto bella. Era giovane quando la conobbi e ricordo che mi chiesi perché nessuna famiglia avesse adottato una ragazza così dolce e carina.» Sospirò con amarezza: «Beh, ora sappiamo entrambe il perché. Purtroppo.»

«Mi sembra di averle sentito dire che la sua famiglia era morta.» aggiunse Josie.

Lisette alzò le spalle. «Ha raccontato un sacco di storie diverse. A me e a tuo padre disse che era cresciuta in affidamento. Ma dopo che se ne fu andata, parlai con l'avvocato che la rappresentava in tutte le battaglie per l'affidamento e mi disse che non sapeva nemmeno da dove cominciare a cercarla perché lei gli aveva detto che tutta la sua famiglia era morta in un incendio.»

«Ha mai detto da dove veniva?»

«Bellewood. Disse che era cresciuta nei dintorni, ma che era stata trasferita da una casa all'altra in tutto lo stato.»

«Aveva amici? Un lavoro?»

«Nessun amico che io abbia mai conosciuto. Però faceva pulizie domestiche, questo lo ricordo.»

«Per una ditta o per conto suo?»

«Oh, non saprei. Non gliel'ho mai chiesto. Comunque, smise di lavorare dopo la tua nascita.»

«Dove si sono conosciuti lei e mio padre?»

Lisette fece un sorriso malinconico. «E dove? In un bar. Ce n'era uno in fondo alla strada del parcheggio delle roulotte, ma è stato demolito secoli fa.»

«La roulotte in cui vivevamo... di chi era?»

«Di tuo padre. Beh, la prendeva in affitto dal proprietario del parco. Quando lui morì, tua madre continuò a pagare le rate. Il proprietario cercò di addebitarmi i danni alla casa quando lei se ne andò, visto che era ancora a nome di Eli.»

«Sai se anche lei viveva nel parcheggio delle roulotte, prima di conoscere papà?»

«Non ne ho idea, tesoro» rispose Lisette. «Non credo proprio. Tuo padre diceva che all'epoca circolava molta droga da quelle parti, cosa che lo impensieriva per te. Volevo che tornasse a vivere con me dopo la tua nascita, ma lui diceva che tua madre non l'avrebbe permesso. Comunque, credo che tua madre conoscesse gente al bar che viveva nel parcheggio delle roulotte o che ci andavano per farsi.»

Josie sospirò. Il bar a cui si riferiva la nonna era chiuso da tempo e il giro di droga che aveva afflitto il parcheggio delle roulotte era stato debellato sotto il comando del capo Harris. Josie poteva far passare al setaccio il parco, ma dubitava che qualcuno avrebbe avuto informazioni utili sedici anni dopo quella vicenda. Inoltre, quando la madre di Josie aveva conosciuto suo padre, utilizzava già l'identità di Belinda Rose da almeno un anno.

«Nonna, hai qualche foto di lei?»

La bocca di Lisette formò una linea retta. Un attimo dopo disse: «Non credo. A tua madre non piaceva farsi fotografare, e a quei tempi non c'erano i telefoni con la macchina fotografica, quindi, non stavamo continuamente a scattare fotografie.

Avevamo macchine fotografiche vere e proprie con rullini che dovevano essere sviluppati, e questo costava...»

«Nonna.» la pregò cercando di tenerla in argomento.

Lisette sorrise. «Ti darò i miei album prima che tu vada via, così potrai sfogliarli.»

Gretchen apparve sulla soglia della mensa. Fece un cenno a Lisette e Lisette ricambiò il saluto. «Non sei qui solo per parlare con me, vero?»

«In realtà no, nonna. Conosci Maggie Lane?»

«So chi è... non esce spesso dalla sua stanza. Ha avuto un ictus un paio di anni fa e da allora non ha più voglia di vedere gente. La terapia le ha restituito la mente e la parola, ma ora non si muove molto bene. Parla sempre e solo di suo marito, che ormai se n'è andato da qualche anno. Non temere, è ancora lucida, ma credo che sia solo una di quelli che aspettano di morire. Posso accompagnarti nella sua stanza, se vuoi.»

VENTIDUE
JOSIE – SEI ANNI

Sua madre la scosse dal sonno dandole un pizzicotto sulla spalla così forte che il dolore le scese lungo tutto il braccio. Josie aprì gli occhi annebbiati e vide il volto di sua madre fluttuare sopra di lei alla luce della lampada. «JoJo» sussurrò. «Svegliati.»

Josie si irrigidì. Lentamente si mise a sedere sul letto e guardò sua madre. Neri ciuffi di capelli le svolazzavano intorno alla testa. "Crespoli" li chiamava sua madre, le venivano solo quando pioveva. Striature nere e umide le scendevano lungo le guance. Stava piangendo.

C'era qualcosa di sbagliato. Profondamente sbagliato. «Mamma?» disse Josie.

Il sorriso tenero e comprensivo di sua madre le riempì il cuore di terrore più velocemente di quanto avrebbe fatto se le avesse puntato di nuovo quel coltello luccicante al viso. «Do... dov'è papà?» le chiese.

Sua madre si spostò sul letto e le prese la mano. «Piccola, mi dispiace tanto... il tuo papà ha fatto qualcosa di molto brutto stanotte.»

Josie la fissò, confusa. «Cos'è successo?»

La sua mano accarezzò delicatamente l'avambraccio di

Josie, facendole drizzare i peli e desiderare improvvisamente che non rispondesse: ogni parola era come una stilettata sulla sua pelle.

«Tuo padre ci ha lasciate stanotte, JoJo. Se n'è andato per sempre. Sai cosa significa quando qualcuno muore?»

Josie non rispose, ma in un certo senso lo sapeva. Sapeva che quando le persone muoiono vanno in un posto chiamato paradiso. Così dicevano suo padre e sua nonna. Il paradiso era molto, molto bello, tranne per il fatto che non potevi più vedere la tua famiglia.

VENTITRÉ

Fragile e magra, Maggie Lane sedeva ingobbita su una sedia a rotelle, con i lunghi capelli grigi legati all'indietro in una coda di cavallo. Sebbene Josie sapesse che Maggie aveva più o meno la stessa età di sua nonna, il tempo era stato molto meno clemente con lei: il suo viso sembrava avere il doppio delle rughe che aveva Lisette e le dita delle mani, che teneva intrecciate in grembo, erano nodose e perennemente piegate verso l'interno dei palmi; contratture, così si chiamavano, quando le articolazioni o i muscoli si accorciano per mancanza di movimento, causando deformazioni permanenti. Josie lanciò un'occhiata ai suoi piedi, rivolti l'uno verso l'altro in un paio di semplici scarpe da ginnastica bianche, e sospettò che anche lì avesse delle contratture.

Maggie alzò la testa quando Josie e Gretchen entrarono nella stanza e Lisette si allontanò verso la mensa con il suo deambulatore.

«Mrs. Lane.» esordì Gretchen.

Maggie fissò le due ospiti inattese, spostando gli occhi umidi dall'una all'altra. La sua sedia a rotelle era incastrata tra il letto e un piccolo comò. Accanto alla cassettiera c'era una poltrona reclinabile, sulla quale si sedette Gretchen mentre Josie rimase in piedi. Si presentarono e Gretchen spiegò che erano lì per parlare di una ragazza che un tempo le era stata affidata.

«In affidamento a me?» chiese con voce graffiante, forse a causa di anni di fumo.

«Una ragazza che viveva con lei nella casa famiglia di Powell Street a Bellewood» precisò Gretchen. «Tra la fine degli anni Settanta e l'inizio degli anni Ottanta. Si chiamava Belinda Rose.» Gretchen tirò fuori il suo fidato taccuino e sfogliò alcune pagine. «Compleanno, 15 ottobre.»

Maggie sollevò una mano nodosa e la agitò. «Mi ricordo di Belli. È così che la chiamavo. Una creatura dolcissima. Fino all'adolescenza. Poi divenne un diavolo.»

Gretchen e Josie si scambiarono un'occhiata. Josie chiese: «Per quanto ha vissuto con lei?»

Una serie di colpi di tosse le esplose dai polmoni, provocandole dei sussulti. Proprio mentre Josie si chiedeva se fosse il caso di chiamare una delle infermiere, Maggie si ristabilì. «Quando presi Belli, aveva circa cinque anni. Prima di allora era stata data in affidamento a un paio di famiglie che volevano adottarla, ma non era mai andata a buon fine. Uno dei padri adottivi aveva un'idea diversa su come si cresce una bambina, se capisce cosa intendo.»

A Josie si rivoltò lo stomaco.

«Quindi è arrivata da lei a cinque anni» riprese Gretchen. «Le dissero qualcosa sui suoi veri genitori o sul motivo per cui era stata data in affidamento?»

«Beh, non ti dicono molto, ma se ricordo bene, era nata da una coppia di adolescenti sprovveduti che non erano pronti a diventare genitori. A quei tempi, avere figli da ragazzi era... come si dice? Disdicevole. E così ne avevamo un bel po' di bambini nati da genitori adolescenti.»

«Com'era lei?» chiese Josie.

Maggie sorrise e la sua dentiera superiore scivolò un po';

chiuse la bocca, risucchiandola per rimetterla a posto. Poi disse: «Dolce. Era una ragazza dolce. Le piaceva aiutarmi in casa. Le piaceva aiutare le altre ragazze. Potevo sempre contare su di lei per le faccende domestiche. Era anche affettuosa. Molte di quelle ragazze non avevano ricevuto affetto da piccole e quindi non lo cercavano o non lo offrivano. Alcune avevano subito gravi violenze e conoscevano solo "carezze cattive", se capite cosa intendo.»

«Lei ha detto che Belinda era una ragazza dolce finché non è diventata adolescente» riprese Gretchen. «Cosa accadde poi?»

Maggie scrollò le spalle. Le sue scapole si sollevarono come se stesse per avere un altro attacco di tosse, ma quando espirò, l'unica cosa che uscì prima di rispondere fu un lungo rantolo. «Non lo so, davvero. A volte le ragazze diventano cattive quando raggiungono una certa età. Cominciò a prendere brutti voti, a stare in giro oltre il coprifuoco, a fumare e a bere. La polizia la sorprese più volte nei boschi a bere con altri ragazzi.»

In quella zona della Pennsylvania, sembrava che ogni scuola superiore avesse uno spazio nei boschi dove gli adolescenti si riunivano per ubriacarsi o drogarsi, fumare o semplicemente marinare la scuola. Quando Josie era al liceo, andavano tutti in un posto conosciuto come "Cataste", un luogo in cui diverse lastre di roccia cadendo dal fianco di una montagna si erano accatastate. «Quindi andava a scuola a Bellewood?» chiese Josie.

«Tutte le mie ragazze ci andavano.» rispose Maggie.

«Ricorda qualcuno dei ragazzi che frequentava?» chiese Gretchen.

«Dovevo occuparmi di tantissime ragazze. Non potevo occuparmi anche dei loro amici.»

Josie chiese: «E riguardo alle altre ragazze affidate a lei, Belinda era legata a qualcuna di loro?»

I polmoni di Maggie fischiarono di nuovo. Alzò una mano e attesero alcuni secondi perché riprendesse fiato e parlasse di nuovo. «Non proprio. Se ne stava per conto suo. Divideva la stanza con Angie... oh cielo, non ricordo il cognome, anche se dopo l'università si è sposata e si è trasferita a Philadelphia. Belli aveva legato più con Angie che con tutte le altre.»

Se Angie era andata al college, si era sposata e si era trasferita a Philadelphia, allora non poteva essere la madre di Josie. Ad ogni modo, l'avrebbero trovata e avrebbero visto cosa sapeva di Belinda e delle persone che frequentava. «Sono sicura che possiamo rintracciare Angie nei vecchi archivi» disse Josie. «Questo è molto utile.»

Gretchen chiese: «Che aspetto aveva Belinda?»

«La mia Belli era bassa e tarchiata, aveva i capelli biondi più ricci che si siano mai visti, una seccatura.»

«Per quanto tempo è stata affidata a lei?» domandò Gretchen.

«Beh, doveva stare con me fino ai diciotto anni, ma scappò un paio di volte.»

Di nuovo, gli sguardi di Josie e Gretchen si incontrarono. «Quando è successo?» chiese Josie.

Maggie reclinò la testa all'indietro ed emise un sospiro stanco. Il suo viso era cinereo. L'interrogatorio le stava costando molto. «Beh, la prima volta sparì per qualche mese, quando aveva circa quindici o sedici anni. Non ricordo esattamente. Mi fece così arrabbiare. Qualcuno al liceo le aveva trovato un lavoro al palazzo di giustizia, come archivista e centralinista, per qualche ora alla settimana. All'inizio se la cavava benissimo e contribuiva alle spese con i suoi soldi. Aveva smesso di saltare la scuola, stava lontano dai guai. Ma iniziò a litigare spesso con le altre ragazze.»

«Per cosa?» chiese Gretchen.

Un'altra alzata di spalle. «Chi lo sa? Per cosa litigano le adolescenti? Bisticciavano sempre per le loro cose: una usava la spazzola dell'altra, l'altra si prendeva il maglione dell'altra ancora. Poi loro la accusavano di credersi migliore perché aveva un lavoro di prestigio. Stupidaggini da ragazzine. E la prendevano in giro perché era ingrassata dopo aver iniziato a lavorare. Mangiava tutto quello che le capitava a tiro; io non riuscivo a starle dietro. Non ho mai ricevuto abbastanza soldi per il mantenimento delle mie ragazze. Dovevo stiracchiare quel poco che lo Stato mi dava per sfamarle tutte. Ad ogni modo, litigammo perché le avevo detto che mi stava vuotando la dispensa; si mise a piangere e scappò via. Non tornò prima di qualche mese.»

«Era ancora in sovrappeso quando è tornata?» chiese Josie.

«Un po'. Ma si era data una regolata.»

Gretchen annotò qualcosa sul suo taccuino e Josie capì che stava segnando la linea del tempo. Belinda Rose era improvvisamente ingrassata e aveva iniziato a mangiare troppo dopo aver lavorato per un po' al tribunale. Era partita ed era tornata più magra e con meno appetito. Forse non era stato evidente per Maggie, ma Josie sapeva esattamente cosa era successo. «Signora Lane, Belinda ha mai avuto qualche... problema di salute?»

Maggie girò la testa in direzione di Josie. «Cosa intende per problemi di salute?»

Josie scrollò le spalle. «Non lo so. Qualsiasi cosa.»

Gretchen intuì dove Josie stava cercando di arrivare e si protese in avanti, posando un palmo sull'avambraccio sottile di Maggie. «Signora Lane, abbiamo ragione di credere che Belinda possa aver avuto una gravidanza.»

Maggie la fissò, senza capire. Poi rise, con le spalle sottili che andavano su e giù. «Si sbaglia» rispose a Gretchen. «Belli non ha mai avuto bambini.»

Gretchen guardò Josie, che scosse rapidamente la testa. È chiaro che Maggie non sapeva della gravidanza, quindi non aveva senso approfondire la questione con lei. Gretchen le chiese: «Denunciò la sua scomparsa?»

«Certo che sì» rispose Maggie. «Dovevo farlo. La polizia non riuscì a rintracciarla. E un giorno, semplicemente tornò.»

«Disse dov'era stata?» chiese Gretchen.

«No, e non ci fu il tempo di tirarglielo fuori. Avevo un sacco di ragazze e, casomai non lo sapeste, le adolescenti non sono facili da gestire.»

«Mrs. Lane, potrebbe essere un po' più precisa? Aveva quindici o sedici anni?» chiese Josie.

Maggie succhiò di nuovo la dentiera superiore. «Sedici. Aveva appena compiuto sedici anni.»

«Quindi accadde in autunno?» la incalzò Gretchen.

Rifletté per un momento, poi disse: «Penso di sì. Faceva molto freddo. Mi ricordo che avevamo un sacco di stufe in più in casa e temevo che una delle mie ragazze potesse appiccare un incendio. Tra l'altro, era poco prima di Natale. Tutte loro aspettavano le vacanze di Natale, ma era un periodo difficile perché essendo in affidamento, molte si deprimevano e questo le portava a litigare ancora di più. Odio ammetterlo, ma quando scappò quella prima volta, fu quasi un sollievo.»

Quindi nell'autunno del 1982, subito dopo il suo sedicesimo compleanno, Belinda Rose era piuttosto avanti con la gravidanza; era scappata per partorire, senza che nessuno se ne accorgesse, ed era tornata.

«Può dirci» domandò Gretchen, «se aveva un fidanzato? Qualche ragazzo che frequentava regolarmente o che le interessava?»

«Ce n'era uno con cui andava al liceo. Oh, come si chiamava? Lonnie o Lyle o qualcosa del genere. Sembrava avesse due nomi invece di un nome e un cognome.»

Josie soppresse un gemito. «Lloyd Todd?»

Maggie alzò un dito artritico in aria. «Sì, proprio lui! Sono stati insieme quasi un anno.»

Josie sapeva che Lloyd Todd era cresciuto a Bellewood. Si era trasferito a Denton quando aveva avviato la sua attività, perché Denton era molto più grande di Bellewood e offriva molti più clienti sia come appaltatore che come spacciatore.

Gretchen prese un altro appunto. «Ha detto la prima volta... quando è scomparsa la seconda?»

«Un paio di anni dopo; ne avrebbe compiuti diciotto nel giro di sei mesi. Me lo ricordo perché ce la stavamo mettendo tutta per capire cosa avrebbe fatto una volta maggiorenne. Voleva rimanere con me, ma le dissi che non poteva. Era intorno a Pasqua, me lo ricordo. Andò a lavorare al palazzo di giustizia dopo la scuola, come sempre. Doveva tornare verso le sette, ma non tornò mai più. Chiamai di nuovo la polizia e sporsi denuncia.»

«Abbiamo controllato i registri dell'intera contea» disse Josie. «Non risulta tra le persone scomparse.»

«Oh, perché non lo è, cara. Ricevetti una cartolina qualche mese dopo la sua partenza. Era dopo il suo diciottesimo compleanno, quindi era libera di fare quello che voleva. Non mi ha mai lasciato un indirizzo e non è mai venuta a prendere le sue cose.»

Josie sentì un brivido lungo la schiena. «Da dove veniva la cartolina?»

«Da Philadelphia. Diceva che le dispiaceva di essere partita all'improvviso, ma che lì aveva conosciuto un uomo e si sarebbero sposati. Mi ringraziava per tutto.»

Gretchen disse: «Non è che per caso ha ancora quella cartolina?»

Maggie rise. «Oh, cara, non ho conservato nulla di quel periodo, da quando mi sono sposata. Abbiamo viaggiato in camper. Non c'era molto spazio per la nostalgia. Ma l'ho data alla polizia per chiudere il caso.»

Josie si svegliò per un incubo, agitata e coperta di sudore. Aprendo di scatto gli occhi ebbe un momento di spavento ritrovandosi in un ambiente sconosciuto, prima che la nebbia del sonno si diradasse e lei ricordasse dove si trovava: a casa della nonna, nel lettone. Stava lì da quando suo padre era morto. Aveva la sua stanza, ma di solito preferiva rannicchiarsi accanto alla lei.

Si mise a sedere e sbatté le palpebre, cercando con le mani, tra le coperte del letto, il calore della nonna, ma non c'era.

«Nonna?» chiamò.

Non ci fu risposta. La paura le avvolse il cuore, stringendolo forte. Scese dal letto e si diresse in punta di piedi in corridoio verso il filo di luce che filtrava da sotto la porta del bagno. Avvicinandosi, sentì il lamento della nonna, un suono acuto e stridulo che le fece venire la pelle d'oca. Rimase immobile nel corridoio, chiedendosi se dovesse bussare o chiamarla. La pressione nel petto si fece più forte, corse di nuovo verso il letto della nonna e tirò le coperte fin sopra la testa. Desiderava più di ogni altra cosa che suo padre tornasse dal cielo, ma in cuor suo sapeva che non l'avrebbe mai più rivisto.

Si stava chiedendo se Wolfie fosse in paradiso con lui quando sentì i passi della nonna nel corridoio. Josie chiuse gli occhi e fece finta di dormire, immobile; quando Lisette tornò, si infilò nel letto e la avvolse in un abbraccio.

Quando si svegliò, la nonna se n'era andata di nuovo e la luce del sole filtrava attraverso le finestre della camera da letto. Sentendo delle voci al piano di sotto, Josie saltò giù dal letto e andò in cima alle scale per ascoltare.

Il suono della voce di sua madre la fece raggelare. «È mia. Non l'avrai mai, Lisette.»

«Ti prego, Belinda» rispose la nonna. «È felice qui. Mi prenderò cura di lei.»

«Sul mio cadavere.» disse la madre di Josie. Poi urlò: «JoJo! Scendi.»

Lentamente, come se le sue membra si muovessero nel fango, Josie scese le scale. Sua madre le sorrideva. Non nel modo spaventoso di quando faceva qualcosa di cattivo, ma nel modo delle rare occasioni in cui era gentile, come quando le aveva dato l'album da colorare. Si inginocchiò per trovarsi faccia a faccia con lei e le scostò delicatamente i capelli dagli occhi. «JoJo, vuoi venire a casa con la mamma, vero?» Josie non sapeva cosa dire. Non voleva lasciare la nonna, ma le piaceva quando la madre era gentile. Ma non rispose, allora la madre disse: «Mi sei mancata, JoJo. Non vuoi venire a casa con me? Coloreremo, giocheremo e faremo cose da ragazze insieme. Che ne dici?»

Josie guardò la nonna, il cui volto si era irrigidito. «JoJo?» la chiamò sua madre.

Le avrebbe volute fare tutte quelle cose con lei. Potevano giocare a nascondino e ad acchiappino, e magari potevano mettersi lo smalto insieme. Una delle sue amiche di scuola aveva trascorso delle giornate benessere con la madre, si erano truccate e acconciate a vicenda. Josie lo desiderava più di ogni altra cosa. Quindi annuì e, prima che potesse rendersene conto, sua madre la stava caricando sul sedile del passeggero della

Chevette blu sbattendo la portiera. Josie alzò lo sguardo verso la nonna, in piedi sulla veranda, con le lacrime che le brillavano negli occhi e che la salutava lentamente. La madre di Josie salì sul lato del guidatore e mise in moto.

«Mamma» disse Josie. «Ho dimenticato i vestiti e la coperta.»

«Sta' zitta, JoJo.»

VENTICINQUE

Ci vollero quasi quattro ore per mettere le mani sul fascicolo di Belinda Rose. Per Josie era un miracolo che il piccolo Dipartimento di Polizia di Bellewood lo avesse ancora. Il loro capo era stato così gentile da permettere ai tre di frugare nella polverosa stanza sul retro, piena di vecchi fascicoli chiusi. Apparentemente non avevano mai buttato via niente.

«Adoro i dipartimenti delle piccole città» aveva commentato Noah mentre tirava fuori dagli scaffali una scatola dopo l'altra per farle esaminare a Josie e Gretchen.

Josie stava iniziando a perdere le speranze di trovarlo quando finalmente ci aveva messo le mani sopra; l'inchiostro della scheda ingiallita era così sbiadito che riusciva a malapena a leggere, ma l'aveva trovato: Belinda Rose.

Dopo aver firmato i moduli richiesti, i tre erano usciti con il fascicolo in mano ed erano tornati in centrale, con Gretchen che aveva starnutito per tutto il viaggio a causa della polvere e Josie con gli occhi che bruciavano. Avevano fatto buona parte del tragitto di ritorno a Denton con i finestrini della Escape completamente abbassati, lasciando che la fresca aria di marzo spazzasse via il passato per un po'.

Una volta nell'ufficio di Josie, distribuirono il contenuto del fascicolo sulla scrivania. Era sottile e i rapporti erano sbiaditi e battuti con una macchina antiquata. Non c'era scritto molto più di quello che Maggie Lane aveva raccontato. Josie annotò i nomi degli agenti che avevano raccolto le due denunce di scomparsa, e una rapida telefonata alla polizia di Bellewood rivelò che entrambi erano andati in pensione da tempo.

«Ecco.» disse Noah, estraendo una vecchia fotografia a colori dalla pila di pagine. Era poco più grande di un cartoncino e mostrava un'adolescente tarchiata in piedi nel piccolo giardino della casa-famiglia. In piena luce i suoi riccioli biondi e crespi rilucevano, e lei strizzava gli occhi con un gran sorriso. Un vestito informe a stampa floreale le copriva l'ampio ventre, fermandosi a metà delle cosce pallide e robuste. Da una spalla pendeva la cinghia di uno zaino e in una mano teneva una busta di carta marrone.

«Primo giorno di scuola.» disse Gretchen.

Josie prese la foto dalle mani di Noah e la girò. Qualcuno aveva scritto *settembre 1982*.

«Era incinta in questa foto» disse Josie. «Se la nostra cronologia è corretta.»

«Ci sono altre foto?» chiese Gretchen, rimescolando ancora una volta il contenuto del fascicolo. «Precedenti alla seconda fuga?»

Josie la trovò allegata a una seconda serie di rapporti redatti più di un anno dopo la prima serie di rapporti. Nella foto, Belinda stava scendendo una rampa di scale in quella che, Josie suppose, doveva essere la casa-famiglia: sullo sfondo c'erano pannelli di legno scuro e moquette grigia logora. La foto non sembrava fatta in posa come la precedente: sembrava piuttosto che qualcuno l'avesse sorpresa scattandole un'istantanea mentre scendeva i gradini. Belinda era molto più minuta e magra rispetto alla prima foto che avevano trovato, tanto che sembrava la metà di quello che era nel settembre del 1982. I suoi capelli non erano cambiati: stretti boccoli biondi le pendevano fino alle spalle, offrendo un tocco di vita allo sfondo altrimenti scialbo. Senza la luce del sole in faccia, i suoi occhi blu brillavano grandi e chiari su un sorriso sottile. Questa volta indossava un paio di jeans attillati e la stessa giacca a vento di nylon che la dottoressa Feist aveva portato alla luce insieme al suo corpo. Dal colletto della giacca spuntava un piccolo ciondolo portafoto d'oro a forma di cuore.

«Guardate» disse Josie, indicandolo «questo non lo abbiamo trovato nella fossa.»

«Forse non lo indossava quando è morta.» propose Gretchen.

«È un bel ciondolo per una ragazza in affido.» fece notare Josie.

«Potrebbe essere bigiotteria.» sottolineò Noah.

«Potrebbe anche essere importante.» insistette Josie.

Lei non era cresciuta in affidamento, ma la sua condizione non era stata migliore, almeno fino a quando sua madre non se ne era andata, e non aveva avuto gioielli neanche lontanamente preziosi come quel ciondolo fino a quando non aveva compiuto diciotto anni, quando Ray le aveva regalato un pendente di diamanti, comprato con i risparmi di mesi. Lo aveva indossato ininterrottamente per quasi tutta l'università. Lo conservava ancora.

«Gretchen» disse Josie «quando abbiamo finito qui, fai una copia di questa fotografia e torna a Rockview a parlare con Maggie Lane. Ha detto che Belinda lasciò le sue cose la seconda volta che scomparve. Chiedile se questo ciondolo era tra quelle, va bene?»

«Certo, Boss» disse Gretchen, scattando una foto con il cellulare.

«Quando è stata fatta?» chiese Noah.

Josie riprese la foto dalle mani di Gretchen, la girò e lesse la data. «Marzo 1984.»

«Maggie ha detto che è scomparsa intorno a Pasqua del 1984» disse Gretchen, aprendo il browser del suo telefono. Josie la guardò da sopra le spalle mentre digitava la ricerca. «Pasqua cadeva il 22 aprile quell'anno.» aggiunse poi.

Josie prese la denuncia che aveva fatto Maggie. «Questa è datata il 26.» disse.

«Quindi possiamo stimare la data dell'omicidio» concluse Noah «a partire dal 26 aprile 1984.»

«Sì, ma questo non ci dice nulla su chi è stato» rispose Josie. «Ma qui ci sono i nomi delle persone che furono interrogate all'epoca. Ecco...» prese un altro foglio. «Interrogarono Lloyd Todd e suo fratello Damon.» Scorse le parole sbiadite scritte a macchina. «Lloyd disse che si frequentavano saltuariamente dall'inizio del 1983, e che avevano rotto verso Natale dello stesso anno. Quel giorno l'aveva vista a scuola e sembrava stesse bene. Quella sera era agli allenamenti di atletica. Suo fratello e suo padre lo hanno confermato, perché erano entrambi sugli spalti.»

«Sarà impossibile parlare con Lloyd Todd» osservò Gretchen. «Voglio dire, ora è nella prigione della contea in attesa di giudizio. Non parlerà mai con i poliziotti senza il suo avvocato.»

Josie annuì. «Potrebbe anche rifiutarsi di parlare con noi. Allora rintracciamo il fratello. Se la polizia di Bellewood pensava che valesse la pena interrogarlo nell'84, forse può aiutarci adesso.»

Gretchen segnò il nome del fratello sul suo taccuino. Poi disse: «Ci sono anche i nomi di alcune persone con cui ha lavorato al palazzo di giustizia.»

«Rintracciate anche loro» disse Josie. «Qualcuno potrebbe sapere chi frequentava. E cercate di scoprire se il Dipartimento dei Servizi Sociali ha un elenco delle ragazze affidate a Maggie Lane nello stesso periodo di Belinda. Voglio nomi e foto, se riuscite a trovarli. Rintracciatene il più possibile. Voglio il quadro più completo possibile della vita di questa ragazza nei mesi precedenti al suo omicidio.»

Mentre Josie parlava, Noah esaminò il resto della cartella. Alla fine, trovò una cartolina. Su un lato si vedeva la Liberty Bell , mentre sopra si leggeva *Saluti da Philadelphia* in lettere rosse. La porse a Josie, che la girò e fissò la frase sul retro mentre il sangue le si trasformava in ghiaccio nelle vene.

Maggie: Mi dispiace di essere partita senza avvertirti. Ho incontrato un uomo meraviglioso. Ci siamo innamorati! Mi ha portata a Philadelphia e ci sposeremo! Ti prego, non preoccuparti per me. Grazie di tutto! Belinda

La cartolina era datata il giorno dopo il diciottesimo compleanno di Belinda Rose, aveva il timbro postale di Philadelphia ed era scritta con la calligrafia della madre di Josie.

Lo stomaco di Josie si stringeva e bruciava. Non ricordava di aver mai avuto tanta fame. Erano giorni che sua madre non usciva dalla sua stanza. All'interno del fortino di coperte che aveva costruito nella sua camera da letto, la sua pancia gemeva e le sembrava di volersi ripiegare su se stessa. Chiuse gli occhi e congiunse le mani, sussurrando: «Dio del cielo, ti prego, riportami il mio papà e anche Wolfie, e fammi rivedere la nonna, e ti prego anche di dare più cibo a me e alla mia mamma.»

Mentre pronunciava queste parole, sentì delle voci fuori dalla porta. Sua madre e un uomo; doveva essere Needle. Non riuscì a sentire quello che dicevano, ma sentì che passavano davanti alla sua porta e la porta della camera di sua madre che veniva chiusa.

Poi le giunse il profumo. Quello della pizza. Era inconfondibile ed era la sua preferita. Le riempì la bocca di acquolina. Il più silenziosamente possibile, aprì la porta e sgattaiolò nel corridoio. I suoi piedi erano leggeri e silenziosi sulla moquette logora che portava dal corridoio al soggiorno, fino alle piastrelle della cucina.

Il grande cartone bianco giaceva sul tavolo della cucina, un odore di delizia trapelava dalle sue pieghe. Lo stomaco di Josie fece un rumore così forte che fu sicura che sua madre e Needle lo avessero sentito. Ma dal retro della roulotte non proveniva alcun suono. Salì su una sedia della cucina e aprì la scatola. Guardandosi alle spalle per assicurarsi che fossero ancora in camera da letto, prese una fetta che sembrava più grande della sua testa e iniziò a mangiare. Mangiò fino a sentirsi male e assonnata, ma più sazia di quanto si fosse sentita da settimane.

Era al terzo pezzo quando una mano si abbatté con forza sulla sua nuca, facendola cadere dalla sedia su cui si era accovacciata.

«Cristo, Belinda.» esclamò Needle mentre sua madre la afferrava per un braccio e la trascinava fuori dalla cucina.

«Ti ho detto che potevi mangiare quella pizza?»

Josie non disse nulla. Le sembrava di avere la gola piena di cemento. Le lacrime le pungevano il retro degli occhi e si concentrò al massimo per non farle uscire.

«Belinda» ripeté Needle. «Lascia stare.»

«Tu stai zitto.» gli rispose lei.

La porta dello sgabuzzino si aprì davanti a Josie, i cappotti pendevano da una barra sopra un pezzo di moquette marrone e polverosa. C'era odore di fumo di sigaretta e di aria viziata. Josie urlò: «No! Mamma, no!»

La madre la spinse dentro. «Sta' zitta.»

La moquette le graffiava la guancia.

«Mamma, dicevi...» disse strozzandosi, incapace ormai di fermare le lacrime, «dicevi che se non avessi raccontato non sarei andata nello sgabuzzino. Mamma!»

Needle urlò: «Cristo, Belinda. È una bambina.»

Sua madre puntò un dito contro Needle. «Tu stanne fuori.»

«Mamma, ti prego!» gridò.

Poi la porta si chiuse sbattendo e l'oscurità la avvolse.

VENTISETTE

«Sei sicura che questa sia la calligrafia di tua madre?» chiese Noah.

Josie si accasciò sulla sedia, con le prime dolorose pulsazioni da emicrania che partivano da dietro gli occhi. Quando Josie non gli rispose, lui continuò: «Hai un campione? Qualcosa che abbia la sua calligrafia, in modo da poterlo confrontare?»

«Non mi serve un campione.» rispose Josie.

Dalla sedia degli ospiti di fronte alla scrivania di Josie, Gretchen chiese: «Tenente Fraley, non hai imparato a falsificare la firma dei tuoi genitori quando eri adolescente?»

Lui la guardò. «Cosa? No. Perché avrei dovuto falsificare le loro firme?»

Gretchen scosse la testa, con gli angoli della bocca abbassati in un'espressione di finta tristezza. «Beh...» disse con tono grave, «devi provenire da una lunga stirpe di santarellini.»

Suo malgrado, Josie rise a lungo e forte, grata a Gretchen per aver allentato la tensione nella stanza e sentì i muscoli tesi delle scapole allentarsi un po' mentre rideva.

Noah sollevò un sopracciglio. «Che c'è?»

Josie disse: «Stai scherzando, vero? Non sai falsificare la firma di *nessuno* dei tuoi genitori?»

Il suo sguardo si spostò da Gretchen a Josie. «No. Cosa state...» Gretchen lo interruppe, alzandosi in piedi e sfogliando il taccuino aperto per farglielo guardare. Josie si alzò in modo da poter vedere anche lei. Su di essa, in due grafie completamente diverse, Gretchen aveva scritto: *Agnes Palmer* e *Fred Palmer*. «Sono le firme dei miei nonni» spiegò. «Ho vissuto con loro durante il liceo. Come pensi che sia riuscita a marinare la scuola per diciassette giorni all'ultimo anno?»

Noah scosse la testa, ma gli apparve un lieve sorriso. «Eri proprio una secchiona quindi...»

Gretchen gli diede una pacca sulla spalla con il taccuino, ma rise lo stesso.

Josie prese un pezzo di carta dalla stampante all'angolo della scrivania e firmò il nome di sua madre come lo conosceva: *Belinda Rose*.

Sia Gretchen che Noah la fissarono con occhi spalancati. Era una corrispondenza quasi perfetta con la calligrafia della cartolina. «Ho iniziato a marinare la scuola a dodici anni» spiegò Josie. «Inoltre, mia madre non era molto presente e non le importava della scuola, degli appuntamenti dal medico o di qualsiasi altra cosa mi riguardasse, quindi, imparare a falsificare la sua firma mi è stato molto utile finché non se n'è andata. Poi, quando mi trasferii da mia nonna, lei mi sorprese a imparare la sua calligrafia e mi mise in punizione per una settimana.»

La leggerezza nella stanza svanì quando Josie accostò la sua firma contraffatta alla cartolina. Non guardò i suoi agenti. La pulsazione dietro gli occhi era diventata un vero e proprio martellamento, come un battito cardiaco. Riuscì a dire a fatica: «Sembra che mia madre sia stata promossa da indiziata a indagata principale.»

VENTOTTO

JOSIE – OTTO ANNI

Josie batteva i pugni contro l'anta dello sgabuzzino. «Mamma, ti prego!» gridava.«Devo finire i compiti.»

Si sentì il rumore di qualcosa che scivolava sul tappeto del soggiorno, poi un colpo contro la porta dello sgabuzzino. Josie fece un salto indietro. Il filo di luce alla base dell'anta scomparve. Il respiro le si bloccò nei polmoni. Le ultime volte che l'aveva chiusa nello sgabuzzino, sua madre aveva bloccato l'anta con una delle sedie del soggiorno, in modo che non potesse uscire.

Josie si mise una mano davanti al viso, ma non riuscì a vederla. Il suo cuore batteva così forte che il rumore sembrava riempire quel piccolo spazio buio. Sprofondò sul pavimento, raggomitolandosi e cercando disperatamente di pensare alle cose che la facevano sentire felice, come andare a trovare la nonna e andare a scuola. Il pensiero della scuola le fece venire le lacrime agli occhi; la maestra sarebbe stata delusa quando avrebbe scoperto che non aveva finito i compiti. Era così ingiusto. Non aveva fatto nulla di male. Era tornata a casa da scuola e aveva iniziato a fare i compiti, poi sua madre era entrata come un tornado, scaraventandola nello sgabuzzino come un vecchio cappotto.

Quando Josie udì la voce soffocata di un uomo, capì improvvisamente il motivo: c'era uno degli amici speciali di sua madre. Josie doveva sempre andare nello sgabuzzino quando arrivavano. L'odore dolciastro del fumo si diffondeva sotto l'anta e le dava le vertigini. La voce dell'uomo era forte e arrabbiata. «Ti avevo detto di procurarti i miei maledetti soldi, Belinda» urlò. «Dove sono i miei soldi?»

Non era Needle. Josie aveva già sentito la voce di quest'uomo, ma non l'aveva mai visto in faccia.

Sua madre rispose: «Rilassati. Te l'ho detto, sono brava.»

«No, non lo sei. Se tu fossi brava, li avresti già e io non dovrei aspettare. Cosa credi che sia? Io non do niente per niente. Che cos'hai con te? Cosa puoi darmi in questo momento?»

Ci fu un rumore di fruscii, di cassetti aperti, di oggetti rovesciati. Poi sua madre disse: «Ho solo sette dollari.»

Arrivò un suono più forte, un pesante schianto. Josie sentì sua madre gridare. Quando poi parlò, la sua voce sembrava tutta strozzata e strana. «Dai... lasciami andare... troveremo una soluzione, te lo prometto.»

«Ah sì? Per esempio? Voglio il pagamento adesso, e lo otterrò in un modo o nell'altro.»

«Sai cosa? Non ho i soldi, ma posso pagarti in un altro modo.»

«Sì? E come?»

«Ho una figlia. Puoi portarla nel retro. Fai quello che vuoi.»

«Come sarebbe a dire una figlia?»

«Tu cosa credi? Una bambina. Puoi prenderla. Le parlerò. Farà tutto quello che vuoi.»

«Quanti anni ha?»

La madre non rispose.

«Aspetta un attimo disse lui. «Intendi quella ragazzina? Quella con i capelli scuri come i tuoi?»

«Ho solo una figlia.» disse la madre.

Ci fu un lungo momento di silenzio. Josie sapeva che si stavano riferendo a lei, ma non capiva di cosa stessero parlando.

Quando l'uomo riaprì bocca, la sua voce era piena di disgusto. Per un attimo ricordò a Josie il modo in cui suo padre parlava a sua madre, poco prima della fine, prima di andare in cielo.

«Mi stai prendendo in giro? Stai scherzando, vero? Pensi che io sia una specie di pervertito?»

«No, no. Non ho detto questo.»

«Non mi interessano le ragazzine. Che schifo. Sei fuori di testa, lo sai? Ridammi la mia roba.»

Josie sentì rumori di schianto, grugniti, rantoli e poi sua madre, senza fiato, che implorava: «No, ti prego. Posso pagarti. Aspetta.» Ci furono altri fruscii, il rumore di una cerniera che veniva tirata giù e poi l'uomo inspirò bruscamente. La madre di Josie disse: «Posso pagarti io.»

VENTINOVE

«Hai mica trovato qualche foto di tua madre negli album che ti ha dato tua nonna?» chiese Gretchen.

Josie, seduta al posto del passeggero sulla Cruze in dotazione a Gretchen, guardava dritto davanti a sé. «Ho trovato due foto, prese di profilo, era con mio padre. Nient'altro. Ma in entrambe, il suo viso è troppo distante dalla macchina perché possano esserci utili. A mia nonna non è mai piaciuta, non ci è mai andata d'accordo, quindi, non mi sorprende che non le abbia scattato molte foto.»

«Sembra che un sacco di persone non andassero d'accordo con lei.» osservò Gretchen.

Josie volse lo sguardo verso il finestrino, osservando i quartieri popolari di Denton che lasciavano il posto alle zone più ricche. Stavano entrando nel quartiere del sindaco, dove le case si ergevano alte e maestose su ettari di terreno meticolosamente curato. Evidentemente, anche Damon Todd si era trasferito da Bellewood a Denton dopo il liceo e si era fatto strada. Gretchen aveva impiegato un solo giorno per rintracciarlo e, quando lo aveva chiamato, lui aveva accettato di parlare con loro lasciando intendere che non aveva nulla a che fare con le accuse pendenti contro suo fratello.

Quando Josie non rispose, Gretchen disse: «Boss, so che non vuoi parlare di lei e non ho bisogno di sapere... le cose che ha fatto, ma sono uno degli investigatori principali di questo caso. Sarebbe utile se avessi un'idea più precisa di com'era.»

Josie sapeva che Gretchen aveva ragione. In ogni indagine che Josie aveva condotto in prima persona, aveva posto le stesse domande ai membri della famiglia. Devi sapere con chi hai a che fare, a cosa vai incontro quando arriva il momento di affrontare la persona a cui stai dando la caccia.

Gretchen accostò davanti a una grande casa coloniale bianca, in mattoni, con una veranda sorretta da colonne e con una bouganville che ornava la facciata. Spense il motore e si spostò sul sedile, tirando la polo fuori dai pantaloni kaki e sollevandola per scoprire la carne pallida sottostante. «Che stai facendo?» chiese Josie.

Gretchen aveva passato i quaranta e aveva un certo peso in eccesso sul girovita: rotoli di pelle pastosa sobbalzarono quando sollevò la maglietta fino a poco sotto il seno.

«Gretchen» disse Josie leggermente allarmata. «Non credo che...»

Smise di parlare quando vide le cicatrici. Le attraversavano la parte superiore dell'addome, alcune argentate e sottili, altre rosa porpora e spesse come cordoni. «Chirurgia addominale esplorativa» spiegò Gretchen. «Sai cos'è la sindrome di Munchausen per procura?»

Josie deglutì. «È la sindrome per cui i genitori fanno ammalare i figli per attirare l'attenzione?»

Gretchen sorrise e si abbassò la maglietta, infilandola di nuovo nella cintura. «Esattamente.»

«Tua... tua madre ti ha fatto questo?» chiese Josie.

Gretchen scosse la testa. «No, sono stati diversi medici a

farlo nel corso di molti anni. Mia madre dava a credere che ne avessi bisogno.»

«Mi dispiace tanto.» disse Josie, sentendosi stordita, come se Gretchen le avesse appena dato un pugno. Gretchen era notoriamente riservata. Era con loro da quasi un anno e nessuno sapeva nulla di lei. Il più delle volte indossava una giacca di pelle consumata che, insieme al taglio corto a spazzola, le dava un'aria da motociclista, ma per quanto ne sapeva Josie, non possedeva una moto. La giacca aveva chiaramente una storia alle spalle, ma nessun collega aveva avuto il coraggio di chiedergliela. Josie capiva questo bisogno di riservatezza: anche lei era così. Gretchen aveva sempre fatto bene il suo lavoro e né Josie né nessun altro della squadra aveva sentito il bisogno di curiosare.

«Senti» disse Gretchen, «so che non è facile parlare di queste cose. Non è facile mettere a nudo le proprie cicatrici, giusto?»

Josie deglutì e fece un rigido cenno di assenso.

«Anche quando quelle cicatrici sono qui.» Gretchen si batté un indice sulla tempia. «O qui» aggiunse, battendo lo stesso dito sul cuore. «Ma so qualcosa sulle madri deleterie.»

«Come... quando ha smesso tua madre?»

«Quando ha ucciso mia sorella» rispose Gretchen. «Da allora è in prigione, a Muncy. Detenuta numero OY8977.»

Josie non disse nulla.

La porta d'ingresso della villa si aprì e un uomo alto, sulla quarantina, con i capelli ondulati sale e pepe, si diresse verso l'auto.

«Beh...» disse Josie aprendo la portiera, «forse mia madre la raggiungerà.»

Gretchen sorrise mentre apriva la sua portiera. Incontrarono Damon Todd a metà del vialetto e fecero le presentazioni. Da vicino, Josie poté constatare che era un bell'uomo per la sua età: abbronzato e in forma, con il sorriso facile. L'opposto del fratello, corpulento e dalla pelle rugosa. Indossava una polo blu e pantaloni kaki, come se stesse per andare a giocare a golf. Le invitò a entrare, accompagnandole in un ampio atrio dai soffitti alti. Delle borse per attrezzatura sportiva erano state lasciate contro una parete.

Damon sorrise con aria imbarazzata mentre faceva cenno di avvicinarsi. «Scusate. Ho tre figli adolescenti che praticano tutti sport, e ora ho anche quelli di Lloyd. L'atrio si trasforma in una specie di deposito quando rientrano.»

A sinistra dell'ingresso c'era il soggiorno. Il pavimento in parquet era sovrastato da un divano componibile a U in microfibra grigia, di fronte a un grande televisore, sotto al quale il mobile multimediale contava tre diverse console per videogiochi. L'elegante tavolo da caffè, scuro e lucido, e i tavolini a piedistallo abbinati su entrambi i lati della stanza, sfoggiavano composizioni di fiori finti. Tra queste e le pesanti tende grigie a pieghe, era evidente che gli uomini di casa Todd, disordinati e amanti dello sport, avevano ancora una donna nella loro vita. Josie sapeva, grazie alle ricerche che Gretchen aveva fatto, che Damon ora era fisioterapista e lavorava a stretto contatto con gli atleti dell'Università di Denton.

«Allora» esordì Damon, prendendo posto su un lato del divano. «Siete qui per parlare di Belinda Rose. Mi sono sempre chiesto cosa le fosse successo.»

«Mi dispiace dirle che è stata uccisa.» disse Gretchen, prendendo posto di fronte a lui. Josie rimase in piedi.

Sotto l'abbronzatura, la pelle di Damon impallidì. «Cosa? Quando... Come?»

«Crediamo che sia stata uccisa durante o dopo la notte in cui è scomparsa» tagliò corto Josie. «Il 26 aprile 1984.»

La sua fronte si aggrottò. «Scomparsa? A scuola si diceva che avesse incontrato qualcuno e che fossero scappati insieme a Philadelphia. Come fate a sapere che è stata uccisa?»

«Abbiamo recentemente trovato i suoi resti nel bosco dietro il parcheggio delle roulotte.» rispose Josie.

Chinò la testa. «Mio Dio. Non so cosa dire.» Gli diedero un momento. Fece qualche respiro e quando tornò a guardarle disse: «Che cosa c'entro io?»

Gretchen disse: «Stiamo cercando di farci un quadro della vita di Belinda prima che morisse: chi frequentava, com'era, i posti dove andava, quel genere di cose.»

«Oh, beh, non ci conoscevamo molto bene.»

«La madre affidataria ha detto che usciva con suo fratello, Lloyd» disse Josie. «Suo fratello, dopo la sua scomparsa, rilasciò una dichiarazione a un agente di polizia in cui affermava che lui era il suo ragazzo, e lei lo ha confermato.»

«Io non lo avrei mai detto, e nemmeno Lloyd lo avrebbe fatto. Forse è quello che ha dedotto la polizia. È quello che tutti hanno dedotto. Intendo dire che la gente lo supponeva e basta.»

Gretchen chiese: «Perché la gente avrebbe dovuto supporre che Belinda e Lloyd si frequentassero?»

«E perché Lloyd glielo avrebbe permesso?» aggiunse Josie.

Lui unì le sue grandi mani e le strinse tra le ginocchia. «Beh, trascorse molto tempo a casa nostra durante il primo anno di liceo.»

«Ma lei e Lloyd non stavano insieme?» chiese Gretchen.

«No, non loro due.»

«E allora chi? Lei e Belinda?»

Storse la bocca. «Credo che ora non abbia più importanza.» mormorò, quasi tra sé e sé.

«Cosa non ha importanza, signor Todd?» chiese Josie.

«Belinda si vedeva con nostro padre.» sbottò. Lo sforzo di spingere fuori le parole sembrò togliergli il fiato.

Josie e Gretchen si guardarono. Poi Josie disse: «Suo padre?»

«È morto ormai» disse Damon. «È morto qualche anno fa di

cancro al pancreas. Era un insegnante di algebra alle superiori. Mia madre ci aveva lasciati poco prima che iniziassi il liceo, quindi eravamo solo noi tre: io, Lloyd e papà. Lui dava ripetizioni a Belinda dopo la scuola e le cose... sono andate avanti.»

«Sì, mettiamola così» disse Gretchen. Aveva tirato fuori il suo taccuino e cominciato a prendere freneticamente appunti. «Quando è iniziata la relazione?»

«Poco prima dell'estate, dopo il secondo anno.»

«Nel 1983?» chiese Gretchen.

«Sì. Esatto. L'estate prima della sua scomparsa.»

«Lei o Lloyd avete mai parlato con Belinda o con vostro padre di quello che stava succedendo?» chiese Josie.

«Ci abbiamo provato. Nostro padre ci disgustava parecchio. Con questo intendo dire che non eravamo affatto pronti a vederlo frequentare qualcuno, figuriamoci portare avanti una relazione con una ragazza con cui andavamo a scuola. Lloyd era furioso. Pensavo che lui e mio padre sarebbero venuti alle mani, ma mio padre ci fece capire che non avrebbe smesso di vederla e alla fine Lloyd si arrese. Non si sono parlati per molto tempo. Provai a ragionare con nostro padre, ma lui disse che era una cosa che non avrei potuto capire finché non fossi stato più grande. Disse che potevamo avercela con lui quanto volevamo, ci chiese solo di non dirlo a nessuno, perché si sarebbe giocato la carriera e sarebbe potuto finire in prigione.»

Josie e Gretchen lo fissarono.

Lui allargò le mani in un gesto di rassegnazione. «Sentite, so che sembra terribile. Ripensandoci, mi rendo conto di quanto sia stato grave, ma io e Lloyd eravamo ragazzini. Avevamo solo nostro padre. Se fosse stato arrestato, saremmo rimasti soli. Credo sia per questo che Lloyd smise di discuterci. Continuava a ripetere che alla fine la cosa si sarebbe risolta e che, per quanto fosse sconvolgente, non valeva la pena che finisse in galera, così io mi... adeguai.»

«E con Belinda?» chiese Gretchen. «Con lei avete mai parlato della loro relazione?»

«Sì, un paio di volte. Disse che non avrebbe smesso di vedere mio padre e mi chiese di non dirlo a nessuno. Disse che Lloyd aveva già accettato di fare lo stesso. Come ho detto, in fin dei conti Lloyd non voleva che nostro padre finisse in galera. Frequentava lo stesso anno di Belinda, quindi quando la gente pensava che lei venisse a trovare lui, glielo lasciavamo credere. A scuola diceva che aveva una relazione con Lloyd e lui non negava. Andava sempre con lui, e anche se lui la degnava a malapena di uno sguardo, la gente li vedeva insieme e pensava che fossero una coppia. Sapete, lei aveva... sembrerà strano, ma aveva le zanne. Solo nella parte superiore. Non si notavano nemmeno, ma al liceo quasi tutti sapevano che le aveva.»

«È risultato dall'autopsia» disse Josie. «Denti sovrannumerari.»

«È così che si chiamano? Scusate. Non intendevo mancare di rispetto. Ne parlo solo perché a scuola la prendevano spesso in giro per quei denti. Non aveva molti amici, anzi nessuno, e quando Lloyd non negò che stavano insieme e le permise di accompagnarlo, smisero di deriderla. Credo che non volesse avere a che fare con i ragazzi della sua età perché non facevano altro che darle fastidio. Non l'ha mai detto, è solo la mia opinione. Le dissi che avrebbe dovuto uscire con qualcuno della sua età, ma lei rispose...» si interruppe e distolse lo sguardo da loro.

«Cosa rispose?» insistette Josie.

«Che le piacevano gli uomini più grandi, perché erano più gentili, più sofisticati e la trattavano meglio. Dava l'impressione di averne già frequentati.»

La penna di Gretchen si posò sul suo blocco note. «Fece il nome di qualcuno?»

Damon scosse la testa. «No. Pensavo si inventasse tutto, per sembrare più matura.»

«Suo padre ha mai fatto qualche regalo a Belinda? Gioielli o cose del genere?» chiese Josie.

«No. Non l'avrebbe fatto. Aveva il terrore di essere scoperto. La gente sapeva che era single, quindi se avesse comprato dei gioielli, in città se ne sarebbe parlato. Lei portava sempre al collo un ciondolo, ma non gliel'aveva dato lui.»

Josie strabuzzò; gli occhi. «Davvero? Ha mai detto chi glielo avesse regalato?»

«Non gliel'ho mai chiesto e lei non ne ha mai parlato. A Lloyd non importava abbastanza di lei per chiederglielo. Le altre ragazze a scuola lo tiravano in ballo talvolta, ma lei si limitava a dire che era da parte di una persona speciale, e non aggiungeva altro. Pensavo che potesse averlo comprato lei stessa. Belinda era una brava ragazza, ma le piaceva essere notata, e quanto più mistero riusciva a suscitare, tanta più attenzione attirava.»

«Mr. Todd» disse Josie. «Belinda ha mai accennato al fatto di essere incinta o di aver avuto un bambino?»

Sgranò gli occhi. «Cosa? No. Mai.»

Josie sapeva che la relazione di Belinda con il padre di Damon Todd era iniziata quattro o cinque mesi dopo il parto, ma valeva la pena provare a vedere se ne avesse parlato con Damon; si chiese se Belinda avesse nascosto la gravidanza a tutti. Non aveva avuto nemmeno un amico con cui confidarsi? Qualcuno che sapesse cosa era successo al bambino?

«Dunque, cos'è accaduto tra Belinda e suo padre?» chiese Gretchen, riprendendo il filo del discorso.

«Oh, non è durata. All'inizio del nuovo anno avevano già chiuso.»

«Chi ha rotto?» chiese Gretchen.

«Lei. Mio padre era distrutto. Credo che lei gli piacesse davvero. Quell'autunno avrebbe compiuto diciotto anni. Avrebbero potuto stare insieme davvero, almeno così continuava a dire mio padre. Gli ci vollero mesi per smettere di parlare di lei.

Poi, quell'autunno, in città girava voce che avesse conosciuto un ragazzo a Philadelphia e che stesse per sposarsi. Non ho mai visto mio padre così depresso, a parte quando mia madre se n'è andata.»

«Da dove veniva questa voce?» chiese Josie.

«Da una delle ragazze dell'ultimo anno, che aveva vissuto con lei in casa-famiglia; dopo che la madre affidataria aveva ricevuto una cartolina da Belinda, le ragazze della casa non parlavano d'altro, e poi la notizia si diffuse. Alla fine, mio padre udì per caso alcuni ragazzi che ne parlavano in classe.»

«Ricorda i nomi delle ragazze con cui viveva nella casa-famiglia?» chiese Josie.

Lui ne elencò alcuni, per lo più nomi di battesimo così comuni che sarebbe stato impossibile rintracciarli con precisione. Ma entro pochi giorni avrebbero ricevuto dal Dipartimento dei Servizi Sociali l'elenco delle ragazze che avevano vissuto alla casa-famiglia e sarebbero stati in grado di confrontare quei nomi con quelli che ricordava Damon.

«Lei ha detto che Belinda non aveva molti amici, ma ricorda se aveva qualche amica intima con cui si frequentava? La maggior parte delle adolescenti ne ha almeno una.»

«Mi dispiace, no, non mi viene in mente nessuno. Non era popolare e non aveva amici a scuola, a parte le ragazze della casa-famiglia. Cioè, non so se avesse amici fuori da scuola. Lavorava al palazzo di giustizia: forse lì si era fatta degli amici che io non conoscevo. Come ho detto, si vedeva con mio padre. Era imbarazzante. Li coprivamo, ma non eravamo amici, chiaro? Potete sempre controllare gli annuari. Tutte le ragazze della casa-famiglia hanno frequentato la Bellewood High.»

Josie avrebbe voluto prendersi a calci per non averci pensato. «Gli annuari» disse. «La scuola conserva copie risalenti a quegli anni?»

«Non lo so, ma se volete ci sono quelli di mio padre. Ne teneva uno per ogni anno di insegnamento. Sono in garage con un mucchio di altre sue cose. Non sapevo cosa farne. Mi sembrava sbagliato buttarli via.»

Gretchen si alzò in piedi. «Sarebbe fantastico, Mr. Todd. Lo apprezzeremmo molto.»

«Certo. Mia moglie sarà felice di sbarazzarsene.»

TRENTA
JOSIE – NOVE ANNI

Josie tracciò una linea con un pezzo di gesso blu sul marciapiede davanti alla casa della nonna. Una serie di quadrati si estendeva da un'estremità all'altra del marciapiede seguendo uno schema: due quadrati, poi uno, poi due, poi uno e così via. A scuola giocavano sempre a campana, ma Josie non aveva mai disegnato le caselle.

Aveva strillato di gioia quando la nonna le aveva regalato una confezione di gessetti colorati per marciapiedi. C'erano quattro colori: blu, rosa, giallo e verde. A Josie piaceva più di tutti il blu, così aveva iniziato con quello. Una volta completati tutti i riquadri, andò a un'estremità e iniziò a saltare. Un piede, due piedi, un piede, due piedi, e così fino in fondo.

«Josie» la chiamò la nonna dalla porta d'ingresso. «È ora di prepararsi».

Con cautela, ripose il gessetto nella scatola di cartone e percorse il vialetto fino in casa.

«Lavati le mani.» si raccomandò Lisette.

Josie corse in cucina e fece come le era stato detto. «Pensi che cadrò, nonna?» chiese.

Lisette sorrise mentre tirava fuori le loro giacche dall'armadio nel corridoio. «È probabile. Tutti cadono la prima volta che pattinano. È inevitabile.»

Josie si asciugò le mani sullo strofinaccio e corse da Lisette per farsi infilare la giacca. «Quanto tempo ci vuole per arrivare alla pista di pattinaggio?»

«Oh, non molto» le disse Lisette, prendendo la borsa e le chiavi. «Forse dieci minuti.»

«Ti sei ricordata del regalo?» chiese Josie.

Lisette prese dal tavolo all'ingresso un regalo di compleanno vivacemente incartato. «Certo, tesoro.»

«Non vedo l'ora!» Josie esclamò. «Non sono mai stata invitata a un compleanno. Soprattutto non su una pista di pattinaggio!»

Un sorriso luminoso si distese sul viso di Lisette. Sapeva che Josie aveva atteso quel giorno per due settimane intere, non avevano parlato d'altro, e le aveva persino detto che forse si sarebbe messa i pattini.

Il suo sorriso si spense nel momento in cui aprì la porta d'ingresso. La madre di Josie era in piedi sul gradino. Indossava un paio di jeans strappati e una maglietta blu sporca che le pendeva scoprendole una spalla, e tra le dita teneva una sigaretta accesa.

Le sue guance erano infossate e i lunghi capelli neri apparivano spenti. Esibiva un sorriso triste che fece correre un brivido lungo la schiena di Josie.

TRENTUNO

Trasportarono diverse scatole di annuari della Bellewood High School nell'ufficio di Josie: mentre Gretchen andava a controllare i mandati, Josie sfogliò gli annuari dal 1981 al 1985, cercando il volto di sua madre tra centinaia di foto.

«Non c'è niente qui.» disse quando apparve Noah.

Lui si sedette di fronte a lei. «Quindi non è andata a scuola con Belinda Rose. Abbiamo ancora le ragazze della casa-famiglia e ho fissato per domani un colloquio con una signora che lavorava al palazzo di giustizia nello stesso periodo di Belinda.»

Con un sospiro, Josie spinse via l'ultimo annuario e girò la sedia per guardare fuori dalla finestra dietro la scrivania. Era scesa la notte, il che significava che era ora di tornare a casa, da sola, alla sua casa vuota, a una bottiglia di Wild Turkey e ai ricordi, ormai agitati, di una madre la cui più grande gentilezza nei suoi confronti era stata quella di andarsene.

«Stai bene, Boss?»

Lei si girò di nuovo e gli offrì un debole sorriso. «Bene» mentì. «Cosa c'è?»

«Maggie Lane dice che il ciondolo non era tra le cose che Belinda lasciò alla casa. Dice di non sapere chi glielo avesse dato, ma che iniziò a indossarlo intorno a Natale, dopo la prima fuga. Ho già chiesto a qualcuno di tornare sulla scena del crimine per dare un'altra occhiata. Non è emerso nulla.»

«Interessante» disse Josie. «Forse scopriremo di più quando rintracceremo alcune delle ragazze che sono cresciute con lei.»

«Speriamo» Fece un cenno verso la finestra alle sue spalle. «È piuttosto tardi, Boss.»

«Lo so.»

Noah era sempre molto premuroso; pensò di chiedergli di andare a bere qualcosa, ma decise di non farlo. Due anni prima, aveva dato una risposta semplice a questo stucchevole senso di terrore e ansia: il sesso. Si era infatti trovata in una relazione seria in cui il sesso con il suo fidanzato era facilmente disponibile, senza complicazioni e, soprattutto, anestetico. Il suo corpo desiderava quel tipo di sensazione fisica che avrebbe cancellato il buio che si stava insinuando nella sua testa. Sapeva che Noah non avrebbe detto di no, così come sapeva che sarebbe stata una pessima idea. Scacciò il pensiero; non aveva bisogno di complicarsi ulteriormente la vita. Si alzò e cercò le chiavi della macchina sotto le pile di annuari.

«Vado a casa» disse. «Ci vediamo domani? Vorrei essere lì per l'interrogatorio sul periodo in tribunale di Belinda.»

«Certo.»

Josie si lasciò alle spalle la centrale e si avviò per le tranquille strade di Denton, con la mente rivolta alla bottiglia di Wild Turkey, la migliore alternativa al sesso, che attendeva in cima al frigorifero, ma capì che c'era qualcosa che non andava non appena imboccò il vialetto. Le luci delle finestre della sua camera brillavano luminose e dorate nell'oscurità.

C'era qualcuno in casa sua.

TRENTADUE
JOSIE – NOVE ANNI

«Belinda» disse Lisette, con una voce strana e stentata. «Cosa ci fai qui?»

«Cosa pensi che stia facendo qui, Lisette? Sono venuta a prendere mia figlia.»

Lisette lanciò un'occhiata a Josie, che fece un passo dietro di lei. «Così dal nulla? L'hai lasciata qui, Belinda, senza una parola. Sono passati mesi. Quasi tutto l'anno scolastico!»

Sua madre sgranò gli occhi. «E allora? È mia figlia.» Allungò una mano verso Josie. «Andiamo, JoJo.»

«Belinda, questo andare e venire non fa bene a Josie. Ha bisogno di stabilità.»

«Sta' zitta, Lisette, ti dispiace? Nessuno ha chiesto il tuo parere.»

La voce di Lisette tremò di rabbia. «Non c'è bisogno di chiedermelo. Lasci questa bambina sulla mia soglia ogni volta che ti stanchi di crescerla. Questo significa che sono coinvolta. Sono sua nonna. Le voglio bene. La voglio qui.»

«E io sono sua madre. E faccio quello che diavolo mi pare. Ora vieni, JoJo. Ti ho detto di venire.»

Lisette non si mosse. Con il corpo impediva a Josie di fare

anche solo un passo verso la madre. «Sta bene qui, Belinda. I suoi voti sono migliorati, è felice. Si è fatta degli amici a scuola. Lasciala restare.»

«Maledizione, Lisette. Dammi mia figlia.»

«Ascolta. Lasciale finire l'anno scolastico qui da me.»

La madre di Josie si mise una mano sul fianco sottile e strizzò gli occhi. «Ho detto di no. Ora prendo mia figlia e andiamo a casa.»

«Belinda, per favore.»

«Non provocarmi, dannazione. Posso fare in modo che tu non la veda mai più.»

Fu allora che Josie si rese conto che non sarebbe andata alla festa sui pattini. Ci aveva ragionato tra sé e sé mentre le due proseguivano quel tira e molla. C'erano state volte in cui sua madre aveva accettato di fare quello che le chiedeva la nonna, ma erano poche e molto distanti tra loro. Sapeva che questa volta avrebbe vinto sua madre. Lo capiva dallo sguardo incandescente nei suoi occhi blu scuro e dal modo in cui si era irrigidita come una lama. Josie stava per tornare alla vecchia roulotte maleodorante e allo sgabuzzino buio e solitario. Alla fame e ai rumori degli amici speciali di sua madre che entravano e uscivano a tutte le ore. Era stata sciocca a pensare di poter fare quello che facevano gli altri bambini, a pensare che potesse avere dei veri amici. In quel momento tutti i compagni stavano parlando della festa sui pattini, tranne lei. Beh, lei e quel bambino, Ray, che era sempre gentile nei suoi confronti. Sarebbe stata di nuovo esclusa e non avrebbe avuto nemmeno la nonna a consolarla. Le lacrime le salirono agli occhi, ma le trattenne. Lisette le mise una mano su un braccio, ma Josie sapeva che non avrebbe fatto differenza.

«Va bene» disse Lisette. «Va bene. Prendila, ma almeno lasciala andare alla festa di compleanno della sua amica. Stavamo per andarci.» Lisette alzò il pacchetto. «Ho anche comprato un regalo. Ci vorranno solo poche ore. L'accompagno io e poi te la lascio.»

La madre spinse Lisette da parte e prese Josie per un braccio, trascinandola oltre la soglia. «Non me ne frega niente della festa di compleanno di una stupida mocciosa. Andiamo, JoJo. E tu, Lisette, non so chi ti credi di essere per cercare di prendere decisioni sulla vita di mia figlia. Non l'avrai mai. Non te la lascerò mai. Ricordatelo.»

TRENTATRÉ

Dopo aver chiamato per segnalare un furto in atto, Josie parcheggiò sull'altro lato della strada, sotto la grande quercia di un vicino. Prese il giubbotto antiproiettile dal bagagliaio della sua Escape e lo indossò prima di controllare la sua Glock. Poi girò intorno alla casa due volte, con passi silenziosi e movimenti coperti dall'oscurità. Sapeva dove si trovavano le sue luci a sensore di movimento e le evitò accuratamente. Le bastò un giro per capire che chiunque si fosse introdotto in casa sua era entrato da una delle finestre della cucina.

La rabbia le ribolliva dentro, in lotta con l'ansia che la accompagnava. Chi c'era in casa sua? Cosa ci faceva lì dentro? Anche solo il pensiero che degli estranei fossero entrati nel suo spazio privato e toccassero le sue cose, lo percepiva come una violenza. Aveva comprato la casa con i suoi soldi dopo aver lasciato Ray. Era grande e ariosa, con molte finestre che lasciavano entrare la luce del sole: l'esatto contrario della roulotte, simile a una bara, in cui era cresciuta. Questa casa le suscitava solo bei ricordi. Era il suo posto sicuro in un mondo che non smetteva mai di terrorizzarla, il suo rifugio. O almeno lo era stato fino a quella sera.

Fu distolta dai suoi pensieri dall'arrivo di due pattuglie, seguite a ruota da Noah sulla sua macchina. Indossato il giubbotto, Noah le si avvicinò di corsa, controllò la sua arma e fece segno agli agenti in uniforme di raggiungerli. Formarono un cerchio dietro la sua Escape, a testa china, mentre Josie dava istruzioni. «Ci sono due punti di ingresso: davanti e dietro. La porta sul retro è chiusa dall'interno, quindi non è possibile entrare da fuori, almeno non in modo silenzioso. Sono entrati da una finestra della cucina sul retro. Non ho idea di quanti siano o se siano armati. Non ho sentito nulla. Vi prego di prestare la massima attenzione.» Tese un mazzo di chiavi, che prese Noah. «Entreremo dal davanti usando queste. Io e il tenente Fraley formeremo una squadra e voi due un'altra. Voi due restate qui fuori e tenete d'occhio la casa. Tenente, hai un taccuino?»

Noah tirò fuori dalla tasca posteriore un taccuino piegato. Uno degli altri agenti le passò una penna. Lei disegnò rapidamente uno schizzo della pianta della casa. «Le luci sono accese qui» disse indicando il quadrato che rappresentava la sua camera da letto. «Io e Fraley andiamo da questa parte, voi due da quella; sgomberiamo il piano terra e poi saliamo al primo prendendo questo corridoio.»

Tutti annuirono.

L'adrenalina le scorreva nel sangue mentre si avvicinava con Noah alla porta d'ingresso e due dei suoi agenti al seguito. L'aveva fatto decine di volte, ma mai a casa sua. Di nuovo, la paura si fece strada nella sua mente.

«Boss...» la chiamò Noah in un sussurro che interruppe i suoi pensieri.

Doveva mantenere la concentrazione. Questa era solo una normale casa invasa da potenziali ladri. Era così che doveva vederla. Mise una mano sulla spalla di Noah e lui infilò una chiave nella porta d'ingresso. La porta si aprì senza rumore, e loro strisciarono oltre la soglia in fila, due squadre che si dividevano, muovendosi senza rumore finché non si incontrarono di nuovo sui gradini, dando segnali di via libera. Al piano terra non c'era nessuno.

Mentre salivano le scale, Josie sentì delle voci, due da quello che riuscì a capire. Noah doveva aver intuito lo stesso, perché alzò la mano per segnalare con l'indice e il medio la presenza di due ladri, poi indicò il corridoio verso l'ultima stanza, la camera da letto di Josie, dove un filo di luce delineava la porta.

Le voci che provenivano dall'interno erano maschili. «Ohi, ma quello torna o no?»

«No, ha detto che aveva quello che gli serviva. Facciamo un po' di macello e poi filiamo. Ha detto che questa stronza non è mai a casa.»

Tra loro e la camera padronale c'erano tre stanze vuote: il bagno, la camera degli ospiti e una stanza con le apparecchiature di sorveglianza che Josie usava come ufficio. Furtivamente controllarono ogni stanza con le torce elettriche, ma ognuna era buia e vuota. Alla fine, Noah si fermò davanti alla camera da letto di Josie e gli altri dietro di lui. Nel petto di Josie, il cuore produsse due battiti in più. Josie fece cenno di entrare: varcarono la porta con un botto, le armi puntate a ventaglio e ordinando: «Fermi! Polizia! Mani in alto! A terra!»

Due adolescenti in tuta e felpa si immobilizzarono, ammutoliti. Uno era in piedi sopra il letto, con una bomboletta spray di vernice rossa in mano. Sulla parete sopra la testiera aveva spruzzato le lettere T, R e O. Josie intuì che le ultime dovessero essere I e A. Di fronte a lui, l'altro ragazzo aveva estratto i cassetti dalla cassettiera e ne aveva gettato il contenuto sul pavimento. Alzò subito le mani. L'altro ragazzo lasciò cadere la bomboletta che teneva in mano e fece per saltare giù dal letto, solo per cadere di faccia sulla moquette. Nel giro di pochi secondi, gli agenti in uniforme li avevano ammanettati per portarli in centrale, avevano letto i diritti a entrambi e li avevano perquisiti, ma i due non avevano sottratto alcun oggetto personale di Josie.

«Ehi, bello» disse Spray Paint mentre l'agente lo spingeva nel corridoio. «Ho battuto la testa. Ehi, stai attento, va bene?»

L'agente non disse nulla e le parole dell'altro ragazzo che ammoniva l'amico di chiudere la bocca si affievolirono mentre venivano condotti fuori dalla casa. Josie rimase in piedi, con la pistola al fianco e gli occhi che scrutavano ogni centimetro della stanza. La parola CAGNA era stata scritta con lo spray su una delle altre pareti. La maggior parte dei suoi cuscini era stata aperta, l'imbottitura tirata fuori e gettata per tutta la stanza. I vestiti erano stati presi dall'armadio e sparsi ovunque. Impronte di scarponi sporchi di fango punteggiavano la moquette pulita e il copriletto. Lo specchio sopra la cassettiera era in frantumi. I comodini erano rovesciati; le lampade rotte ma ancora accese, proiettavano strane ombre su quel macello. Il suo portagioie giaceva in pezzi sul piano del comodino.

Scavalcando quel caos, passò i resti al setaccio. «Oh Dio!» sussurrò.

Noah le mise una mano sulla spalla. «Boss» disse, «credo che dovremmo far venire la Scientifica. Hai sentito quello che ho sentito io nel corridoio, vero? C'era qualcun'altro che lavorava con loro. Puoi tornare più tardi e capire se manca qualcosa.»

«I miei gioielli.» disse lei. Non ne aveva molti, ma nel corso degli anni aveva accumulato una piccola collezione di orecchini, collane e braccialetti. Regali di sua nonna, di Ray e del suo fidanzato Luke quando stavano insieme. Accessori che aveva comprato per se stessa in occasione di eventi diversi. Per la maggior parte poteva farne a meno, ma tra i gioielli che possedeva ce n'erano tre a cui teneva davvero. «La mia fede nuziale» disse con voce rauca. «L'anello di fidanzamento di Luke e il pendente di diamanti che Ray mi aveva regalato quando ci siamo diplomati al liceo. Sono spariti.»

Non riusciva a smettere di fissare le schegge di legno scuro sparse sul suo comò. Il portagioie non aveva nemmeno una serratura. Non c'era bisogno di romperlo, ma l'avevano fatto lo stesso. Perché? Perché tanta distruzione? Il resto della casa era intatto. Perché avevano distrutto la stanza che amava di più? Cosa ne avevano fatto dei suoi gioielli?

«Quei piccoli bastardi.» sbottò Josie. Alla fine, guardò Noah. Il suo volto assunse un'espressione di disagio. Si rese conto che voleva confortarla, ma lui aveva un lavoro da fare e sapeva che lei avrebbe voluto che lo facesse prima di ogni altra cosa. Ripose la pistola nella fondina ma rimase al suo posto, fissando Noah, concentrandosi sul suo volto invece che sui frammenti che la circondavano. Con delicatezza, lui le prese il gomito e la guidò fuori dalla stanza.

«Arriveremo in fondo a questa storia» le disse mentre scendevano le scale, con la bocca così vicina all'orecchio che poteva sentire il suo respiro solleticare i capelli. «Te lo prometto.»

TRENTAQUATTRO
JOSIE – DIECI ANNI

I loro passi risuonavano fragorosamente nei corridoi del tribunale della contea. Josie camminava dietro sua madre, e l'aria fredda le sollevava la rigida gonna marrone che era stata costretta a indossare. Si fermò a una fontanella e bevve avidamente prima che la madre potesse tirarle uno scappellotto e sibilarle di sbrigarsi. Ma non lo fece. Erano in pubblico, in tribunale, dove le cose erano formali e ufficiali, e tutto era freddo e gli adulti la fissavano come se fosse un insetto. «JoJo» disse sua madre dolcemente, sorridendo. «Andiamo, tesoro.»

Josie sapeva di essere l'unica persona in grado di percepire la sfumatura nelle parole di sua madre; abbassando la testa, la seguì fino a una serie di grandi porte di legno che si aprivano su una stanza enorme, piena di scaffali allineati con più libri di quanti ne avesse mai visti. Al centro si trovava una pesante scrivania, davanti alla quale erano disposte in fila diverse sedie, divise per lato, e la nonna era seduta su una di esse, accanto a un uomo che Josie non riconobbe.

Josie seguì la madre all'interno della stanza. La nonna le si avvicinò e la strinse in un abbraccio, mentre la madre la fissava. «Ricorda quello che ti ho detto.» le sussurrò Lisette all'orecchio prima di lasciarla. Una piccola punta di paura colpì Josie al petto. Come avrebbe potuto dimenticare? La nonna aveva deciso mesi prima, dopo che si era persa la festa sui pattini, che avrebbe fatto causa a sua madre per ottenere la sua custodia.

C'erano stati un'infinità di incontri e appuntamenti con un sacco di adulti seriosi che le avevano fatto ogni tipo di domanda a cui sapeva di non poter rispondere sinceramente. Aveva persino dovuto incontrare uno psicologo. Naturalmente, quello che nessuno aveva capito era che ogni volta che era costretta a parlare con loro, tra le mura domestiche sua madre diventava più furiosa e crudele del solito. Faceva attenzione a non lasciare segni sul corpo di Josie, ma non ne aveva bisogno: sapeva quanto lo sgabuzzino terrorizzasse sua figlia. L'unica ragione per cui Josie aveva resistito a periodi sempre più lunghi in quella cella buia era lo zaino che Ray le aveva dato da nasconderci dentro. Conteneva una torcia elettrica, batterie di riserva, una copia spiegazzata del primo libro di *Harry Potter*, un pupazzo di Stretch Armstrong e un paio di barrette ai cereali. Mentre aspettava che quelle notti interminabili passassero, in camicia da notte, tremando per la paura e il freddo, a Josie piaceva immaginare che Ray fosse lì con lei.

L'unico aspetto positivo emerso dalla battaglia per la custodia era che sua madre era stata costretta a farle trascorrere brevi periodi di tempo con sua nonna. Si trattava di una scelta puramente strategica. Josie aveva sentito l'avvocato dire a sua madre che nell'istanza al tribunale Lisette l'aveva descritta come una madre sconsiderata, meschina e maligna; perciò, le aveva suggerito di permettere a Josie di trascorrere del tempo con la nonna per contribuire a confutarne le affermazioni. Ma per quasi tutto il tempo che Josie aveva trascorso con Lisette era stata torchiata su quello che sua madre le aveva fatto. Quando Lisette si era resa conto che Josie non avrebbe mai confessato le cose che aveva subito, aveva passato il resto del tempo cercando di convincerla che, se avesse detto la verità, avrebbero potuto vivere insieme per sempre.

«Josie, è molto importante» le aveva detto. «Devi dire al giudice cosa ti fa tua madre. Se sarai molto coraggiosa e dirai la verità, tutta la tua vita cambierà. So che hai paura di lei, ma ti ripeto che non devi averne. Io posso aiutarti. Posso proteggerti. Ma potrò farlo solo se dirai la verità.» Josie però sapeva che nessuno poteva aiutarla: né suo padre dal cielo, né la nonna, né gli insegnanti di scuola, né lo psicologo che aveva incontrato, né tantomeno il giudice che era entrato nell'aula e aveva iniziato a stringere la mano di tutti.

Josie si sedette accanto alla madre, agitando le gambe nervosamente. Frugò nella tasca del cardigan che indossava e cercò il pupazzetto Disney che Ray le aveva regalato il giorno prima, quando si erano incontrati nel bosco tra le loro case. Le aveva messo in mano la miniatura della fata madrina della *Bella Addormentata*. «Tienila» le aveva detto. «Forse verrà a salvarti una vera fata madrina.» Ora la teneva stretta nel pugno e si concentrava sul dolore nel palmo della mano invece che sugli adulti che la circondavano, parlando con voce seria di lei come se non ci fosse. Nessuno aveva alcun potere su sua madre. Poteva anche avere solo dieci anni, ma Josie non era stupida.

«Miss Matson» disse il giudice. «Josie Matson.»

Sua madre si avvicinò e le toccò leggermente il braccio, mentre la sua minaccia sibilata le risuonava nelle orecchie: «Ora fai la brava, JoJo. Andiamo.»

TRENTACINQUE

Josie era seduta nella sala video della centrale, fissava un grande monitor a circuito chiuso che mostrava uno dei giovani arrestati a casa sua. Sul tavolo accanto a lei c'era una tazza di caffè intatta. Si sentiva intorpidita ed esausta. Con la mente continuava a tornare allo scempio che avevano fatto nella sua camera da letto, alla finestra che avevano rotto, al pensiero che degli estranei erano entrati in casa sua e avevano violato il suo rifugio. La porta si aprì cigolando e Gretchen la varcò con una cartellina appena redatta tra le mani: «Austin Jacks. Diciannove anni. Si è diplomato alla Denton East un anno fa e da allora non ha fatto granché. Lavora part-time in un fast-food. L'anno scorso è stato fermato per possesso di stupefacenti, ma le accuse non sono rimaste in piedi.»

«Nessun legame con Lloyd Todd?»

«Nessuno che siamo riusciti a trovare.»

«E l'altro?» Josie chiese.

«Ian Colton. È minorenne. Ha sedici anni. Lo teniamo in custodia fino all'arrivo dei genitori. Frequenta il terzo anno alla Denton East. Nessun precedente. Nessun arresto. Lavora insieme a Jacks. È così che si conoscono.» Josie dubitava che sarebbero riusciti a ottenere qualcosa da Ian Colton. Nel momento in cui i suoi genitori fossero arrivati, avrebbero probabilmente chiesto un avvocato, il quale avrebbe accettato di lasciare che interrogassero il ragazzo, ma dandogli istruzioni di non rispondere a nessuna domanda. Era da manuale.

«Il ragazzo è l'arma migliore che abbiamo per scoprire chi altro è coinvolto.» affermò Josie rivolta a Gretchen, facendo un cenno allo schermo che proiettava l'immagine di Austin Jacks. Il ragazzo si agitava sulla sedia, faceva su e giù sui talloni, tamburellando un ritmo inquieto sul pavimento, mordicchiandosi una pellicina del pollice, mentre con l'altra mano si strofinava il capo, spazzolando prima in un verso e in un altro i capelli biondi e corti come la lanugine di una pesca.

«Noah sta per entrare.» rispose Gretchen, trascinando una sedia e sedendosi accanto a Josie.

Rimasero a guardare il ragazzo tormentarsi con movimenti sempre più frenetici finché Noah non entrò, un quarto d'ora dopo. Fece scivolare un pacchetto di sigarette schiacciato sul tavolo e Austin lo prese al volo. Nella mano di Noah apparve un accendino, gli fece accendere e poi lo rinfilò in tasca appoggiandosi quindi al muro. Austin aspirò diverse e fameliche boccate di fumo a pieni polmoni, chiudendo gli occhi per goderne appieno. I movimenti febbrili rallentarono un po', ma non di molto.

Noah gli lesse di nuovo i suoi diritti, e Austin confermò di averli compresi. Non chiese un avvocato, quindi Noah si buttò a capofitto nell'interrogatorio. «Sai di chi è la casa in cui sei stato arrestato questa sera?»

Il ragazzo scrollò le spalle. «Non lo so. Una tizia della polizia. Non mi interessa.»

«Perché eri lì?»

Soffiò del fumo in direzione di Noah. «Secondo te perché? Non ci vuole un genio per capirlo.»

«Tu e Ian eravate lì per derubare la poliziotta, eppure arrestandovi non vi abbiamo trovato addosso nessuna delle sue cose. Come lo spieghi?»

Lo sguardo vagò per la stanza, ovunque tranne che su Noah. «Ci avete beccati prima che potessimo prendere qualcosa, amico.»

Noah si avvicinò al tavolo. «Mancano i suoi gioielli.»

Le ginocchia di Austin sussultarono sotto il tavolo. «Non so che dirti.»

«Chi altro c'era con voi?»

Un'altra alzata di spalle. «Lo sai chi c'era... avete beccato anche lui.» Noah appoggiò entrambi i palmi sul tavolo e si protese verso il ragazzo. «Sappiamo che c'era un terzo uomo, Austin. È venuto a prendere i gioielli e ha lasciato te e Ian a distruggere la casa. Chi è?»

Un tenue sorriso attraversò il volto di Austin e poi scomparve. Spense la sigaretta nel posacenere che Noah gli aveva fornito e mise le mani in grembo. «Non so di che parli.» Noah sospirò. «Bene. Prenderemo le impronte dalla finestra della cucina. Non ci vorrà molto per analizzarle. A meno che Ian non ce lo dica prima e ci faccia risparmiare tempo. Quel ragazzo è spaventato a morte. Sono sicuro che lui e i suoi genitori saranno interessati alla riduzione delle accuse che il procuratore offre in cambio di informazioni sul terzo complice, gettando te in pasto ai lupi.»

Senza esitare, Noah si girò e uscì dalla stanza, lasciando Austin con la bocca aperta e un colorito pallido sotto l'acne.

Dieci minuti dopo era in piedi sotto l'occhio della telecamera, agitando le braccia. «Ehi, amico, torna qui» lo chiamò. «Ho qualcosa da dire.»

TRENTASEI

JOSIE – DIECI ANNI

Josie rimase immobile fino a quando una mano la spinse verso il tavolo del giudice e i suoi piedi avanzarono fino a sfiorarne il bordo.

«Signorina» disse il giudice, «ora ti farò alcune domande e voglio che tu risponda il più sinceramente possibile, hai capito?»

Josie annuì. Sentì gli occhi di sua madre su di sé come un raggio laser incandescente. Sua madre aveva sorriso solo a beneficio degli altri adulti, ma Josie aveva visto il luccichio nei suoi occhi; entrambe sapevano che, qualunque cosa avesse detto al giudice, sarebbe tornata a casa con lei, e sapeva anche che le sue parole avrebbero potuto tanto migliorare quanto peggiorare la sua situazione.

Quindi, mentì.

A ogni bugia che le usciva dalla bocca, Lisette si accasciava un po' di più accanto a lei. Il senso di colpa aveva un sapore aspro in fondo alla gola, così distolse lo sguardo dalla nonna, concentrandosi invece sul volto della madre, che brillava di soddisfazione a ogni sua negazione.

Come previsto, il giudice disse che Josie doveva tornare a casa con la madre, ma che Lisette doveva avere il diritto di visita. Prima di lasciare l'ufficio del giudice, Lisette la abbracciò e lei sentì ancora una volta le labbra della nonna contro il suo orecchio. «Non è finita, tesoro. Ti porterò via da lei. Te lo prometto.»

Quando Lisette lasciò la presa, Josie le sorrise coraggiosamente, trattenendo le lacrime e conficcandosi la punta del cappello di plastica della fata madrina nel palmo della mano. «Va tutto bene, nonna» disse a Lisette. «Starò bene.»

Un'altra bugia.

TRENTASETTE

Noah fece attendere Austin Jacks, lasciandolo cuocere nel suo brodo. Proprio quando Josie si aspettava che iniziasse ad arrampicarsi sulle pareti come una specie di ragno saltatore, la porta della stanza si aprì e Noah fece capolino. «Eri tu che urlavi?» chiese.

Austin si mise sotto la telecamera e la indicò. «Sì, ero io. Non c'è nessuno lì a controllarmi?»

«Siamo piuttosto impegnati al momento, Mr. Jacks. I miei uomini mi occorrono su testimoni che hanno qualcosa da dire, come il tuo amico Ian. Che ti serve? Una pausa bagno?»

«Avete parlato con Ian?»

«Sì, siamo con lui adesso.» disse Noah, che già stava lasciando la stanza.

«Ti ha detto del tizio sotto il ponte?» chiese Austin.

Noah non si scompose. «Sì, ma ha detto che non sa il suo nome.»

«Perché non lo abbiamo mai saputo» rispose Austin. «Cioè, è solo il tizio sotto il ponte.»

Josie sapeva che a Denton c'erano solo due ponti che attraversavano il fiume Susquehanna, e solo uno di essi offriva spazio e tranquillità sufficienti per i senzatetto abusivi e per lo spaccio di droga. Anche Noah ne era al corrente.

«Austin» disse Noah con pazienza, «c'è più di un tizio sotto quel ponte. Credi che non facciamo almeno una retata a settimana da quelle parti?»

Il ragazzo si strofinò la testa con entrambe le mani. «Posso dirti che aspetto ha. Potreste far venire un artista o qualcosa del genere e io gli direi come disegnare quel tizio. Come in TV.»

Accanto a Josie, Gretchen scoppiò a ridere. Tutti pensavano che il lavoro della polizia nella vita reale fosse come quello che vedevano in televisione, ma cose come gli identikit costano, e anche tanto. Una somma che nessun dipartimento spenderebbe per un semplice furto, nemmeno per il suo capo della polizia.

Noah rientrò nella stanza, chiudendosi la porta alle spalle e facendo cenno a Austin di sedersi di nuovo. Questa volta, fece tremare tutta la sedia con la sua agitazione. Noah gli disse: «Che ne dici di dirmi quello che sai su quel tizio e poi ci mettiamo d'accordo?»

Austin si mangiava le unghie sporche digrignando i denti. «Mi aiuterai o no? Con il procuratore distrettuale, per esempio?»

«Posso chiedere una riduzione delle accuse, certo.»

Gli occhi di Austin lampeggiarono di irritazione. «Riduzione delle accuse? Andiamo, amico. Potresti farmi uscire di qui. Non ho fatto niente. Non è stata nemmeno una mia idea.»

Noah si appoggiò alla sedia, rilassato. «Ridurre le accuse è il massimo che posso fare, Austin. Queste decisioni non dipendono da me. Devi sapere che la poliziotta che hai cercato di derubare si chiama Josie Quinn.»

Austin rimase a bocca aperta. «Il capo della polizia? Quella sexy che è sempre al notiziario?»

«Mh, sì. Abbiamo un solo capo della polizia.»

«Cazzo.»

«Capisci il mio dilemma? Vorrei aiutarti, ma ho le mani

legate. A meno che tu non abbia informazioni su Lloyd Todd o su qualcuno dei suoi scagnozzi.»

La fronte di Austin si aggrottò per un attimo. «Chi?»

«Lloyd Todd.» ripeté Noah lentamente.

Le pieghe della fronte di Austin si accentuarono. «Intendi quel grosso spacciatore che avete arrestato il mese scorso? Quello della Todd's Home Construction?»

Noah annuì.

«Non mi ci metto con Lloyd Todd» disse. «Non l'ho mai fatto.»

Noah tamburellò le dita sul tavolo come se fosse annoiato. «Allora qualcuno della banda di Todd? Sono piuttosto incazzati da quando l'abbiamo messo dentro. È stato qualcuno della sua organizzazione a chiederti di fare questo lavoro?»

Austin scosse la testa. «No, amico. Te l'ho detto, non ho mai avuto a che fare con Lloyd Todd. Non voglio essere coinvolto in questa roba. Un giorno voglio andare al college e tutto il resto. Quei ragazzi si sono immischiati di brutto con lui. Lui li controlla.»

«Sì, lo sappiamo. E il tuo tizio sotto il ponte? Lavora per Todd?»

«Non credo. Non l'ho mai visto parlare con nessuno degli uomini di Todd. Se ne sta per conto suo, laggiù, ne sono abbastanza sicuro.»

«Cos'altro puoi dirmi di lui?»

Austin si strofinò le guance finché la pelle non si arrossò. Infine, disse: «Riduzione delle accuse, d'accordo? Cosa vuoi sapere?»

«Riduzione delle accuse» ripeté Noah. «Dimmi tutto quello che sai su di lui.»

«È vecchio, amico. Parecchio vecchio.»

«Puoi stimare la sua età?»

«Non lo so, tipo cinquanta o sessanta.»

Gretchen emise un lungo sospiro. «È bello sapere che cinquanta è "parecchio vecchio".»

Josie rise della sua imitazione del ragazzo.

«È davvero magro» continuò Austin. «Voglio dire, quello è strafatto per la maggior parte del tempo. Sai che Lloyd Todd non accetta gli schizzati. Devi essere in gamba se vuoi lavorare per lui. Comunque, credo che quel tizio viva sotto i ponti, per lo più. Ha sempre la stessa giacca verde, anche d'estate.»

Noah socchiuse gli occhi. «Pensavo che non sapessi molto di lui. Sembra che tu lo veda spesso.»

Austin si afflosciò sulla sedia. «Dai, amico. Stai cercando di incastrarmi per qualcos'altro? Io e Ian andiamo spesso al fiume, okay?»

«Per comprare droga.» aggiunse Noah.

«Non sto dicendo questo. Mi hai chiesto del tizio, ti sto parlando di lui.»

«Va bene, sui cinquanta-sessanta, magro, giacca verde...»

«Capelli grigi e stopposi, indossa un vecchio paio di stivali da lavoro che avranno vent'anni.»

«Non sai come si chiama?»

Austin scosse la testa. «La gente che c'è laggiù... non ti metti a chiedere i nomi, mi segui?»

«Giusto. Come è stato coinvolto nel tuo furto?»

Austin si portò una mano al petto, con le dita allargate. «Il mio furto? Amico, non era il mio furto. Non volevo derubare il capo della polizia e finire nei casini. È stata una sua idea.»

«Di chi?»

«Del tizio sotto il ponte. A volte ci manda della roba, okay?»

«Che tipo di roba?» chiese Noah.

«Della roba, capisci? Vuoi davvero saperlo? Perché se te lo dico non puoi, tipo, arrestarmi, giusto?»

Noah sospirò. «Mi interessa solo quello che sai sul furto. Non mi interessa quale "roba" hai preso da questo tizio, chiaro?»

«Okay, okay. Io e Ian ci stavamo procurando erba, pasticche e cose del genere, ed eravamo un po' indietro con i pagamenti, così il tizio ci ha detto che potevamo metterci in pari e comprare altra roba se facevamo un lavoro per lui.»

«Ti ha contattato per questo?»

«Sì, credo. Ha detto che sarebbe stato facile. Doveva portarci alla casa e farci entrare, noi dovevamo prendere qualcosa e buttare tutto all'aria. Ma non c'era niente lì dentro, okay? Non c'era niente di quello che quel tizio voleva. Non cercava apparecchi elettronici o che so io. Ci ha detto di cercare gioielli e contanti in camera da letto, e così abbiamo fatto.»

«Chi ha portato la vernice spray?»

«Ce l'ha data lui. Ha detto che dovevamo scrivere degli insulti sui muri.»

«Quindi "troia" e "puttana" sono state una vostra idea?»

Austin arrossì. «No, amico, non nostra. Non la conoscevamo nemmeno quella stronza, cioè il capo. Gli ho chiesto: "Cosa intendi per insulti?" e lui mi ha detto di scrivere "troia" o "puttana" o qualcosa del genere. Ha detto: "Alle puttane non piace essere chiamate cagna o troia".»

Noah emise un pesante sospiro. «Se è per questo, a nessuna donna piace essere chiamata puttana.»

Austin scosse la testa. «Ehi, amico, questo lo so.»

Gretchen abbassò la testa. «Progressista.» mormorò.

«Quest'uomo ti ha detto perché voleva che tu e Ian faceste queste cose?» chiese al ragazzo.

«No. Abbiamo solo pensato che ce l'avesse con lei. Cioè, ha detto che era una poliziotta e che viveva da sola, perché noi non volevamo entrare in una casa se c'era altra gente o un grosso cane e simili. Ha detto che lei era sempre al lavoro. Comunque, lui era lì e una volta presi i gioielli se n'è andato. Ha detto che ci avrebbe raggiunto più tardi, quando avessimo finito. Ian gli ha detto che doveva rimanere, perché se ci beccavano ci prendevamo noi la colpa di tutto, così lui ha detto che sarebbe tornato, ma io sapevo che non l'avrebbe fatto.»

Noah incrociò le braccia sul petto. «Dove dovevate incontrarvi più tardi?»

«Sotto il ponte, dove sennò?»

Josie scosse la testa. «Dio, questo ragazzo è stupido.»

«È per questo che il tizio lo ha usato.» concordò Gretchen.

«Pensi che stia mentendo?» chiese Josie. «Su quest'uomo sotto il ponte?»

«Beh, da quello che hai sentito in casa tua sappiamo che c'è qualcun altro coinvolto. È difficile dire se lo stiano proteggendo o se stia dicendo la verità su questo spacciatore. Ma c'è un modo per scoprirlo.»

«Non lo troveremo mai sotto il ponte.» disse Josie.

«Probabilmente no» concordò Gretchen. «Ma è un buon punto di partenza. Andrò lì con un paio di agenti. Ti farò sapere cosa troviamo.»

TRENTOTTO
JOSIE – UNDICI ANNI

La piccola Chevette blu di sua madre era parcheggiata fuori dalla roulotte come un giocattolo abbandonato, inclinata, con la gomma anteriore del lato passeggero sgonfia. Il paraurti era cosparso di vernice rossa nel punto in cui sua madre aveva urtato una Mustang rosso lucido mentre uscivano dal negozio di liquori. Erano passati due giorni, ma a Josie faceva ancora male il collo.

I suoi compiti erano sparsi sul tavolo della cucina. Frazioni. Josie odiava le frazioni. Le avevano iniziate in quarta e non le aveva ancora imparate. Sua madre camminava tra la cucina, il soggiorno e il retro, fermandosi ogni volta davanti alla porta d'ingresso per fissare l'auto in panne e imprecare sottovoce.

Josie udì il rumore di un'auto che sobbalzava sulla grande buca a due roulotte di distanza prima che la stessa Mustang rossa si accostasse alla Chevette. Dalla finestra della cucina, poté vedere che era lucidata alla perfezione, tranne che per la lunga e spessa striscia in cui la vernice era stata scavata dalla parte anteriore a quella posteriore dal lato di guida. Un uomo scese dalla Mustang e gettò una sigaretta tra l'erba mentre si dirigeva verso la porta d'ingresso della roulotte. Era alto e magro, maturo, ma non quanto la nonna. I capelli castano spento spuntavano da sotto un berretto da baseball blu consunto. Le maniche della maglietta bianca erano state tagliate via, rivelando braccia magre con tatuaggi neri sbiaditi che Josie non riusciva a distinguere. Sotto un naso lungo e sporgente, dei grossi baffi si estendevano sul labbro superiore. Vecchie macchie punteggiavano i suoi jeans sbiaditi, e la punta di uno dei suoi stivali era bucata.

Quando bussò alla porta, il suono si riverberò per tutta la roulotte. Sua madre rimase immobile tra la cucina e il soggiorno. Si portò l'indice alle labbra, facendo segno a Josie di fare silenzio. Aspettarono senza muoversi mentre l'uomo continuava a bussare, sempre più forte. I minuti passavano. Poi cominciò a gridare: «So che sei lì dentro, dannazione. Apri. Non la farai franca. Hai distrutto la mia macchina e poi te ne sei andata.» Altri colpi. Altre grida. «So chi sei, Belinda Rose. Quella del negozio di liquori ti conosce. Mi ha detto tutto di te. Ora vieni fuori o chiamo la polizia.»

A questo punto la madre fece qualche passo incerto verso la porta. «Cazzo.» mormorò.

«Ti do dieci secondi» urlò l'uomo. «Se non esci entro dieci secondi, me ne vado e torno con la polizia.»

La madre di Josie aprì la porta. «Okay, okay» disse. «Eccomi qui.»

«Mi lasci fuori o mi inviti a entrare? Il minimo che puoi fare è offrirmi da bere dopo che mi hai distrutto la macchina.»

Lei sgranò gli occhi e si fece da parte, lasciandolo entrare. «Non ti ho affatto distrutto la macchina.» osservò.

L'uomo rimase in piedi al centro del soggiorno, studiando la roulotte fino a quando i suoi occhi non si posarono su Josie. Le rivolse un sorriso a denti stretti. «Ehi, tesoro.»

Josie sollevò una mano in un saluto a metà. La madre si avvicinò allo scolapiatti e prese un bicchiere, riempiendo il fondo con la vodka che aveva comprato al negozio. Lo porse all'uomo, che lo tracannò in un sorso e le restituì il bicchiere. Lei si mise una mano sul fianco e lo fissò. «Che cosa vuoi?»

Di nuovo lui sorrise. «Tu che dici? Devo riverniciare l'auto e pagherai tu.»

«Ah sì? E come? Non ho l'assicurazione.»

Lui rise, spostando lo sguardo su Josie e poi di nuovo sulla madre. «Certo che non ce l'hai.»

«Quanto viene a costare?» chiese sua madre.

Lui guardò la Mustang fuori dalla porta d'ingresso. «Per una bellezza come quella? Almeno cinquecento.»

«Cinquecento dollari?» esclamò la madre. «Stai scherzando? Per un po' di vernice?»

«Dolcezza, quella è una Mustang GT del 1965. Un'auto d'epoca. Mi ci sono voluti anni per restaurarla.»

La madre di Josie sospirò e alzò le mani al cielo. «Non li ho cinquecento dollari. Torna tra una settimana e forse avrò qualcosa per te.»

L'uomo si avvicinò al divano e si sedette. «Non accetto piani di pagamento e se me ne vado, te l'ho detto, torno con la polizia.»

La madre lo seguì, piazzandosi tra le sue gambe e fissandolo. «Gli sbirri non risolvono un bel niente» gli disse. «Smettila di tirarli in ballo. È una cosa tra te e me.»

Lui allungò le braccia sullo schienale del divano e le sorrise come se fossero vecchi amici. «Ah è così?»

TRENTANOVE

Come Josie aveva previsto, l'uomo descritto da Austin Jacks non era sotto il ponte. Gretchen scovò una manciata di persone che lo conoscevano, ma solo come Zeke. Non c'era molto su cui lavorare. Josie non conosceva nessuno di nome Zeke e non aveva idea di cosa volesse da lei lo spacciatore, soprattutto se non era associato a Lloyd Todd, come aveva detto Austin. Lasciò Noah alla centrale di polizia a schedare i due ragazzi mentre lei tornava a casa per valutare i danni e iniziare a riordinare. Entrò dalla porta d'ingresso e si spostò lentamente al piano terreno, accendendo man mano gli interruttori della luce. Il piano di sotto non era stato minimamente toccato. Ogni cosa era proprio come l'aveva lasciata: si sarebbe detto che non fosse entrato nessuno. Ma Josie lo sentiva. La casa le sembrava diversa, più vuota e fredda, come se mancasse qualcosa. Qualcosa che non sapeva se avrebbe più potuto recuperare.

Esitò prima di accendere la luce della cucina, sapendo che la vista della finestra rotta avrebbe risvegliato tutto il disagio e la rabbia che aveva tenuto a freno da quando i ragazzi erano stati portati fuori dalla sua camera in manette. Il pensiero di quel passaggio l'aveva tormentata per tutto il viaggio di ritorno: ora con il vetro rotto, la sua casa era aperta e vulnerabile. Ora chiunque poteva entrare senza farsi sentire finché non l'avesse riparato. In più c'era il costo della finestra.

Accese le luci della cucina e il respiro le si bloccò in gola. Nel telaio della finestra era stata inserita una grossa e spessa tavola che la sigillava. Non spettava alla polizia di Denton ripulire le scene del crimine, e tantomeno sigillare le finestre, ma la sua squadra l'aveva fatto per lei.

Si avvicinò e verificò che fosse salda. Lacrime di gratitudine le bruciarono gli occhi stanchi mentre premeva e la tavola non si muoveva. Si precipitò al piano di sopra, facendo due gradini alla volta. La sua camera da letto era stata sistemata, i comodini erano stati rimessi in posizione, le lampade erano state rimontate alla meglio. L'imbottitura strappata dai cuscini era stata rimossa e le federe lacerate erano state ordinatamente piegate e sistemate ai piedi del letto. Qualcuno aveva tolto le lenzuola infangate e aveva piegato anche quelle. Anche i pezzi rotti del suo portagioie erano stati disposti ordinatamente sul ripiano del cassettone, i cui cassetti erano stati rimessi a posto, con i vestiti piegati e sistemati all'interno. Esaminò la moquette e vide che qualcuno aveva passato l'aspirapolvere. Molti oggetti avrebbero dovuto essere sostituiti, ma la stanza era pulita e ordinata. Solo le scritte in rosso strillavano dai muri guastando l'ordine della stanza.

Sprofondò nel letto e chiuse gli occhi per non sentire il bruciore delle lacrime. Sentì il cellulare suonare nella tasca della giacca. Un messaggio di Noah. *"Sono fuori"* diceva. *"Posso entrare?"*

Stava aspettando sulla soglia di casa, con una busta marrone che profumava deliziosamente di panino con le polpette.

«Non hai mangiato» le disse indicando la busta mentre la superava e si dirigeva verso la cucina. «Ho trovato solo dei panini in quel minimarket vicino all'università. Probabilmente ce ne pentiremo più tardi.»

Josie guardò l'orologio del microonde e vide che erano quasi le tre del mattino. «Noah» disse piano. «Non devi...»

«Penso che dovresti venire a stare da me per un giorno o due. Solo finché non avrai rimesso tutto in ordine qui.» Non la guardò mentre rovesciava il contenuto della busta sul tavolo della cucina. Lo stomaco le si strinse quando l'odore si fece più forte. Era vero. Non aveva mangiato. Stava morendo di fame.

«Non è necessario.» gli disse.

Si sedettero e si misero a mangiare. In condizioni normali, Josie sapeva che probabilmente non le sarebbe piaciuto un panino da minimarket, ma in quel momento le polpette ricoperte di formaggio e salsa erano la cosa migliore che avesse mai assaggiato. Noah aspettò che avesse finito prima di riprovare.

«Puoi prendere il mio letto; io dormirò sul divano.»

«Sto bene.» insistette Josie.

Lui sollevò un sopracciglio. «Quindi, stai dicendo che riuscirai a dormire qui stanotte?»

Non aveva tutti i torti.

«Volevo venire con voi domani per assistere all'interrogatorio sul caso di Belinda Rose.» disse lei.

«Allora dovresti assolutamente dormire un po'. Vieni a casa mia, almeno per stanotte.»

QUARANTA

JOSIE – UNDICI ANNI

Josie osservò come cambiava il linguaggio del corpo di sua madre: la sua postura era più sciolta e sfoggiava quel sorriso falso che spesso usava con i suoi amici speciali quando non aveva abbastanza soldi per aghi o pillole. Si avvicinò all'uomo e con le gambe toccò l'interno delle sue. «Tra me e te, credo che potremmo trovare una soluzione, non ti pare?»

«Cosa intendi?» chiese lui. «Uno scambio?»

La madre di Josie si abbassò e gli passò una mano sulla coscia fino alla cintura. «Qualcosa del genere. Io faccio qualcosa per te e ci dimentichiamo della vernice. Siamo pari.»

Ridacchiò. «Pari, eh?»

Lei si mise a cavalcioni su di lui. Con le mani lui le prese i fianchi, ma gli occhi viaggiarono oltre le sue spalle, incrociando Josie, che rimase paralizzata al tavolo della cucina. Sua madre seguì il suo sguardo, lanciando un'occhiata alla figlia. Poi si voltò verso di lui, usando un indice per riportare la sua attenzione su di sé. «Andiamo sul retro.» disse.

Le mani di lui scesero lungo la schiena e le avvolsero le natiche. Si protese verso di lei e le sussurrò qualcosa all'orecchio. All'inizio lei rise, ma poi lui sussurrò qualcos'altro. Seguì una lunga discussione che Josie non riuscì a capire. Poi lei si staccò dalle sue ginocchia. Tornò al lavello e sciacquò un bicchiere, riempiendolo di vodka. Josie aspettava che sparissero nella camera da letto della madre per potersi concentrare sulle frazioni, invece, il bicchiere di vodka le apparve davanti: sua madre lo spinse sul tavolo finché non glielo lasciò sotto il naso. Dal divano, l'uomo fece un ampio sorriso.

«JoJo» disse sua madre, «bevi questo.»

Josie fissò la madre. «Mamma, non posso bere alcolici. Non dovrei.»

La madre batté l'indice sul bordo del bicchiere. Josie sentiva gli occhi dell'uomo su di sé. Lo guardò di nuovo, ma questa volta il suo sorriso era diverso: affamato e un po' smanioso. Il cuore di Josie saltò alcuni battiti e poi accelerò. La stanza sembrava chiudersi su di lei.

Lei riprese: «Sono tua madre e quello che dico si fa. Ora bevi questo e poi vai nel retro con questo simpatico signore.»

«Nel retro?» chiese Josie, con la voce incrinata.

Sua madre sgranò gli occhi. «Sì, nel retro. Puoi usare la mia camera da letto.»

«Usarla?»

Avvicinò il bicchiere e il liquido si rovesciò oltre il bordo, finendo sui compiti di matematica. Abbassò la voce. «Non fare domande, JoJo. Vai nella stanza sul retro con questo signore e fai tutto quello che ti dice di fare, capito?»

La vodka pungeva così tanto che Josie ebbe un conato di vomito. «Cristo, JoJo.» si lamentò la madre. Andò al frigorifero e rovistò finché non trovò un cartone di succo d'arancia. Ne versò un po' nel bicchiere, diluendo la vodka. Ma anche mescolata al succo di frutta, le bruciò la bocca e la gola fino in fondo, lasciandole una strana sensazione di intorpidimento sulla lingua.

Sua madre gliene fece bere un altro dopo aver finito il primo, e quando le afferrò un braccio per tirarla su dalla sedia, la stanza girò. I suoi piedi non funzionavano. Non riusciva a capire se fosse colpa della vodka o del modo in cui quell'uomo la stava guardando. La porta della camera da letto di sua madre era allo stesso tempo lontana un milione di miglia e troppo vicina per farla sentire tranquilla.

Non voleva fare niente di ciò che le avrebbe detto di fare. Provava la sensazione spaventosa che lui volesse fare le cose disgustose che sua madre faceva con gli uomini. Josie le aveva viste molte volte. A volte sua madre era troppo ubriaca o fatta per ricordarsi di metterla nello sgabuzzino o di andare in camera con i suoi amici speciali. Diverse volte Josie si era trovata al tavolo della cucina quando avevano iniziato a spogliarsi. Nessuno la notava e lei aveva troppa paura di cercare di passare davanti a loro per andare in camera sua attirando l'attenzione su di sé. Le cose che gli uomini facevano a sua madre sembravano dolorose e spaventose.

«Mamma, non voglio.» disse Josie con voce strozzata.

«Sta' zitta, JoJo.» La madre la spinse nel corridoio e lei inciampò, aggrappandosi alle pareti a pannelli scuri per tenersi in piedi. L'uomo la seguì.

Josie sentì la sua mano tra i capelli e sobbalzò. Sentì la sua risata calda sulla nuca. «Rilassati, tesoro. Ti farò divertire.»

La nausea le agitava lo stomaco. La vodka e il succo d'arancia minacciavano di risalire. Era così vicino. Troppo vicino. Il calore del suo corpo la avvolgeva. Le lacrime le pungevano gli occhi. La mano di lui scivolò dal collo, seguendo la spina dorsale, fino a quando una delle dita si agganciò alla cintura dei pantaloncini di cotone.

Lei inciampò di nuovo e i pantaloncini, impigliati nel dito di lui, si abbassarono un po', scoprendola. L'uomo emise un basso fischio. «Sarà fantastico.» disse, facendo battere il cuore di Josie così forte nel petto da farle male. Chiuse gli occhi mentre con la mano stringeva la maniglia della porta della camera da letto e si girava...

Improvvisamente, la porta d'ingresso della roulotte si

spalancò alle sue spalle e l'uomo fece un balzo indietro, allontanando di scatto la mano dal corpo di Josie. Lei si voltò e guardò oltre, verso il punto in cui stava entrando Needle. Senza muoversi, Needle spostò lo sguardo dalla madre a Josie e all'uomo, rimasti immobili. I suoi occhi scuri e ombrosi si strinsero sull'uomo nel corridoio. «Che diavolo sta succedendo qui?» chiese.

Gli occhi dei presenti si rivolsero alla madre di Josie. Per una frazione di secondo, Josie credette di vedere nei suoi occhi la paura, che fu subito sostituita da un lampo di rabbia. Si avvicinò a Needle. «Nulla che ti riguardi.» gli disse.

Ma Needle rimase fermo sul posto. Fece un gesto verso l'uomo. «E quello chi è?»

Sua madre sgranò gli occhi. «Non sono affari tuoi. Hai portato qualcosa?»

Needle la ignorò. «JoJo.» chiamò.

Josie non disse nulla. La paura, mista agli effetti della vodka, le impediva di parlare. I suoi occhi lo implorarono.

«Ehi» disse sua madre irritata. «Ti ho detto di restare...»

«Stai zitta» disse Needle. Tese una mano in direzione di Josie. «JoJo, andiamo. Vieni qui.»

In qualche modo, i piedi di Josie si diressero verso di lui. Le toccò la testa con una mano e le fece un cenno verso la porta d'ingresso. «Va' fuori a giocare, adesso.»

«Figlio di puttana!» ringhiò la madre, ma Needle la ignorò, spingendo Josie verso la porta.

Non ci fu bisogno di dirglielo due volte. Si precipitò all'aria fresca, correndo nel bosco veloce quanto le gambe potevano reggere.

QUARANTUNO

Josie riemerse da un sonno profondo e i suoi occhi annebbiati osservarono un ambiente sconosciuto. Pareti azzurre, un comodino a quattro cassetti con la vernice crostata da cima a fondo, oggetti da uomo sparsi sul ripiano: un rasoio elettrico, acqua di colonia, un portafogli nero. Poi c'era l'odore. Non sgradevole. Solo diverso. Era l'odore di Noah. Quando la nebbia del sonno si diradò, si mise a sedere sul letto, in ascolto. Le parve di sentire dei rumori provenire dal piano di sotto. Aveva dormito tranquillamente, considerando che non si trovava nel suo letto e che era ancora scossa dall'intrusione in casa sua. Guardò ancora una volta la stanza, notando quanta poca luce c'era in confronto alla sua camera da letto. L'arredamento era di tipo funzionale, anche se nei sei mesi trascorsi dall'ultima volta che era stata a casa sua, Noah aveva arredato il piano di sotto con mobili ed elettrodomestici nuovi e moderni. Manteneva quell'aspetto mezzo incompiuto di un appartamento da scapolo, ma era molto più accogliente e confortevole.

Bussarono alla porta. Prima che Josie potesse rispondere, Noah entrò con una tazza di caffè fumante in mano. Si bloccò quando la vide. «Oh, scusami. Avrei dovuto aspettare che tu dicessi "Avanti".»

«Non fa niente.» disse Josie.

«Magari ti stavi cambiando» le fece notare. «Mi... eh, mi dispiace davvero.»

Iniziò a ritirarsi, ma Josie si alzò e prese la tazza. «Va tutto bene» disse. «Davvero. Grazie.»

Sorseggiò il caffè in piedi, rendendosi conto di come doveva apparire con indosso la vecchia maglietta sbiadita della polizia di Denton e una tuta logora di Ray. Appoggiò la tazza sul comodino e si sistemò i capelli. Tra le dita sentì una folta massa di ciocche annodate dietro la testa.

«Credo che dovrei... usare il bagno.» disse Josie.

Lei fece per passargli accanto mentre lui cercava di uscire dalla porta, ma si mossero entrambi nella stessa direzione, dando vita a un balletto imbarazzante nel tentativo di allontanarsi l'uno dall'altra, ottenendo solo di urtarsi il petto. Il profumo inebriante del dopobarba di Noah le invase le narici. Desiderò aver avuto il tempo di lavarsi i denti prima di fare conversazione.

«Scusa» disse Noah, uscendo finalmente dalla stanza. Indicò alla sua sinistra. «Il bagno è da quella parte.»

Josie fece un sorriso tirato. «Ricevuto. Grazie.»

Fece la doccia, si lavò i denti e si vestì in fretta. In cucina, Noah preparò una colazione a base di uova e pancetta, che consumarono in silenzio. L'imbarazzo tra loro si dissipò solo quando furono usciti per incontrare Gretchen e andare a interrogare nella sua casa a Bellewood Alona Ortiz, l'impiegata del palazzo di giustizia distrettuale in pensione che un tempo aveva lavorato con Belinda Rose. Durante il tragitto, Josie si sforzò di non pensare a ciò che era accaduto a casa sua la sera prima.

La Ortiz viveva in una casa di mattoni a due piani vicino al palazzo di giustizia, nel centro di Bellewood. La veranda era ingombra di piante in vaso e giocattoli per bambini. La Ortiz uscì, con uno scialle di maglia avvolto intorno alle spalle ingobbite, sorrise e accennò al disordine. «I nipoti. Sono come piccoli tornado. Entrate, entrate, accomodatevi.»

Il salotto era ugualmente pieno di piante e di giocattoli: mattoncini dai colori vivaci, vecchi peluche, una serie di attrezzi di plastica e un baule per vestiti pieno di costumi rosa e viola brillanti e diversi diademi lucenti. Gretchen attaccò discorso con lei mentre Josie e Noah trovarono posto sul divano bordeaux consumato. Mrs. Ortiz si sedette su una poltrona reclinabile di fronte a loro, sistemandosi dietro le orecchie le ciocche argentate, che le arrivavano alle spalle. Josie sapeva che aveva passato i sessanta, ma aveva un aspetto giovanile, la sua pelle olivastra era ancora relativamente liscia, tranne che per le profonde rughe di espressione intorno alla bocca.

«Siete in tre» osservò «deve essere una cosa importante. Che cosa ha fatto la giovane Belinda? È nei guai?»

Gretchen si appollaiò sul bracciolo del divano. «Mi dispiace dirglielo, Mrs. Ortiz, ma crediamo che Belinda sia stata uccisa nel 1984, forse lo stesso giorno in cui è scomparsa. Abbiamo trovato i suoi resti a Denton la settimana scorsa.»

La bocca di Mrs. Ortiz si piegò verso il basso. I suoi occhi marroni si abbassarono sul pavimento. «Mi dispiace di sentirlo.» disse gravemente.

«Ci chiedevamo cosa potesse dirci di Belinda e del suo lavoro al tribunale.» disse Josie.

Mrs. Ortiz si appoggiò alla sedia e si mise le mani sullo stomaco. «È passato un po' di tempo, ma non vi avrei detto di venire qui se non mi ricordassi di lei. È difficile dimenticare quei riccioli biondi, ma soprattutto la ricordo perché era una gran civetta. Causò un po' di contrasti in ufficio quando lavorava lì.»

«Quali erano le sue mansioni?» chiese Noah.

«Oh, sa, per lo più archiviare, preparare la posta, assicurarsi che la caffettiera fosse rifornita. Era un lavoro part-time. Io e un'altra donna lavoravamo lì come impiegate. Eravamo andate al liceo per vedere di trovare uno o due studenti che venissero a dare una mano. C'era una manciata di candidati, ma Belinda ottenne il posto. Era molto solare. Non ha mai avuto problemi con il lavoro. Certo, era un po' inaffidabile. Secondo me non avremmo dovuto farla tornare dopo i mesi che aveva perso, ma ci serviva aiuto e lei faceva bene il suo dovere. Come ho detto, non mi ha mai dato motivo per lamentarmi.»

Josie si protese in avanti, appoggiando i gomiti sulle ginocchia. «Ma ha avuto altri problemi con lei?»

Mrs. Ortiz fece un sorriso tirato. «Beh, non solo io. C'erano diversi giudici, alcuni assistenti procuratori distrettuali e alcuni avvocati d'ufficio che lavoravano fuori dal palazzo di giustizia. Avevano il loro personale che non apprezzava il modo in cui Belinda civettava con i loro capi.»

Allora Noah chiese: «Il personale era prevalentemente femminile?»

Mrs. Ortiz gli sorrise con complicità. «Stiamo parlando dei primi anni Ottanta, figliolo. I giudici e gli avvocati erano uomini e il personale era femminile. Quindi sì, tutte donne. Credo che molte di loro fossero semplicemente gelose. Era una ragazza giovane molto vivace e faceva girare la testa a parecchi uomini.»

Josie chiese: «Belinda aveva relazioni con qualche uomo?»

La signora Ortiz si accigliò. «Era solo un'adolescente.» disse, come se questo ne escludesse la possibilità.

«Ma c'era qualcuno con cui flirtava più degli altri?» chiese Gretchen.

«Suppongo che avesse un certo interesse per il giudice Bowen.»

Il nome era vagamente familiare a Josie, ma non riuscì a collocarlo. Gretchen scarabocchiò qualcosa sul suo taccuino. «Come reagì il giudice Bowen al suo interesse?»

Mrs. Ortiz agitò la mano. «Oh, gli piaceva molto. Naturalmente, doveva stare attento perché aveva una moglie giovane che a sua volta lavorava lì, come segretaria. All'inizio il flirt causò qualche discussione tra loro, ma poi Mrs. Bowen divenne amica di Belinda. Avevano quasi la stessa età.»

«Ovvero?» chiese Josie.

«Oh, beh, Mrs. Bowen aveva solo vent'anni. Fu uno scandalo quando lei e il giudice si sposarono perché lui aveva quindici anni più di lei, ma lei era maggiorenne e sembravano innamorati.»

«Quanti anni aveva Mrs. Bowen quando si sposarono?» chiese Noah.

«Diciotto.» rispose la signora Ortiz.

Noah guardò Josie con un sopracciglio alzato. Lei sapeva cosa stava pensando: se aveva diciotto anni quando il giudice l'aveva sposata, probabilmente si frequentavano già da prima che lei diventasse maggiorenne, il che suggeriva che lui avesse una predilezione per le ragazze giovani. Belinda era rimasta incinta poco dopo aver iniziato a lavorare al palazzo di giustizia. Era una coincidenza troppo grande per poterla ignorare.

«Può dirci il nome di battesimo di Mrs. Bowen?» chiese Gretchen.

«Sophia.»

«I Bowen sono rimasti sposati?» domandò Noah.

Mrs. Ortiz annuì. «Oh sì, fino alla morte del giudice Bowen, di cancro. È accaduto circa dieci anni fa. I loro figli, entrambi maschi, erano già grandi, grazie al cielo.»

«Si ricorda che Belinda era incinta?» chiese Gretchen, riportando la conversazione sul motivo per cui si trovavano lì.

Sulla fronte della Ortiz comparvero tre rughe orizzontali. «Incinta? Belinda non è mai rimasta incinta. Era solo una bambina.»

Josie si chiese se Belinda fosse stata davvero così abile nel nascondere la gravidanza o se tutti gli adulti della sua vita fossero stati semplicemente così superficiali. Mrs. Ortiz sembrava un po' ingenua, anche se quello che Josie vedeva nel suo lavoro giorno dopo giorno l'aveva resa cinica. Quindi le chiese: «Ha detto che Belinda era amica di Sophia Bowen. C'era qualcun altro a cui era legata? Qualcuno con cui avrebbe potuto confidarsi?»

Mrs. Ortiz si picchiettò il mento con due dita mentre ci pensava. «C'era quella ragazza del servizio pulizie. Oh, come si chiamava?» Serrò le labbra. Passarono alcuni secondi. Sospirò. «Non riesco a ricordarlo. Lavorava per la ditta di pulizie che passava tra il pomeriggio e la sera. In realtà, ora che ci penso, erano pappa e ciccia, tutte e tre. Le sorprendevo sul retro a fumare e a ridacchiare su questo o su quello. Nessuno ci avrebbe fatto caso se fossero state solo Belinda e la ragazza delle pulizie, ma Sophia... beh, la gente si aspettava che la moglie di un giudice avesse un certo atteggiamento. Un paio di volte le dissi di non comportarsi come una ragazzina che marina la scuola.»

«Si ricorda il nome della ditta di pulizie?» chiese Josie.

«No, no, non me lo ricordo.»

«E la ragazza che Belinda e Sophia frequentavano? Che aspetto aveva?» chiese Noah.

«Oh, era piuttosto carina» disse la Ortiz. «Aveva capelli lunghi e neri, che le arrivavano fino in fondo alla schiena. Occhi azzurri. Era molto magra, a differenza di Belinda e Sophia. In effetti, era magra come un chiodo.»

«Quanti anni aveva?»

«Non ne sono sicura, cara, ma era giovane. Direi una ventina.»

Josie sentì gli occhi di Noah su di sé, ma non lo guardò. Sua madre doveva essere abbastanza giovane da poter passare per diciottenne quando aveva rubato l'identità di Belinda. Aveva gli occhi azzurri e aveva i capelli neri, che aveva sempre portato lunghi fino in fondo alla schiena. A quattordici anni, Josie pesava più di sua madre. Era colpa della droga, ora Josie lo sapeva. Sua madre era andata avanti quasi esclusivamente grazie alle droghe e a poco altro. Il cibo non era mai stato una priorità nella loro roulotte. Josie lanciò a Noah un rapido sguardo, comunicando con gli occhi: poteva essere lei. Lui annuì quasi impercettibilmente. «Si ricorda chi era il proprietario della ditta di pulizie? O i nomi di qualcuno che ci lavorava?» si informò Noah.

Mrs. Ortiz scosse la testa. «Mi dispiace, non lo so. Hanno cessato l'attività da decenni. Magari qualcuno dei vostri colleghi se lo ricorda. Avevano contratti municipali anche con tutti i dipartimenti di polizia della contea. Avevano diverse squadre di pulizia che si occupavano di edifici diversi, ma se cercate solo il nome dell'azienda, qualsiasi dipartimento di polizia avrà avuto un contratto con loro nei primi anni Ottanta.»

QUARANTADUE

Il sergente Dan Lamay si passò una mano tra i radi capelli grigi e scosse lentamente la testa. «Una ditta di pulizie?» chiese. «Negli anni Ottanta?» Si prese un altro momento per pensarci mentre Josie, Gretchen e Noah lo fissavano. Lamay era l'agente di polizia più anziano e l'unico in servizio già negli anni Ottanta. La sua carriera era sopravvissuta all'avvicendarsi di quattro diversi capi della polizia e a un enorme scandalo. Era prossimo alla pensione, con un ginocchio malandato e una pancia che gli tirava ogni giorno di più la camicia dell'uniforme. Ma Josie sapeva che, con la moglie che lottava contro il cancro e una figlia al college, aveva bisogno sia dello stipendio che dell'assicurazione sanitaria, così lo aveva tenuto assegnandolo al banco all'ingresso.

«Qualsiasi cosa tu riesca a ricordare sarebbe utile.» lo incalzò Josie. Lui si grattò l'orecchio sinistro. «Mi dispiace, Boss» disse. «Non mi ricordo. Non ricordo nemmeno che all'epoca ci fosse un servizio di pulizie. Ero di pattuglia, sa? Ero appena uscito dall'accademia. Non passavo molto tempo in centrale.»

Josie sospirò e fece un cenno verso la porta del suo ufficio. «Grazie comunque sergente.»

Lamay si diresse verso la porta, ma si fermò prima di varcare la soglia. «Boss» disse, «scommetto che ci sono dei documenti al piano di sopra. L'anno scorso sono dovuto andare lassù per prendere il fascicolo di un vecchio caso. C'erano documenti che risalivano agli anni Settanta, e non solo casi chiusi, ma anche ricevute e altro ancora.»

L'eccitazione fece alzare Josie dalla sedia. «Andiamo a dare un'occhiata.» disse.

<hr>

Il terzo piano della centrale non veniva quasi mai utilizzato. Non c'erano ascensori nel vecchio edificio storico e nessuno aveva voglia di farsi un'altra rampa di scale, quindi veniva adibito principalmente a magazzino. Josie ci era stata solo poche volte, per lo più per aiutare le volontarie dell'associazione storica a trasportare le decorazioni natalizie dentro e fuori da uno degli armadietti. Non aveva mai notato tutte le scatole di documenti accatastate nei corridoi; o meglio, non aveva mai notato quante ne fuoriuscissero dalle varie stanze traboccando in corridoio.

I tre si fermarono all'imbocco di uno dei corridoi, fissando le pile di scatole. Gretchen, al fianco di Josie, esclamò: «È peggio del magazzino del Dipartimento di Bellewood.»

E Noah aggiunse: «Siamo a rischio di incendio qui.»

«Abbiamo davvero così tanti documenti archiviati e vecchi verbali?» chiese Josie.

Si spostarono lungo il corridoio e Josie aprì la porta della prima stanza. All'interno c'erano scaffali su ogni parete, pieni di scatole coperte di polvere spessa mezzo centimetro.

Noah disse: «Il capo Harris ha conservato tutto.»

«Anche tutti quelli che lo hanno preceduto, a quanto pare.» commentò Josie.

Gretchen starnutì.

«Credo che nessuno di loro abbia avuto il tempo di mettere ordine e di eliminare la vecchia documentazione.» spiegò Noah.

Josie sospirò. «Beh, non intendo autorizzare degli straordinari per ripulire questo disordine, poco ma sicuro, però chiedi a qualcuno di iniziare a farlo un po' alla volta nei giorni di fiacca, va bene?»

«Certo.» rispose Noah.

«D'accordo, vediamo cosa riusciamo a trovare.»

Si divisero e ognuno andò in una stanza diversa, cercando rapidamente tra gli scatoloni vecchie ricevute e contratti della metà degli anni Ottanta. Un'ora più tardi - Josie aveva la schiena a pezzi a forza di stare chinata per rovistare nelle scatole - Gretchen esclamò dal corridoio: «Trovato!»

Josie e Noah la raggiunsero mentre stava trascinando sul pavimento un vecchio faldone bianco. «Ecco» disse Gretchen, asciugandosi il sudore dalla fronte con il dorso della mano. «Servizio di Pulizia Mano-Amica. Avevano contratti per pulire l'edificio dopo l'orario di lavoro nel 1981, 1982 e sembra anche nel 1983. Non ci sono registri del personale, solo il contratto tra il servizio e il Dipartimento di Polizia. Non c'è niente dopo il 1983. Dev'essere in un'altra scatola.»

Josie disse: «Va bene. Tira fuori quello che trovi. Ciò che ci serve di più è il nome del proprietario. Dubito che abbiano conservato registri del personale vecchi di trent'anni, ma il proprietario potrebbe ricordarsi di mia madre o conoscere qualcuno che la ricordi.»

QUARANTATRÉ

«Non ci posso credere.» disse Josie, spostando lo sguardo da Gretchen a Noah, che stavano davanti alla sua scrivania come due scolaretti rimproverati dal preside.

Noah scosse la testa, con un'espressione di tristezza negli occhi. «Mi dispiace, Boss. Il Servizio di Pulizia Mano-Amica ha cessato l'attività nel 1984, quando il proprietario è morto. Un incidente d'auto. Non molto tempo dopo la scomparsa di Belinda.»

«Ho parlato con un paio di suoi nipoti. Nessuno ha conservato i registri dell'attività.» disse Gretchen. «Quindi non esiste nessun registro del personale.» concluse Josie.

«Mi dispiace.» si scusò ancora Noah.

Gretchen disse: «Ci rimane Sophia Bowen, la moglie del giudice. Se frequentava Belinda e la ragazza delle pulizie, magari potrà suggerirci una pista. Ha detto che può incontrarci in giornata dato che ora vive a Denton.»

Josie ci pensò. Interrogare Sophia Bowen sarebbe stata la prima cosa da fare, ma aveva sperato davvero che i registri del personale delle pulizie offrissero qualcosa di più solido dei ricordi di una persona. Un nome e un cognome. Una data di nascita. Un numero di previdenza sociale. Qualsiasi cosa potesse rivelare l'identità di sua madre prima che rubasse la vita a Belinda Rose.

«Vengo con te» disse Josie. «A che punto sei con l'elenco delle ragazze che vivevano con Belinda nella casa di Maggie Lane?»

«Beh, questa è la buona notizia» disse Gretchen, tirando fuori dalla tasca posteriore un fascio di fogli e porgendoli a Josie. «Ho un elenco completo e Angie sta arrivando in centrale per parlare con noi.»

La delusione provata pochi istanti prima lasciò il posto alla speranza. «Fantastico.»

Gretchen aiutò Josie a stendere i fogli sulla scrivania. «Ci sono in tutto quattordici ragazze che hanno vissuto con Maggie Lane insieme a Belinda. Due di loro possiamo eliminarle perché sono state adottate prima che Belinda compisse dieci anni. Tre di loro sono morte. Una è in prigione. Due sono state trasferite in altre case-famiglia prima che Belinda raggiungesse l'età delle superiori. Ne rimangono sei, tra cui la Angie Dobson, questo è il suo nome da sposata.» Gretchen indicò la foto di una donna sui cinquant'anni con lunghi capelli castani che cominciavano a mostrare sfumature di grigio. La foto, che sembrava provenire da un account di social media, la ritraeva su una spiaggia al tramonto, sorridente, con le guance bruciate dal sole, un prendisole con motivo hawaiano senza maniche che avvolgeva il suo fisico rotondo e le spalline del costume da bagno che spuntavano da sotto il vestito, lasciando il segno sulle spalle abbronzate. «Vive fuori Philadelphia, ma sua figlia frequenta l'università qui e si trova in città per una visita. Si è diplomata lo stesso anno in cui si sarebbe diplomata Belinda.»

«E le altre?» chiese Josie, studiando ciascuna foto: la maggior parte era stata presa dai social media, c'era una foto segnaletica e quelle delle tre donne già morte erano accompagnate dai loro necrologi. Dovevano tutte avere tra i quaranta e i cinquant'anni. Nessuna assomigliava alla madre di Josie.

«Ho parlato con ognuna di loro» disse Gretchen. «Non avevano granché da dirci. Belinda faceva di testa sua e a molte non piaceva perché la signora Lane sembrava favorirla. Poi ottenne il lavoro al palazzo di giustizia e da allora passò poco tempo a casa. Hanno confermato che era ingrassata poco dopo aver iniziato a lavorare, che era scappata per tre mesi e che una volta tornata aveva iniziato ad andare sempre a casa di Lloyd Todd. Un paio di loro hanno detto di sospettare che fosse incinta, ma non potevano dirlo con certezza. Nessuna ricorda che abbia menzionato dove sia andata durante la sua fuga. Due di loro pensavano che avesse amici al tribunale, ma non ricordano come si chiamassero, e nemmeno le altre ricordano i nomi di altri amici, a parte Lloyd e Damon Todd.»

«Quindi, questa Angie è la nostra ultima speranza tra le ragazze della casa-famiglia.» concluse Josie.

Gretchen annuì. «Sì, speriamo che sappia qualcosa che le altre non hanno ricordato.»

«Se Belinda non si è confidata con nessuna delle ragazze» intervenne Noah, «ci rimane sempre la moglie del giudice Bowen.»

QUARANTAQUATTRO

Angela Dobson si accomodò a capo del tavolo nella sala conferenze, mentre Gretchen sfogliava un'altra pagina del suo fidato taccuino e Noah era andato a prendere il caffè per tutti. I capelli, che portava fino alle spalle, erano ancora più grigi rispetto alla foto di Facebook che Gretchen aveva trovato. Quando sorrideva, agli angoli dei suoi occhi scuri comparivano parecchie zampe di gallina. Una miriade di farfalle colorate punteggiava il maglione che indossava sopra un paio di jeans stirati. «Mi sono sempre chiesta cosa fosse successo a Belinda.» disse a Josie e Gretchen. I suoi capelli ondeggiarono mentre scuoteva la testa. «Che cosa terribile. Non credevo che avesse incontrato il principe azzurro e si fosse sposata, ma non avrei mai pensato che fosse morta. Assassinata per di più. Che tristezza. Come... come è successo?»

Gretchen e Josie si scambiarono uno sguardo. Josie disse: «Mi dispiace, Mrs. Dobson, non possiamo ancora divulgare questi dettagli.»

Angie annuì pensierosa. «Capisco. Immagino che alla fine salterà tutto fuori comunque.»

Noah apparve con tre bicchieri di carta pieni di caffè stretti tra le mani. Li distribuì e poi tirò fuori dalle tasche pacchetti di zucchero, panna e palettine di plastica. Angie gli sorrise. «Il mio uomo ideale.» commentò.

Lasciando il suo caffè intatto, Gretchen iniziò: «Quanto a fondo conosceva Belinda?»

Angie aggiunse tre zollette di zucchero e mescolò. «Abbastanza bene, credo. Avevamo la stessa età, eravamo nate a un mese di distanza l'una dall'altra. Io però sono arrivata alla casa-famiglia due anni dopo Belli. Maggie la chiamava così. Ve l'ha detto?»

«Sì, ce l'ha raccontato.» rispose Josie.

Angie roteò gli occhi. «Nessuna di noi aveva un soprannome, ma Belinda sì. Maggie non l'avrebbe mai ammesso, però tutte pensavamo che fosse la sua preferita. Maggie era una donna gentile, ma non nascondeva di preferire la sua preziosa Belli.»

«Maggie ci ha detto che Belli era diventata una combina-guai durante l'adolescenza.» sottolineò Noah.

Angie sventolò una mano con gesto liquidatorio. «Certo, lo eravamo tutte. Solo che Belinda veniva beccata più spesso.»

«Lei e Belinda passavate molto tempo insieme?» si informò Gretchen.

«A casa di Maggie sì, ma niente di più. Soprattutto da quando fu assunta in tribunale. Non era mai a casa.»

Josie chiese: «Belinda le ha mai detto di essere rimasta incinta?»

Si aspettava una reazione di sgomento e sorpresa, ma Angie si limitò a ridere e a dire: «Non ne parlò con nessuno.»

«Sapeva della gravidanza?» chiese Noah.

«Beh, lo sospettavo. Non l'ha mai ammesso, ma nemmeno negato. Una volta la sorpresi a rovistare nel frigorifero nel cuore della notte e mi chiese di non dirlo a Maggie. Le risposi: "Non le dirò che stavi rubando da mangiare, ma questa è l'ultima delle tue preoccupazioni, perché andrà fuori di testa quando scoprirà che sei incinta" e lei non disse nulla. Non batté ciglio. Se ne andò semplicemente a letto. In quel momento capii che era vero.»

«Le ha mai chiesto chi fosse il padre o cosa intendesse fare con il bambino?» chiese Gretchen.

Angie scosse la testa. «No, non in quel modo, comunque. Le parlai in privato un paio di volte e le dissi che, se voleva, poteva dirmi qualsiasi cosa e che io non l'avrei detto a Maggie ma lei si allontanava sempre.»

«Lei notò che era incinta» disse Josie. «Come mai non se ne accorse nessun altro?»

Angie alzò le spalle e sorseggiò il caffè. «Belinda era una di quelle ragazze che quando sono incinte prendono peso dappertutto. Non le era venuta la pancia, era solo più gonfia, sembrava ingrassata. Ero l'unica a saperlo perché condividevamo la stanza e lei vomitava continuamente nel cestino. Inoltre, la madre affidataria da cui stavo subito prima del trasferimento da Maggie era rimasta incinta, quindi sapevo a cosa fare caso. In realtà, è per questo che sono finita alla casa-famiglia, perché una volta avuto il suo bambino, aveva chiuso con i ragazzi in affidamento. Riconoscevo semplicemente i segnali, le nausee mattutine, il grande appetito, l'aumento di peso, e come ho detto, se non avessimo condiviso la camera, forse non l'avrei nemmeno notato. Non la vedevamo quasi mai in casa. All'epoca lavorava sempre. La mattina usciva per andare a scuola insieme a noi e tornava solo quando già eravamo quasi tutte a letto. Maggie era così impegnata che non aveva tempo per notare certe cose.»

Quest'ultima affermazione era priva di malizia. Anche quando Angie si lamentava che Maggie faceva favoritismi, il suo tono tradiva un certo affetto per la madre affidataria.

«Riferì a qualcuno del suo stato di gravidanza in occasione della sua fuga nell'inverno del 1982?» chiese Gretchen.

«No, non spettava a me.» rispose Angie.

«Avevate quindici anni» disse Noah. «La sua compagna di

stanza nascondeva una gravidanza. Non ne ha parlato con Maggie quando Belinda è scomparsa? Non era preoccupata per lei?»

«Senta» rispose Angie, «Belinda era piuttosto indipendente, capisce? Sì, aveva nascosto la gravidanza, ma non sembrava che fosse nei guai. Non era il tipo di ragazza per la quale ci si debba preoccupare. Se l'è sempre cavata. Certo, Maggie era in pensiero per lei, ma doveva anche prendersi cura di noi altre e prima che Belinda se ne andasse i litigi tra quelle due erano fuori scala. Non vorrei dirlo, ma fu quasi un sollievo quando ci lasciò. Immaginavo che stesse per partorire e pensavo che avesse preso accordi. Inoltre, non era un segreto che dovevo rivelare io, capite? E poi tornò, qualche mese più tardi, come se non fosse successo nulla.»

«Le chiese cosa fosse successo al bambino?» domandò Josie.

«Naturalmente. Lei diceva solo che tutto si era risolto. Era molto criptica su tutta quanta la faccenda.»

«Non le disse cosa aveva fatto con il bambino?» chiese Gretchen.

«No, non una parola.»

«Non le ha mai dato indicazioni su dove fosse stata in quei tre mesi?» domandò Josie.

«Nessuna. Solo che era stata bene e che non c'erano stati problemi.»

«Supponendo che abbia portato a termine la gravidanza e che il bambino sia nato sano, non può essere passata per nessun canale ufficiale» osservò Noah. «Non può aver partorito in un ospedale. Se una minorenne si presentasse in ospedale per partorire, soprattutto se già inserita nel sistema di affidamento, non passerebbe inosservata e verrebbe segnalata. E per un'adozione, sarebbero dovuti intervenire i tribunali.»

Angie finì il caffè e posò la tazza sul tavolo. «Questo è vero.»

«Cosa pensa che sia successo al bambino?» chiese Gretchen. Angie rifletté per un momento. «Sinceramente non lo so.

Ma qualcuno deve averla aiutata. Voglio dire, sarà pur stata da qualche parte in quei mesi, no? Forse qualcuno le ha portato via il bambino. Sapete che partorendo in casa, si può compilare il certificato di nascita in qualsiasi momento e spedirlo per posta allo Stato?»

Josie si acciglio. «Non c'è bisogno di un'ostetrica per compilare i documenti?»

«No, in Pennsylvania si può partorire senza assistenza. Ho avuto la mia primogenita a casa, nella vasca da bagno. È la stessa cosa. Sono andata da un medico per tutta la gravidanza, ma è stato mio marito ad aiutarmi a partorire. Siamo stati fortunati che non ci siano state complicazioni. E tutto quello che ho dovuto fare è stato compilare i documenti per richiedere il certificato di nascita. Non so quali siano le leggi attuali, ma a quei tempi bastava che due testimoni firmassero un modulo in cui si diceva che eri stata incinta. Niente di impossibile.»

«Pensa che sia ciò che ha fatto Belinda?» chiese Noah. «Che abbia trovato qualcuno a cui affidare il suo bambino?»

Angie fissò il tavolo, con il volto tirato. «È meglio dell'alternativa, no?»

«Che sarebbe?» chiese Noah.

Josie sapeva cosa stava per dire Angie prima che lo dicesse. «Che il bambino è morto e Belinda lo ha seppellito da qualche parte.»

«Pensa che fosse in grado di affrontare una cosa del genere?» chiese Josie.

Angie sostenne il suo sguardo con gli occhi scuri penetranti facendole correre un brivido dalla testa ai piedi.

«Una quindicenne in affidamento, senza risorse e senza possibilità, può affrontare praticamente tutto.»

«Ha mai detto qualcosa su chi fosse il padre?» chiese Gretchen.

«No. Non voleva parlare di lui.»

«Si vedeva con qualcuno prima di rimanere incinta?»

Angie scosse di nuovo la testa. «No, non che io sappia. Maggie l'avrebbe uccisa comunque. Non ci permetteva di uscire con i ragazzi fino a diciassette anni. La maggior parte di noi lo faceva comunque, dai tredici o quattordici, ma lo tenevamo segreto. Ovviamente Belinda si vedeva con qualcuno, altrimenti non sarebbe rimasta incinta, ma non so chi potesse essere.»

Gretchen disse: «O potrebbe essere stata violentata.»

Angie ci pensò. « È possibile ma, secondo me, si vedeva con qualcuno. Voglio dire, non era stravolta o altro. Anche se a quell'età, la maggior parte di noi era stata aggredita o molestata, a un certo punto.»

Angie lo disse in un modo così diretto che Josie non sapeva se rattristarsi o stupirsi della sua forza e della sua franchezza.

«A pensarci bene» proseguì Angie, «dopo la gravidanza tornò a casa con un bel ciondolo. Non l'ha mai tolto e non ha mai detto a nessuno chi glielo aveva dato. Quindi, non credo che sia stato contro la sua volontà andare ovunque sia andata e con chiunque l'abbia aiutata.»

Josie chiese: «E le amicizie? Si ricorda chi frequentava?»

Angie arricciò le labbra mentre pensava per un lungo minuto. Poi disse: «Nessuno a scuola, questo è certo. La gente la prendeva in giro senza pietà, soprattutto per i suoi denti. Voi ne siete a conoscenza, vero?»

«Sì, certo.» disse Noah.

«Al terzo anno ha iniziato a frequentare quel Todd, credo sia lo stesso che è stato appena arrestato. È già qualcosa, no?»

Riportandola sull'argomento Belinda, Gretchen chiese: «E le persone con cui lavorava?»

«Oh sì, c'erano un paio di ragazze con cui aveva stretto amicizia in tribunale. Una era la moglie di un giudice, se non sbaglio. Anche l'altra lavorava lì.»

«Si ricorda i loro nomi?» chiese Josie.

«Purtroppo no.»

«Abbiamo il nome della moglie del giudice» le disse Gretchen. «Sophia Bowen. Non sappiamo il nome dell'altra donna che frequentava.»

«So che iniziava con la L, ma è tutto. Linda? Lilly? Laura? Qualcosa del genere. Aveva qualche anno in più di Belinda. Me lo ricordo perché Belinda continuava a parlare di quanto fosse bello che avesse un appartamento tutto suo.»

«Disse dove si trovava l'appartamento?» chiese Josie.

«No. Immaginavo solo che fosse a Bellewood.»

Gretchen prese nota sul suo blocco note. «Ricorda qualcos'altro che Belinda disse su di lei?»

«Mi dispiace molto, ma non lo ricordo.»

QUARANTACINQUE

Noah le accompagnò a casa di Sophia Bowen, e mentre si muovevano per le strade di Denton ricapitolò ciò che avevano appreso. «Belinda inizia a lavorare nel palazzo di giustizia part-time dopo la scuola all'inizio del 1982. Entro l'autunno rimane incinta, ma l'unica persona che se ne accorge è la sua compagna di stanza. Scompare per tre mesi e ritorna a gravidanza terminata, con un bel ciondolo per il disturbo. Non abbiamo idea di dove sia andata, con chi sia stata o cosa sia successo al suo bambino. Per quanto ne sappiamo dalle persone con cui abbiamo parlato, non ha mai rivelato a nessuno quello che era successo. È tornata e ha ripreso la sua vita normale. Qualche mese dopo, inizia una relazione con un insegnante, relazione coperta dai figli dell'uomo. Alla fine, lo lascia e, tre o quattro mesi dopo, qualcuno le spacca la testa con un cric o qualcosa di simile e la seppellisce nel bosco. Sei mesi più tardi, la madre del capo inizia a usare la sua identità qui a Denton.»

«Belinda aveva molti segreti, ognuno dei quali avrebbe potuto farla uccidere.» commentò Gretchen.

«O nessuno di essi.» mormorò Josie.

Sentì gli occhi di Noah su di sé. «Cosa vuoi dire?»

«Voglio dire che mia madre può essere impulsiva, persino pazza, ed è possibile che nessuna delle cose che abbiamo appreso sulla vera Belinda Rose l'abbia fatta scattare. Forse quel giorno ha semplicemente guardato mia madre nel modo sbagliato e lei ha deciso di spaccarle la testa.»

Mentre dal finestrino vedevano passare il campus dell'Università di Denton, Josie si rese conto del silenzio pesante e sgradevole che regnava nell'auto. Si voltò e vide Noah che la guardava con la coda dell'occhio, poi allungò il collo verso il sedile posteriore dove Gretchen la stava studiando. Con un sospiro, disse: «Avete detto che volevate saperne di più su di lei.»

«Secondo Angie e Mrs. Ortiz, erano amiche.» disse Noah.

Josie rise in modo brusco. «Mia madre non aveva amici. Era interessata solo a ciò che le persone potevano fare per lei.»

«Beh, ovviamente aveva già dei rapporti con Belinda da molto tempo prima che le rubasse l'identità» disse Gretchen. «Quindi, cosa avrebbe potuto fare Belinda per lei?»

Josie non fece in tempo a rispondere che Noah si fermò davanti a una grande casa con facciata a timpano e l'esterno in finta pietra, completa di finestre arcuate con persiane a listelli e circondate da fioriere in ferro battuto.

Erano vuote, ma Josie le immaginava piene di fiori colorati in primavera. La porta d'ingresso si aprì prima ancora che fossero usciti dall'auto e una donna scese i gradini in pietra. Era bassa e tarchiata, vestita con gusto con una lunga gonna rossa, una camicetta bianca e un foulard rosso avvolto intorno al collo. I sottili capelli biondi erano scostati dal viso, appuntati in uno chignon sulla nuca.

«Mrs. Bowen?» chiese Noah, stringendole la mano mentre salivano i gradini.

Fecero le presentazioni e Mrs. Bowen li condusse all'interno della casa. Era grande e arredata con stile in tenui colori pastello. Piante in vaso dominavano l'ingresso e l'ampio salotto, che era luminoso e arioso. Due divani Chesterfield grigio chiaro con cuscini a bottoni circondavano un tavolino tondo di vetro con al centro un grande vaso di fiori freschi.

I tre agenti si accomodarono su uno dei divani e Mrs. Bowen si sedette su quello di fronte, sul bordo, con le caviglie incrociate compostamente e le mani giunte in grembo. «Posso offrirvi del caffè o del tè?» chiese.

«Grazie, siamo a posto così.» disse Gretchen, con taccuino e penna pronti alla mano.

Lo sguardo di Sophia si abbassò momentaneamente sul suo grembo. «Mi dispiace così tanto per quello che è successo a Belinda. Non l'avrei mai immaginato. Tutti pensavano che fosse scappata con un uomo.»

«Da chi lo ha sentito?» chiese Josie.

Sophia alzò le spalle. «Oh, non ne sono sicura. Credo che Mrs. Lane l'avesse detto a qualcuno del tribunale. Eravamo tutti preoccupati. Smise di venire al lavoro. Io e Malcolm avevamo già portato a casa il nostro primo figlio, quindi avevo smesso di lavorare, ma ascoltavo tutte le notizie dall'ufficio quando Malcolm tornava a casa la sera. Allora, in che cosa posso aiutarvi a distanza di tanti anni?»

Gretchen disse: «Stiamo solo cercando di farci un'idea di come fosse la vita di Belinda nelle settimane precedenti la sua morte. Le persone con cui passava più tempo, questo genere di cose. Alona Ortiz ha detto che lei e Belinda eravate buone amiche.»

«Oh, sì. Eravamo molto unite. Passavamo insieme la pausa sigaretta e commentavamo gli episodi di *Dynasty*.»

«Mrs. Ortiz ha detto che Belinda flirtava molto con suo marito» disse Noah. «Questo costituiva un problema tra voi due?»

Sophia rise, con un suono simile al tintinnio di un carillon, e agitò una mano in aria. «Oh, quello. Sì, beh, Belinda flirtava con tutti. Era fatta così. Le piacevano le attenzioni, proprio come a tutte le giovani ragazze. È vero che all'inizio ero preoccupata per l'interesse che Malcolm le rivolgeva. Ero una sposa giovane e piuttosto insicura. Quello che non capivo all'epoca era quanto fosse difficile la situazione per le ragazze come Belinda.»

«Ragazze come Belinda?» le fece eco Josie.

Sophia sorrise. «In affidamento, senza famiglia o strutture di supporto. Aveva una madre affidataria, certo, ma mancava una figura paterna nella sua vita. Il mio Malcolm cercava solo di darle una guida, una figura maschile forte a cui ispirarsi. Diceva che era la cosa più cristiana da fare.»

Josie si chiese cos'altro Malcolm avesse cercato di fare per Belinda Rose, ma lo tenne per sé.

Gretchen disse: «Quindi lei divenne amica di Belinda.»

Sophia annuì.

«Si confidava con lei?» continuò Gretchen.

«Beh, certo.»

Josie chiese: «Le ha mai parlato del suo bambino?»

Il sorriso misurato di Sophia si gelò sul suo volto. «Del suo bambino?»

«Sì esatto.» confermò Noah.

Le palpebre di Sophia sbatterono mentre lottava per mantenere un sorriso educato. «Belinda non ha mai avuto un bambino.»

Josie disse: «Dall'autopsia risulta che ha partorito prima di morire.»

«No» ribatté Sophia. «Non può essere. Belinda non è mai stata incinta.»

«Sarebbe successo nel 1982» le disse Josie. «Avrebbe partorito verso la fine del 1982.»

Sophia si posò una mano fresca di manicure sul petto. «Mio Dio. Non lo sapevo. Sapevo che era scomparsa quell'inverno. Litigava spesso con la madre affidataria, questo me lo ricordo. Ma di certo non ricordo che fosse rimasta incinta.»

«In seguito, tornò a lavorare al tribunale. Le ha mai chiesto dove fosse stata?»

«Sì, naturalmente. Lo abbiamo fatto tutti. Ma lei non voleva parlarne e io non insistetti. Probabilmente era stata da un'amica, ma Belinda amava creare drammi.»

«Sì» confermò Josie. «L'abbiamo sentito dire.»

«A proposito di amici» intervenne Gretchen. «Chi altri frequentava Belinda?»

«Oh, non so chi fossero i suoi amici; beh, a parte la sua compagna di stanza alla casa-famiglia. Sono sicura che avesse degli amici a scuola, ma la vedevo solo in tribunale, quindi non saprei dire.»

Josie disse: «Abbiamo saputo che frequentava una delle ragazze del servizio di pulizie, come lei del resto.»

Sophia fece di nuovo la sua risata musicale. «Oh, la Mano-Morta?»

Noah la corresse: «Intende dire Mano-Amica.»

«No, li chiamavamo così perché il proprietario era un po'... ehm... allungava le mani, se capite cosa intendo.»

«Vuol dire che molestava le sue dipendenti?» chiese Gretchen con tono deciso.

Con il sorriso ancora stampato, Sophia alzò le spalle. «Suppongo che oggi si direbbe così. Aveva molte ragazze giovani che lavoravano per lui e si diceva che non riuscisse a tenere le mani a posto. Ecco perché il ricambio di personale era così elevato. Per una paga così bassa, chi avrebbe voluto avere un capo che la palpeggiava di continuo?»

Josie ingoiò le risposte pungenti che le venivano in mente, così come la ramanzina sul perché lo stipendio non dovrebbe avere importanza: una donna non dovrebbe mai essere palpeggiata o molestata, né sul posto di lavoro né altrove. Sembrava che a Sophia sfuggisse di essere stata, da adolescente, la segretaria del giudice prima di sposarlo. Ma invece di sottolinearlo,

Josie chiese: «Era amica di qualcuna delle ragazze del servizio di pulizia?»

«Oh, beh, non proprio. Come ho detto, c'era un grande ricambio, quindi nessuna di loro rimaneva a lungo. Inoltre, venivano solo verso fine giornata, quando noialtre ci preparavamo a uscire.»

«Mrs. Ortiz ha detto che lei e Belinda eravate molto legate a una delle ragazze» disse Noah. «Magra, con lunghi capelli scuri e occhi azzurri. Le dice qualcosa?»

Josie aggiunse: «Il suo nome forse iniziava con una L. Linda, Lilly. Qualcosa del genere. Laura, magari?»

La fronte di Sophia si aggrottò, lo sguardo si alzò verso il soffitto. «Hmm. Mi suona familiare. Voglio dire, non direi che ero "molto amica" di nessuna di loro, ma probabilmente ce ne sono state una o due che rimasero più a lungo delle altre e con cui parlavo. Mi vergogno a dire che fumavo, e a volte le ragazze delle pulizie si univano a me e a Belinda per fumare una sigaretta.»

Gretchen chiese: «Ricorda una donna in particolare il cui nome iniziava per L?»

«Non dubito che ci sia stata una ragazza, una Linda o una Lilly, mi suona un po' familiare, ma non ne ricordo una in particolare. Mi dispiace.»

Un altro vicolo cieco. Com'era possibile che la madre di Josie fosse stata dimenticata da così tante persone e che nessuno ricordasse il suo nome? Era forse una mossa voluta? O qualcuno stava mentendo? Erano più persone a mentire? Se sì, perché? Josie non vedeva alcun motivo per cui la Ortiz dovesse mentire. Anche Damon Todd non aveva motivo di mentire, soprattutto dopo aver rivelato lo scandaloso segreto del padre. Lui, suo fratello e il loro padre avevano tutti un alibi per la notte in cui Belinda era scomparsa. Angie Dobson era stata più disponibile di chiunque altro avesse parlato con loro. Aveva dato loro il primo vero indizio sull'identità della madre di Josie, o almeno sull'identità che aveva usato prima di rubare quella di Belinda. Josie non riusciva a pensare a nessun motivo per cui Sophia Bowen dovesse mentire, ma era certa che non fosse del tutto sincera.

«Quando ha smesso di lavorare al tribunale?» le chiese Josie.

«Oh, più o meno nell'estate del 1983, quando abbiamo portato a casa il nostro primo figlio. Poi, un paio di anni dopo, è nato il secondo e non mi sono più voltata indietro. Ora sono cresciuti, naturalmente. Andrew è avvocato, sa, proprio qui a Denton.»

Fu allora che Josie capì perché il nome Bowen le era così familiare. Andrew Bowen si era recato molte volte alla centrale per difendere i suoi clienti. Josie non aveva mai parlato direttamente con lui, ma lo aveva incrociato molte volte nel corso degli anni. «Suo figlio esercita la professione di avvocato penalista?» chiese Josie.

Il sorriso di Sophia si allargò. «Sì, esatto. Si occupa un po' di diritto di famiglia e altre questioni civili, ma il suo campo d'azione principale è la difesa penale. L'altro mio figlio è un medico. Vive a San Francisco.»

La conversazione tra Sophia e Gretchen durò ancora qualche minuto e Josie non si preoccupò di prestare attenzione. In piedi, girava per la stanza, consapevole che gli occhi di Sophia continuavano a dardeggiare verso di lei, anche se non riusciva a capire perché questo la rendesse nervosa. La ringraziarono per il suo tempo, le chiesero di chiamarli se avesse ricordato qualcos'altro e si avviarono verso la porta d'ingresso.

Fu allora che Josie notò le fotografie incorniciate appese alla parete in fondo all'atrio. Ce n'erano diverse di due bei ragazzi, probabilmente di qualche anno in più di Josie, uno castano e l'altro biondo: diplomi di scuola superiore, lauree, scatti rubati di loro che praticavano vari sport, persino una foto di uno di loro in cima a una montagna. Josie riconobbe Andrew Bowen. Era un'esposizione impressionante dei risultati ottenuti dalla progenie apparentemente perfetta di Sophia Bowen, ma non era questo che a Josie faceva stringere la gola. Il suo dito indicò il grande ritratto che sovrastava tutte le altre foto: Sophia Bowen molto più giovane, seduta in una posa rigida accanto al marito, il giudice Malcolm Bowen.

Noah le si avvicinò. «Cosa c'è, Boss?» La bocca di Josie si aprì, ma non uscirono parole. «Boss?» ripeté Noah.

Lei esclamò: «Lui.»

Sophia si avvicinò a loro. «Quello era il mio Malcolm» disse con affetto. «Naturalmente è stata scattata secoli fa.»

Gretchen le si avvicinò dall'altro lato, spostando lo sguardo da Josie al ritratto e viceversa. «Conoscevi il giudice Bowen?» le chiese.

«Ah, davvero?» chiese Sophia, con una punta di incertezza nel tono.

Alla fine, proruppe la voce di Josie: «Io non lo conoscevo, ma lui conosceva mia madre.»

«Ah sì? Chi era sua madre?» chiese Sophia.

«Boss.» disse Noah, con una nota di preoccupazione nella voce.

Josie ignorò Sophia e si rivolse a Noah. «Ci fu un'udienza per la custodia. No, non un'udienza, una mediazione privata. Solo io, mia madre, mia nonna, i loro avvocati e il giudice Bowen. Avevo nove o dieci anni. Mia nonna voleva l'affidamento. Perse. Soprattutto perché mentii su tutte le cose che mia madre mi aveva fatto. Ebbi troppa paura di dire la verità.»

Ora Josie si chiedeva se dire la verità avrebbe fatto la differenza. Sua nonna aveva fatto causa a sua madre con il nome di Belinda Rose, e il giudice Bowen aveva conosciuto la vera Belinda Rose che aveva lavorato al palazzo di giustizia nel 1982. Josie era pronta a scommettere che fosse lui il padre del bambino di Belinda. Perciò quando la madre di Josie era comparsa davanti a lui, nel 1997, doveva sapere che non si trattava di Belinda Rose. Avrebbe potuto persino ricordarsi di lei dai tempi in cui faceva parte dello staff della ditta di pulizie. Oppure aveva semplicemente immaginato che ci fosse più di una donna con quel nome nella contea?

Josie si sforzò di ripensare a quel giorno, esaminando i suoi ricordi alla ricerca di qualsiasi piccolo indizio che indicasse che il giudice e sua madre erano in combutta. Se Josie aveva ragione, e se era stato il giudice Bowen a mettere incinta Belinda Rose, era possibile che sua madre fosse a conoscenza della relazione e l'avesse usata per ricattare il giudice. Nella contea c'erano diversi giudici. Allora perché il suo caso era finito nel suo registro dei procedimenti pendenti, per una mediazione privata per di più, anziché per un'udienza?

«Chi era sua madre?» le domandò di nuovo Sophia.

Ma ora il giudice era morto. I suoi registri e gli atti riportavano solo che una donna di nome Belinda Rose aveva ottenuto la custodia della propria figlia. Josie si chiese se fosse stato lui il giudice che aveva firmato l'ordine di custodia quando sua madre se ne era finalmente andata una volta per tutte. L'unica persona che sapeva che sua madre non era chi diceva di essere era morta, lasciando a Josie solo un fantasma e più domande che risposte.

«Non lo so» rispose Josie. «Non ho idea di chi fosse.»

QUARANTASEI

«Sta mentendo.» dichiarò Josie.

Insieme a Noah e Gretchen aveva preso del cibo da asporto e una volta rientrati in centrale si erano piazzati nella sala conferenze, con gli appunti e il materiale sul caso di Belinda Rose sparsi sul tavolo.

«Boss» disse Noah, «quella donna ha smesso di lavorare al palazzo di giustizia molto prima che tua nonna cercasse di ottenere la tua custodia. Dubito che ne sapesse qualcosa.»

«A meno che Malcolm non glielo abbia detto rincasando» ipotizzò Gretchen. «Pare che gli piacesse tornare dal lavoro e condividere con la moglie i pettegolezzi dell'ufficio. Non pensate che gli sarebbe potuto venire in mente di rientrare e dire: "Ehi, ti ricordi di quella ragazza che lavorava da noi e che è scomparsa? Beh, oggi è tornata, solo che non era la stessa persona".»

«Oppure» propose Noah, «esiste più di una Belinda Rose nello Stato. Non sappiamo nemmeno se Malcolm Bowen conoscesse la madre di Josie al tempo in cui faceva le pulizie. Uomini come lui le notano le donne di servizio?»

«Ha notato Belinda Rose» sottolineò Josie. «Scommetto che è lui il padre del bambino.»

Gretchen fece un cenno di assenso. «Lo stavo pensando anch'io.»

Noah emise un verso di frustrazione. «Questo non significa comunque che all'inizio degli anni Ottanta conoscesse tua madre o si ricordasse di lei.»

«Mia madre sapeva qualcosa su di lui» disse Josie con sicurezza. «So che è così. Che coraggio ha avuto a tornare là usando l'identità di una ragazza con cui lavorava?»

«Ma nel frattempo sono passati quindici anni.» le fece notare Noah.

Josie stava per ribattere, ma il suo cellulare vibrò, danzando rumorosamente sul tavolo di vetro. Vedendo il nome di Misty lampeggiare sullo schermo, Josie lo prese e rispose, ascoltò per un attimo, poi disse: «D'accordo. Dammi mezz'ora, okay?»

Riattaccò e, alzandosi, notò che Noah e Gretchen la stavano fissando. «Misty ha bisogno di me» spiegò. «Sia lei che il bambino sono malati. Mrs. Quinn li ha portati dal medico, ma deve lavorare. Ha bisogno che le prenda una medicina per Harris.» Continuarono a fissarsi e Josie si rese conto che non era da lei allontanarsi dal lavoro nel bel mezzo di un caso aperto, anche se, in quanto capo, non doveva necessariamente restare. Doveva proprio migliorare la sua capacità di delegare. «Tornerò tra un'ora» disse. «Nel frattempo, preparate dei mandati. Voglio una ricerca di tutte le bambine affidate allo stato tra il 1962 e il 1982 di nome Linda, Lilly o Laura.»

Noah gemette. «Boss, con tutto il rispetto, è come cercare un ago in un pagliaio.»

Gretchen stava già prendendo appunti. Josie sollevò un sopracciglio rivolta a Noah. «Hai qualche idea migliore?»

«C'è qualcun altro che tua madre conosceva e che potrebbe essere in grado di fare luce su chi era o cosa le è successo?» chiese Noah.

«No» rispose Josie. «Tutti quelli che la conoscevano l'avrebbero chiamata Belinda Rose. Questo non ci aiuta. La maggior parte di quelle persone erano pesantemente invischiate con la droga, in un modo o nell'altro. Non so i loro nomi. Li ricordo solo con i soprannomi che davo loro da bambina. La maggior parte sarà probabilmente morta adesso.»

«Ha avuto qualche fidanzato? Dopo la morte di tuo padre?» domandò Gretchen.

Ancora una volta le venne in mente Dexter McMann. «C'era un uomo» ammise. «Un fidanzato. Ma non credo che ci darà molto su cui lavorare. L'avrà conosciuta solo come Belinda Rose, come me. Non so cosa gli sia successo.»

«Come si chiama?» chiese Gretchen.

«Non... non ricordo.» mentì Josie.

Gretchen le lanciò uno sguardo penetrante. Poi disse: «Sforzati di ricordare. Quando le persone si frequentano di solito conservano delle foto. Potrebbe valere la pena di fargli visita. Nel frattempo, ci metteremo al lavoro per rintracciare Linda, Lilly o Laura nel sistema di affidamento.»

QUARANTASETTE
JOSIE – TREDICI ANNI

C'era un uomo nel letto di sua madre. Non era una cosa insolita, se non fosse che si trattava dello stesso uomo che era stato nel letto di sua madre ogni mattina nelle ultime due settimane. Nella minuscola roulotte era difficile dormire con il rumore delle loro vigorose attività notturne, ma lei faceva in modo di alzarsi, fare la doccia, vestirsi e uscire dalla porta ogni mattina prima che uno dei due si svegliasse, per prendere la scorciatoia nel bosco e aspettare Ray sul retro di casa sua. La madre di Josie e il nuovo ragazzo stavano in giro di pomeriggio, di solito tornavano dopo cena, quando Josie era già saldamente barricata nella sua stanza; non le piaceva quando gli uomini restavano a dormire, ma adorava quando sua madre aveva un motivo per ignorarla.

Quando lo incontrò, fu per caso. Un virus intestinale l'aveva tenuta sveglia per quasi tutta la notte e, mentre incespicava dal bagno alla cucina per prendere un bicchiere d'acqua, si scontrò sul suo petto nudo. L'impatto spinse Josie all'indietro, facendole sbattere il sedere contro le mattonelle della cucina. Le luci si accesero e Josie alzò un braccio per ripararsi dall'improvviso bagliore. In piedi sopra di lei, apparentemente di un'altezza spropositata, c'era un ragazzo che doveva essere più vicino alla sua età che a quella di sua madre. I capelli castani arruffati gli ricadevano sul viso. Indossava solo dei boxer e i muscoli del suo lungo torso si contrassero quando si abbassò per aiutarla ad alzarsi.

«Ehi» disse. «Stai bene?»

Lei annuì, rendendosi conto che doveva puzzare di vomito.

«Non hai un bell'aspetto» le disse. «A proposito, io sono Dex. Tua madre diceva che ci avrebbe presentati, ma tu non ci sei mai.»

Oh, ci sono eccome, pensò Josie. Sua madre non doveva far altro che bussare alla porta di camera sua, ma ora capiva perché non voleva che si incontrassero. Non riusciva a distogliere lo sguardo dal suo ventre piatto e dalla linea di peli che si infilava nella parte superiore dei boxer. Aveva visto Ray a torso nudo una dozzina di volte, ma Ray non aveva questo aspetto. «Quanti anni hai?» chiese Josie.

Dex rise. «Venti. Lo so, lo so, c'è un po' di differenza d'età, ma tua madre, sai, è davvero forte.»

Josie non si preoccupò di rispondere. La presenza di Dex non sembrava il risultato di una sballata di droga e alcol come molte altre. Era lì per sua scelta, il che lo rendeva o molto stupido o completamente privo di cuore come sua madre. Josie puntava sulla stupidità; aveva già visto sua madre manipolare gli uomini. Lo scansò e prese un bicchiere dal ripiano del pensile, riempiendolo d'acqua e tracannandolo. Se ne pentì immediatamente perché la nausea le salì allo stomaco.

«Stai male?» chiese Dex.

Sì, decisamente non era un tipo brillante.

Ignorandolo, Josie cercò di schivarlo di nuovo, ma prima di riuscire ad attraversare il soggiorno, la nausea la sopraffece e vomitò sulla moquette. Tenendosi la pancia, ondeggiò sui piedi. Era solo l'acqua che aveva appena bevuto, ma l'odore era nauseabondo. Sua madre gliela avrebbe fatta pagare sul serio.

Un attimo dopo Dex era ai suoi piedi e stava tamponando il tappeto con dei fazzoletti di carta. Se ne andò e tornò con un detergente che aveva trovato sotto il lavello. «Dovresti andare a sdraiarti» disse. «Ci penso io.»

Josie sapeva che avrebbe dovuto ringraziarlo, ma temeva che, se non si fosse messa a letto all'istante, non ce l'avrebbe fatta. Corse in camera sua e si arrampicò sul letto, tirando le coperte fino al collo, lasciando che il malessere la trascinasse sotto le sue onde agitate.

Non ricordava nemmeno di essersi addormentata, ma quando si svegliò, trovò sul comodino quattro lattine di ginger ale e due pacchetti di cracker salati. Si mise a sedere, confusa e sicura di sognare. Per esaminare una delle lattine, i suoi piedi urtarono contro un oggetto di plastica dura accanto al letto. Un secchio. Per vomitare. Josie si chiese per un attimo se sua nonna fosse stata lì durante la notte, ma era impossibile. Sua madre non aveva mai permesso a Lisette di entrare nella roulotte. Sicuramente non era stata sua madre, quindi doveva essere... Dex?

Passarono due settimane prima che le loro strade si incrociassero di nuovo e, quando accadde, lei riuscì a farfugliare solo un «Grazie.» La rendeva nervosa che gli uomini fossero gentili con lei. Il prezzo da pagare era sempre molto alto: la rabbia di sua madre, una merce di scambio o qualcosa di peggio. Di tanto in tanto Dex la invitava a unirsi a lui e alla madre mentre mangiavano o guardavano la televisione, ma lei rifiutava sempre. La invitava ad andare al cinema con loro o a mangiare fuori, ma anche in questo caso lei rifiutava. Lui sembrava sempre un po' deluso, ma non aveva idea di come funzionassero le cose nel mondo di sua madre.

Poi iniziò ad avvicinarla quando la madre non era in casa. Ormai si era praticamente trasferito a casa loro e mentre sua madre era fuori a fare qualsiasi cosa facesse per racimolare quanto bastava a mantenere un tetto sulla testa, Dex cercava di fraternizzare offrendole un passaggio per andare e tornare da scuola, un gelato, un aiuto con i compiti, o cercando di convincerla a guardare la TV con lui. Un giorno portò a casa una dozzina di ciambelle e gliene offrì alcune, facendole notare che ne aveva prese sei del suo tipo preferito: i cruller francesi. Come facesse a saperlo era un mistero. Era stata lei a dirglielo?

Come se avesse intuito la sua domanda, disse: «Le ultime due volte che tua madre ha preso delle ciambelle, i cruller francesi sono misteriosamente scomparsi. Ho tirato a indovinare.»

Josie si mise al centro della minuscola cucina della roulotte, con lo stomaco che brontolava alla vista delle ciambelle, e si mise una mano sul fianco.

«Senti» gli disse, «ho già un ragazzo, non ho bisogno dell'aiuto di nessuno e di sicuro non ho bisogno di un altro dei fidanzati pervertiti di mia madre che cerca di essere "gentile" con me. Non ti toccherei neanche per un milione di ciambelle, quindi smettila. Capito?»

Per un attimo lui la fissò con occhi spalancati, con la mascella allentata dallo stupore. Poi, lentamente, un sorriso gli si allargò sul viso e cominciò a ridere. Si piegò in due, tenendosi la pancia, ridendo a crepapelle. Josie gli lanciò l'occhiata più cattiva che riuscì a esibire.

Alla fine, disse: «Sei piuttosto impertinente, lo sai? Quanti "fidanzati pervertiti" ha avuto tua madre prima che mi trasferissi qui?»

Josie si allontanò da lui, sistemandosi sul divano del soggiorno dove erano sparsi i suoi compiti. «Abbastanza.» disse.

«Non sono gentile con te perché voglio qualcosa da te, e di certo non sono un pervertito.»

«È quello che dicono tutti.» mormorò lei mentre prendeva la matita e cercava di concentrarsi sui compiti.

Accanto al foglio di lavoro davanti a lei comparve un cruller francese su un tovagliolo di carta piegato. «Viviamo insieme» disse lui. «Esco con tua madre. Non voglio niente da te. Sto solo cercando di scambiare due parole, per renderti meno infelice di tanto in tanto.»

«Beh, non cercare nemmeno di essere mio padre.» scattò Josie.

«Non sto cercando di essere il padre di nessuno» rispose Dex. «Io e tua madre ci stiamo solo divertendo.»

«Lo so» disse Josie. «Vi sento ogni sera.»

Lui rise di nuovo. «Sei sferzante» disse. «Comunque, fai quello che vuoi: mangiale, non mangiarle. Io esco. Se vuoi un passaggio a scuola domani, posso accompagnarti.»

Le lanciò un sorriso, con gli occhi verdi che risplendevano sotto la chioma scura, e lasciò la roulotte. Josie ascoltò il rumore dell'auto che si allontanava e si chiese per quanto tempo sarebbe rimasto nelle loro vite.

QUARANTOTTO

Josie uscì dalla farmacia con gli antibiotici per Harris in una mano e il cellulare nell'altra. Misty continuava a parlare a macchinetta e Harris urlava in sottofondo; le sue grida le facevano venire voglia di correre da lui e prenderlo tra le braccia. Ma sapeva che, quando era malato, voleva solo sua madre. Andare a prendergli le medicine era il modo migliore per aiutarlo. «Ho anche dell'altro Tylenol per bambini» disse Josie. «Sono a pochi minuti di distanza.»

«Oh, fantastico» disse Misty. «Mi hai salvato la vita.»

Raggiungendo la sua Escape nel parcheggio, vide che un uomo si era appoggiato alla portiera del lato di guida. Riattaccò e si fermò di fronte a lui. Era buio e il parcheggio era deserto, a parte loro e un paio di altre auto, ma Josie riuscì a vedere gli occhi scuri che brillavano da sotto il cappello da baseball. Indossava jeans sbiaditi e un giubbotto blu sopra una camicia di flanella. Stimò che avesse una quarantina d'anni. Le mani erano appese ai passanti dei jeans e un piede era appoggiato alla portiera dell'auto. Un sorriso gli serpeggiò sul viso mentre lei lo guardava con attenzione.

«Posso aiutarla?» chiese Josie.

Lui continuava a sorriderle in un modo che le faceva rizzare i peli sul collo. Una delle sue mani scivolò dentro la giacca e si posò sull'impugnatura della sua arma d'ordinanza.

«Questo non è molto cordiale, non le pare, Capo?» disse quello.

«La conosco?» chiese Josie.

«No» rispose lui, «ma vorrebbe.»

«Beh, non credo» disse Josie. «Fuori dai piedi. Devo andare in un posto.»

Si fece leggermente da parte e mise una mano sulla maniglia della portiera, come per aprirla, ma Josie non aveva ancora disinserito le serrature. Non voleva avvicinarsi a lui, tantomeno passargli accanto per entrare in macchina. «Mi permetta.» disse lui con finta cortesia.

«Da qui in poi ci penso io.» replicò Josie.

La mano sulla sua pistola era rassicurante, ma sapeva di dover stare attenta: il sindaco avrebbe chiesto la sua testa se l'avesse sorpresa a puntare la pistola contro un uomo che stava semplicemente cercando di aprirle la portiera.

L'uomo non si mosse, così Josie chiese: «Cosa vuole?»

«Voglio solo fare conversazione con te, dolcezza.»

Josie mantenne la voce chiara e ferma. «Non mi chiamo dolcezza e non ho tempo da perdere. Gliel'ho detto, devo andare in un posto, mi aspettano.»

«Sai, potresti essere più educata con un gentiluomo che sta solo cercando di essere cortese.» le disse, con il suo sorriso nauseante.

Lei ne aveva già abbastanza. «Si tolga di mezzo.» gli disse Josie. Il pugno arrivò veloce e forte, sfrecciando sul lato sinistro della sua testa e lei lo schivò appena in tempo; gli piombò addosso con tutto il peso del corpo e lo sbatté contro la sua Escape. Josie lo sentì ansimare la parola «Puttana.» Poi accadde tutto in un colpo solo: lei fece un passo indietro, la mano che spuntava dalla giacca con la Glock, ma prima che potesse assumere la posizione di tiro, il pugno dell'uomo si scagliò selvaggiamente contro di lei, colpendola sul lato del viso. Sentì la pelle della guancia gonfiarsi. Inciampando di lato, cercò di mantenere l'equilibrio, sollevando ancora una volta la Glock verso di lui. Con velocità fulminea, l'altro braccio di lui si scagliò contro il polso di lei. La Glock cadde a terra e le mani dell'uomo si chiusero intorno alla gola di Josie. La fece ruotare e il suo corpo si schiantò contro la fiancata dell'auto. Il dolore le attraversò la parte posteriore del cranio.

L'uomo la tenne ferma, stringendole la gola finché la sua vista non cominciò ad annebbiarsi, mentre lei artigliava le sue dita. «Hai detto che lo volevi» le soffiò in faccia. «Te lo darò, Capo.»

Il cuore di Josie si bloccò nel petto e poi andò in fibrillazione, martellando contro lo sterno. Una delle mani di lui le lasciò la gola e si allungò tra le gambe, strappandole i jeans e tirandoli verso il basso. Era quello che Josie aspettava. Alzò un gomito e colpì l'avambraccio dell'uomo, spezzandone la presa. L'altro gomito si alzò velocemente e lo colpì al naso. L'uomo barcollò all'indietro, mormorando ancora una volta la parola "puttana" e portandosi le mani al volto. Erano insanguinate. Le fissò e poi tornò a guardarla. «Oh, allora vuoi proprio che sia tutto vero. Ora mi prendo quello per cui sono venuto.»

Si lanciò verso di lei e lei si scansò, afferrandogli un polso e torcendogli il braccio dietro la schiena. Gli sferrò un calcio tra i piedi, allargandogli le gambe e facendogli perdere l'equilibrio. Con un braccio gli sbatté la faccia contro il finestrino dell'Escape una volta e poi un'altra per sicurezza. Josie non aveva le manette, ma gli prese l'altro polso e glielo girò dietro la schiena. «In ginocchio.» gli ordinò.

Sentì che lui lottava contro la sua presa e lei gli girò i polsi finché lui non gridò di dolore e le ginocchia non cedettero. Spingendolo a terra, aggiustò la presa sui polsi, ora entrambi piegati in un angolo innaturale. Josie sapeva che il dolore era l'unica cosa che gli impediva di aggredirla di nuovo. Una volta che il viso di lui fu appoggiato all'asfalto, gli mise un ginocchio sulla schiena e uno sul collo. «Sei in arresto.» disse, e gli lesse i suoi diritti.

«Che cazzo significa?» gridò lui.

Josie tolse una mano per pescare il telefono dalla tasca e comporre il 911, lasciandolo cadere sul marciapiede in modo da tenere bloccato l'uomo mentre gridava. Scandì l'indirizzo. «Agente richiede assistenza immediata. Inviate le unità più vicine. Contattate il tenente Fraley.»

L'uomo si contorse sotto di lei. «Mi stai prendendo per il culo?» sputò. «Non era questo il nostro accordo. Non faceva parte dell'accordo.»

Josie si avvicinò al suo viso. «Cosa?»

«Hai promesso di non arrestarmi.» gridò lui.

«Promesso di non arrestarti? Non ti conosco nemmeno.»

«Sono io» disse. «Keith. Ho risposto al tuo annuncio.»

Josie sentì lo stomaco sprofondare. «Il mio annuncio? Quale annuncio?»

Lui continuò a dibattersi, a dimenarsi contro di lei, a grugnire. «Il tuo annuncio su Craigslist, squilibrata di una puttana.»

QUARANTANOVE

Noah arrivò subito dietro due pattuglie, saltando fuori dall'auto e correndo verso di lei prima ancora che gli agenti si fossero tolti la cintura di sicurezza. Le luci blu e rosse brillavano nell'oscurità. Inginocchiandosi, Noah afferrò i polsi dell'uomo, fissandoli con due fascette di plastica che estrasse dalla tasca.

«Gli ho già letto i suoi diritti.» disse Josie a Noah mentre sollevavano Keith da terra e lo consegnavano agli agenti di pattuglia per farlo salire sul retro di una volante. Josie girò intorno all'Escape, trovando la sua pistola e mettendola nella fondina, prima di andare a cercare la busta della farmacia che aveva gettato durante l'attacco. Per fortuna non era stata schiacciata. La tenne in mano mentre Noah si avvicinava. «Devo portarla a Misty.» disse.

Noah la studiò e lei vide il cambiamento della sua espressione: la professionalità indurita che lasciava il posto allo shock. Anche sotto il turbinio delle luci rosse e blu, lei poté vedere il suo pallore. Abbassando lo sguardo, vide che la cerniera dei suoi jeans era stata strappata rivelando l'elastico delle sue mutandine nere.

«Josie.» disse Noah.

Lei tese la mano libera. «Dammi la tua giacca, Fraley.»

Lentamente se la sfilò e gliela porse. Scambiando il sacchetto della farmacia con la giacca, lei se la legò intorno alla vita, annodando le maniche in vita. «Misty ne ha bisogno, chiaro?»

Lui le si avvicinò. Gli agenti di pattuglia aspettavano a qualche metro di distanza, in piedi accanto alla loro volante. «Non mi importa di Misty in questo momento.» disse Noah.

Josie distolse lo sguardo da lui. «Beh, dovrebbe. Se vuoi aiutarmi adesso, puoi portarglielo e raggiungermi in centrale.» Fece un cenno a uno degli agenti, che si avvicinò di corsa. «Probabilmente la farmacia ha un filmato di quello che è appena successo. Vai a vedere se ci sono telecamere nel parcheggio. Voglio qualsiasi cosa abbiano.»

«D'accordo, Boss.» disse l'agente, e si diresse verso il negozio.

Il volto di Noah era carico di frustrazione. Josie sollevò un sopracciglio verso di lui. «Abbiamo qualche problema, Fraley?»

Lui scosse la testa, ma un muscolo pulsò sulla mascella.

«Bene.» disse Josie. Guardò a terra. «Ho bisogno che vi mettiate al lavoro. Quel ragazzo stava rispondendo ad un annuncio e sono abbastanza sicura che questa volta si trattava di qualcosa di più di un "divertimento perverso".»

Noah deglutì. «Cosa stai dicendo?»

«Credo che l'annuncio pubblicato fosse per una fantasia di stupro.»

CINQUANTA

«Il suo nome è Keith Gibbs» disse Noah. «Ha quarantaquattro anni, vive a Denton. Single, niente figli. Lavora in una fabbrica di patatine. Dice di aver trovato il tuo annuncio qualche giorno fa, che voi due vi siete scambiati delle e-mail e avete organizzato lo scenario. È tutto quello che gli ho tirato fuori prima che chiedesse un avvocato.»

Josie seguì Noah nella sala video, sistemandosi la maglietta e i jeans che aveva cambiato nel suo ufficio. Sfortunatamente, questi vestiti di riserva erano rimasti chiusi in uno dei cassetti della sua scrivania per così tanto tempo che erano pieni di grinze. Doveva farseli andare bene. «Hai ricevuto le e-mail?» chiese Josie. «Le ha inviate a Gretchen dal suo telefono. Le sta stampando in questo momento.»

Guardarono il grande schermo da cui potevano vedere la stanza degli interrogatori, dove Keith Gibbs camminava avanti e indietro.

«Hai trovato l'annuncio?» chiese Josie.

Lei lo guardò giusto il tempo di notare il rossore che gli saliva dalla gola alle radici dei capelli. Lui le porse un foglio di carta. Sull'oggetto dell'annuncio c'era scritto: *Soddisfa la mia fantasia... Cerco un rapporto forzato.* Sotto il testo c'era scritto: *Poliziotta trentenne e sexy cerca uno stallone grosso e forte per soddisfare fantasie di stupro. Non rispondere se non sei disposto ad attaccarmi brutalmente e se non ti piace una bella lotta. Se cerchi divertimento tabù, contattami.*

La nausea rimescolò la cena che Josie aveva consumato un'ora prima nella sala conferenze. «Mio Dio.» sussurrò.

Noah le prese il foglio di mano e lo pose a faccia in giù sul tavolo. «Ho letto le e-mail. Sono solo quattro. In pratica, chi si spaccia per te fornisce il tuo nome e indirizzo, dice che sei il capo della polizia. Descrive uno scenario in cui ti segue per un giorno o due, ti avvicina in un luogo pubblico e ti violenta. Tu reagisci, ma lui non si ferma, e tu prometti di non arrestarlo.»

«L'indirizzo e-mail?» chiese Josie.

«È un indirizzo gratuito che chiunque può aprire con un nome fittizio. È registrato a tuo nome, ovviamente. Ho preparato un mandato per il gestore di e-mail e per Craigslist, ma dubito che troveremo granché. Chiunque lo stia facendo è abbastanza esperto di tecnologia da rimanere anonimo. Forse se fossimo un dipartimento più grande o l'FBI, ma non abbiamo molte risorse per questo genere di cose. Se vuoi, posso inoltrare le e-mail alla Polizia di Stato o chiedere una consulenza all'università.»

Josie scosse la testa. Aveva in mente qualcun altro. «Me ne occupo io. Procurami quello che puoi, va bene?»

«Conosci qualcuno?»

«Conosco qualcuno che conosce delle persone.» rispose lei. Tirò fuori il telefono e mandò un messaggio a Trinity Payne. *"Ehi, allora pensi di venire in città? Sei ancora interessata alla storia di Lloyd Todd? Ti darò un'esclusiva, ma ho bisogno del tuo aiuto per una cosa. SUBITO".*

A Noah disse: «Voglio parlare con Lloyd Todd.»

«Boss.»

«Non mi interessa come farai, ma organizzami un incontro

con lui. Andrò alla prigione della contea e gli parlerò. Può avere tutti gli avvocati che vuole. Questa storia finisce qui.»

Il suo cellulare squillò. Era Trinity. «Vengo in città questa sera» disse quando Josie rispose. «Alloggerò all'Eudora e sì, sono ancora interessata alla storia di Lloyd Todd. Ma mi interessa di più fare un servizio su di te.»

«Non contarci troppo.» disse Josie.

Trinity rise. «Mai dire mai, mia cara. Ormai ti conosco abbastanza bene da sapere che non mi chiami se non hai bisogno di qualcosa. Cosa devo offrire in cambio della storia di Todd?»

«Ho bisogno del suo aiuto per alcuni... crimini informatici. Hai delle conoscenze, vero?»

«Oh, tesoro, conosco alcuni dei migliori hacker che tu possa immaginare. Ma non sono sicura che la storia di Todd sia abbastanza grande da giustificare la richiesta di questi favori.»

Josie gemette. «Non puoi dire sul serio.»

«Negli ultimi due anni sei stata coinvolta in alcuni dei casi più intriganti dell'intero paese. Il network pensa che un servizio su di te porterebbe grandi ascolti.»

«Non ho davvero tempo per questo, Trinity. Per non parlare del fatto che non mi interessa assolutamente che la mia faccia finisca di nuovo su tutti i notiziari nazionali.»

«Sapevo che l'avresti detto. Ascoltami. Ne parleremo di persona. Da sole. Senza produttori, senza cameraman. Solo io. Vieni da me domani, d'accordo? Ti aiuterò con il tuo caso di crimini informatici.»

Josie sentì gli occhi di Noah su di sé. Non aveva davvero il tempo o la voglia di ascoltare Trinity su questa particolare questione. Odiava la stampa e l'ultima cosa di cui aveva bisogno era di essere esaminata al microscopio dalla televisione nazionale. Ma sapeva che i contatti di Trinity in poche ore avrebbero individuato chiunque avesse messo gli annunci su Craigslist, mentre ci sarebbero volute settimane ricorrendo ai canali ufficiali. Dopo gli ultimi giorni, voleva disperatamente che questo assalto alla sua vita privata finisse, anche se ciò significava assecondare la proposta di Trinity per qualche ora.

Con un profondo sospiro, Josie disse: «Bene. Mandami un messaggio con il numero della tua stanza quando arrivi.»

Lo strillo di gioia di Trinity si sentì in tutta la stanza fino a dove si trovava Noah. Lo fece trasalire.

Sapeva che era inutile, ma Josie avvicinò il telefono alla bocca per ricordare a Trinity: «Non ho detto che lo farò. Ho solo detto che ti avrei ascoltata.» Ma Josie riusciva a immaginare il sorriso predatorio di Trinity. Lei otteneva sempre quello che voleva.

«Come vuoi.» concluse Trinity, riattaccando proprio mentre Gretchen entrava con un fascio di fogli in mano. Josie li prese, ma non li lesse.

«Il tuo aspirante stupratore, Keith Gibbs, non ha alcun legame con Lloyd Todd. È solo un tipo perverso che ha risposto ad un annuncio.» la informò Gretchen.

«Lo immaginavo» disse Josie. «Scopriremo chi c'è dietro gli annunci e andremo a cercarlo.»

Gretchen guardò lo schermo a circuito chiuso: Gibbs si era finalmente seduto. Poi tornò da Josie. «Boss» disse, «non possiamo trattenerlo.»

Josie fece un passo verso Gretchen. «Come sarebbe?»

«Lo sai» disse Noah. «Pensava di rispondere ad un annuncio per un incontro sessuale consensuale. Tecnicamente, non ha fatto nulla di male. Almeno, questo è ciò che sosterrà il suo avvocato.»

«Non me ne frega niente del suo avvocato» sbottò Josie. «Mi ha aggredita. Mi ha messo addosso le sue manacce. Non ha accettato un no come risposta.»

«Perché pensava che fosse questo l'accordo» disse Gretchen. «Senti, concordo, quel tipo è uno stronzo e ti ha aggredita, sì, ma pensava che fossero questi gli accordi che voi due avevate preso. Non aveva motivo di credere che non fossi tu la persona dietro l'annuncio o le e-mail. Non ha precedenti. Nemmeno multe. È pulito come un pesce.»

«Voglio sporgere denuncia.» disse Josie.

«Il procuratore la respingerà» le disse Noah. «So che lo sai.»

La rabbia divampò nel petto di Josie, bruciandole la pelle. «Non me ne importa niente. Parlerò io stessa con il procuratore se sarà necessario. Non se ne andrà da qui stasera. Incriminatelo.»

Gretchen e Noah si guardarono e sembrarono giungere a una sorta di accordo. «Okay» disse Gretchen. «Mi occuperò delle pratiche.»

CINQUANTUNO

I numeri luminosi del decoder via cavo di Noah indicavano che era quasi l'una di notte. Raggomitolata sotto una coperta sul suo divano, Josie si scosse abbastanza da riuscire a riconoscere una vecchia sitcom degli anni Novanta trasmessa in televisione. Cercò di guardarla, ma ogni cellula del suo corpo si sentiva appesantita dal desiderio di tornare a dormire. Le sue orecchie si sintonizzarono sui suoni provenienti dalla cucina: piatti che tintinnavano, il microonde che ronzava e un altro suono che non riuscì a identificare. Un caldo senso di calma la riportò di nuovo verso il sonno. Qui era al sicuro. Poteva rilassarsi, almeno per un po'. Prese il telecomando e alzò lievemente il volume, riempiendo la stanza di risate preregistrate e lasciando che le sue palpebre si chiudessero ancora una volta. Era quasi arrivata, quasi completamente immersa, quando sentì le mani di Keith Gibbs premere su di lei, sentì l'odore del suo respiro umido. Le sue viscere si gelarono e lottò contro di lui.

«Boss!» La voce di Noah la svegliò di soprassalto. Era in piedi davanti a lei, aveva un'aria preoccupata e due grandi tazze di caffè in mano.

Josie si mise a sedere e si asciugò il sudore dalla fronte. «Mi dispiace» disse. «Mi... mi sono addormentata.»

«Stavi sognando.» disse Noah.

Non era un sogno, pensò lei, *era un ricordo*. La sua mente stava cercando di elaborare quei momenti terrificanti e caotici ora che non era concentrata sul lavoro.

«Stai bene, Boss?» chiese Noah.

Ignorando la domanda, disse: «Sai, puoi chiamarmi Josie... almeno quando siamo qui insieme.»

Dette un colpetto sul posto accanto al suo e Noah si sedette, porgendole una tazza. Il vapore di una schiuma bianca, con quella che sembrava cannella macinata, saliva dall'interno. L'odore era dolce e speziato, con un leggero sentore di whisky. «Che cos'è?»

Noah sorrise e sollevò la tazza. «Un dirty chai latte: caffè, spezie e whisky single malt. Ho pensato che potesse piacerti. Posso prepararti anche qualcosa da mangiare, se vuoi.»

Josie sorrise e sorseggiò la bevanda, assaporandola lentamente. «Non è necessario» disse. «Questo è già perfetto, grazie.»

Bevvero in silenzio, persi nelle immagini trasmesse dalla televisione per alcuni istanti. Poi Noah disse: «Vuoi parlare di questa sera?»

«No.» rispose Josie.

«Boss... Josie, sai che con me puoi parlare.»

«E tu sai che non mi piace parlare.»

Noah rise. «Vero. Bene, che ne dici di quella scorta di cui abbiamo discusso? Un'unità che ti stia dietro finché non risolviamo la questione?»

Lei gli fu grata per non aver insistito. L'unico modo in cui era sopravvissuta alla situazione era stato quello di ignorare le cose terribili che erano accadute e tutti i sentimenti oscuri che le avevano accompagnate. L'unica scelta che aveva avuto era stata quella di continuare ad andare avanti. Sapeva che non era salutare: un terapeuta che era stata costretta a consultare all'università le aveva detto che un giorno i suoi fantasmi l'avrebbero raggiunta, ma fino a quel momento era riuscita a tenere testa ai suoi demoni. E aveva intenzione di continuare così.

Il dirty chai latte la fece sentire al caldo e sonnolenta. Posò la tazza sul tavolo e si alzò, offrendogli un piccolo sorriso. «Possiamo evitare di parlarne adesso? Credo che la cosa migliore per me, in questo momento, sia andare a letto.»

Con aria sorpresa, Noah posò la sua tazza sul tavolo. «Oh, certo, bene. Voglio dire, a meno che non ti vada di parlare d'altro, non per forza di lavoro.»

«Grazie, ma ho davvero bisogno di dormire.»

Sentì i suoi occhi fissarle la schiena mentre usciva dalla stanza. Al piano di sopra, si accasciò sul letto di Noah e cadde in un sonno profondo e senza sogni.

Qualche ora dopo, si svegliò; aveva la schiena e il collo rigidi per la lotta, ma il ricordo dell'aggressione di Keith Gibbs era un po' più opaco rispetto a prima; presto sarebbe stato abbastanza sfocato da poter essere rinchiuso nella sua cassaforte mentale insieme a tutti gli altri orrori che aveva sopportato.

Scendendo al piano di sotto, Josie superò in punta di piedi Noah, che giaceva disteso sul divano e russava, e trovò il suo telefono in carica in cucina. Era quasi l'ora in cui normalmente si preparava per andare al lavoro. C'era un messaggio di Gretchen di venti minuti prima. *"Todd ha accettato di incontrarti. Dieci del mattino, prigione della contea"*.

C'era anche un messaggio di Trinity. *"Stanza 227. Ci vediamo più tardi, va bene?"* Josie non rispose.

Tornò in salotto e scosse delicatamente Noah per svegliarlo. «Fraley» gli disse. «Svegliati. Oggi sei tu la mia scorta.»

CINQUANTADUE

Il carcere della contea di Alcott si trovava a Bellewood ed era gestito dall'ufficio dello sceriffo. La prigione fungeva da centro di smistamento per tutti i dipartimenti di polizia della contea, tenendo in custodia i loro arrestati in attesa di processo. Sebbene il Dipartimento di Denton disponesse di un'area di detenzione nella propria centrale, questa era destinata soprattutto agli studenti universitari ubriachi e ad altri colpevoli di reati minori. Al momento di essere accusati, lo sceriffo li trasferiva da Denton e li schedava.

Poiché l'avvocato di Lloyd Todd aveva insistito per essere presente all'incontro, gli agenti li avevano sistemati in una sala colloqui privata. Lloyd sedeva ingobbito, con le mani ammanettate e trattenute da un anello di ferro fissato al tavolo. La tuta arancione che indossava si tendeva sulle larghe spalle; i corti capelli castani e la barba a chiazze che gli punteggiava le guance viravano al grigio. Sembrava molto più vecchio del fratello, anche se Josie sapeva che avevano solo due anni di differenza. Noah aspettò fuori.

«Questo è altamente irregolare.» disse l'avvocato di Lloyd, in piedi dietro il suo cliente, con aria decisa e imponente, rafforzata dai capelli neri pettinati all'indietro e il vestito color carbone che probabilmente costava più dell'auto di Josie.

«Il suo cliente è d'accordo.» rispose lei.

L'avvocato si irrigidì. «Io gliel'ho sconsigliato.»

Nessuno era più sorpreso di Josie che Lloyd avesse accettato di incontrarla, ma come diceva spesso Trinity Payne *la gente vuole sempre qualcosa, bisogna solo capire cosa.* Normalmente non era nello stile di Josie contrattare con le persone, ma aveva due questioni importanti da affrontare con Todd; quando possibile, preferiva sempre andare direttamente alla fonte.

Lloyd, tuttavia, non regalava mai niente.

Josie cominciò dalla famiglia. «Ho incontrato suo fratello l'altro giorno.»

Niente.

«I suoi ragazzi stanno bene lì.»

Un guizzo nei suoi occhi, appena percettibile. Unì le mani, facendo tintinnare le catene. Josie andò avanti. «Sono stata a casa sua per parlare di Belinda Rose. Si ricorda di lei?»

«Abbiamo fatto il liceo insieme.» disse Lloyd.

«È vero.» disse Josie. Riassunse tutto ciò che Damon aveva raccontato e Lloyd confermò che era tutto esatto.

«Non sarebbe venuta a chiedere di lei se non le fosse successo qualcosa di spiacevole.» disse Lloyd.

«È morta» gli disse Josie. «Qualcuno le ha spaccato la testa trentatré anni fa e l'ha seppellita nel bosco di Denton.»

L'espressione di Lloyd non cambiò, ma disse: «Mi dispiace.»

«Signor Todd» disse Josie, «si ricorda di qualcuno che Belinda frequentava? Qualcuno dei suoi amici? Magari del tribunale?»

«Perché lo chiede a me?»

«Damon ha detto che lei e Belinda passavate molto tempo insieme.»

«Damon le ha anche detto che si vedeva con nostro padre,

quindi sapete che quando passavo del tempo con lei... era una farsa.»

Josie sollevò un sopracciglio. «Ma avete passato del tempo insieme. Sicuramente avrete parlato, di tanto in tanto.»

Lloyd ridacchiò. «Belinda parlava molto, Capo. Non ricordo tutto quello che diceva.»

«Non le sto chiedendo di ricordare tutto quello che diceva. Le sto facendo una domanda. Sicuramente ricorderà se Belinda parlava dei suoi amici.»

Lloyd sospirò. «Era amica di una ragazza di nome Angie della casa famiglia.» disse.

«Qualcun altro?» Josie lo incalzò.

«Questa conta come un'altra domanda.»

«È la stessa domanda. Voglio sapere chi erano gli amici di Belinda.»

«C'erano un paio di ragazze del tribunale.»

«I nomi?» chiese Josie.

«Suvvia, Capo...» cominciò lui.

«Si ricorda il nome dell'amica della casa famiglia; quali erano i nomi delle amiche del tribunale?»

Lui sospirò, scuotendo la testa come se quello che gli chiedeva fosse ridicolo, ma parve riflettere. Le rughe gli scavarono la fronte finché, alla fine, disse: «Sophia. Sophia e Lila. Così si chiamava l'altra, Lila.»

Josie sperò che la sua emozione non trasparisse sul suo viso. Si raddrizzò, si protese leggermente in avanti. Non si aspettava che lui ricordasse. Non Linda o Lilly o Laura. Lila.

Era come se avesse svelato un codice segreto. Si sentì mancare il fiato. «Si ricorda il cognome di Lila?»

Lui scosse la testa. «No, mi dispiace. Non ho mai incontrato né lei né l'altra. Sentivo solo Belinda che parlava sempre di loro. Parlava molto e, come le ha detto Damon, a volte le permettevo di seguirmi a scuola perché nessuno si facesse un'idea sbagliata di lei e di mio padre.»

Josie era sicura che Noah fosse già al telefono a chiedere a Gretchen di entrare nei registri delle famiglie affidatarie della contea, ma lanciò comunque un'occhiata significativa alla telecamera sopra la porta. «C'è un'altra cosa.» aggiunse.

«Credo che sia sufficiente» intervenne l'avvocato. «Il mio cliente è stato più che disponibile in questa vicenda. Non aveva motivo di incontrarsi con lei oggi.»

Lloyd si guardò alle spalle e mise a tacere l'uomo con uno sguardo. Si voltò di nuovo verso Josie e aprì i palmi delle mani, invitandola a proseguire.

«Voglio che dica ai suoi uomini di smettere di tormentarmi. Ieri sera avete superato il limite.»

«Capo Quinn.» la avvertì l'avvocato avvicinandosi al tavolo.

Ancora una volta, Lloyd lo mise a tacere. «Temo di non sapere di cosa stia parlando.» rispose.

«Okay, mi sembra chiaro» disse Josie. «Forse i suoi tirapiedi non la tengono al corrente di tutte le loro attività, ma dal suo arresto i veicoli del dipartimento sono stati vandalizzati, la centrale è stata bombardata di uova, qualcuno ha imbrattato di escrementi le maniglie della mia auto, ha svaligiato casa mia e distrutto i miei beni personali e, cosa peggiore, hanno messo annunci malati su Craigslist a mio nome. Ieri sera, un uomo ha cercato di aggredirmi nel parcheggio di una farmacia perché stava rispondendo a un annuncio per una fantasia di stupro.»

«Si tratta di accuse molto gravi.» affermò l'avvocato.

Josie tenne gli occhi fissi su Lloyd, la cui espressione non era cambiata. «Non lo sto accusando di nulla» disse. «Sto accusando le persone che lavorano per lui. Credo che, se parlasse con queste persone e le incoraggiasse a smettere di agire in questo modo, aiuterebbe molto la sua situazione.»

L'avvocato aprì la bocca per parlare, ma Lloyd disse: «La mia situazione?»

Josie si chinò di nuovo in avanti, appoggiando entrambi i gomiti sul tavolo. «Non sono stupida, signor Todd. So che non era obbligato a incontrarmi o a parlarmi di Belinda Rose. Ha fatto qualcosa per me. Ora, cosa posso fare per lei? Cosa posso fare per lei che la renda più disponibile a parlare con i suoi soci?»

«Non ho soci» rispose lui. «Ma se li avessi, non farebbero stronzate come svaligiare casa sua o mettere annunci online.»

«Cosa sta dicendo?»

«Sto dicendo che chiunque sia questo socio, magari sta solo facendo qualche scherzo innocuo.»

«Gomme squarciate e parabrezza in frantumi non sono reati minori.» gli fece notare.

Lloyd alzò le spalle. «Le ho detto che non sono miei soci. Sto parlando per ipotesi.»

Josie resistette all'impulso di alzare gli occhi al cielo. «Va bene, in via ipotetica, cosa mi sta suggerendo?»

«Che con le altre cose di cui parla, rapine e annunci privati, i miei ipotetici soci non hanno nulla a che fare.»

«L'uomo che è entrato in casa mia ha tra i cinquanta e i sessant'anni, è magro, ha i capelli grigi, indossa sempre una giacca verde, vive sotto il ponte e si fa chiamare Zeke. Ipoteticamente, non sarebbe una persona che lei frequenta?»

Lloyd rise, con le spalle che si scuotevano. «Sta parlando di Larry Ezekiel Fox. È un vecchio esaurito. Non è legato a nessuno. È un pirata senza alcuna lealtà. Si droga da quando io e lei eravamo in fasce. Si faceva chiamare Larry. Ha iniziato a usare il suo secondo nome qualche anno fa. Ora tutti lo chiamano Zeke.»

«Quindi, in via ipotetica, non avrebbe rapinato casa mia per vendicarsi del suo arresto?»

Il volto dell'avvocato si infiammò. «Capo, questo è altamente irregolare. Devo...»

Questa volta Josie alzò una mano per farlo tacere.

Lloyd rispose: «Ipoteticamente, no. Se Zeke voleva svaligiare casa sua, aveva le sue ragioni.»

«Dove posso trovarlo?»

«Non posso aiutarla in questo caso.»

«Ma può aiutarmi con il mio ipotetico problema di vandalismo e danni materiali "minori"?»

Un sorriso gli scivolò sul viso. «Se potesse aiutarmi con mio figlio. Il più grande. Vede, è rimasto coinvolto in questo pasticcio, io sono stato accusato ingiustamente e tutto il resto. È stato incriminato di cose che non ha fatto.»

«Sono sicura che ha un buon avvocato.» disse Josie con tono deciso.

«Oh, sì. Ma non fa mai male che il capo della polizia parli con il procuratore distrettuale.»

Normalmente, Josie avrebbe provato un grande piacere nel mandare a quel paese un uomo come Lloyd Todd, e in qualche modo dubitava che suo figlio fosse così innocente come lui lo dipingeva, ma capiva il bisogno di un genitore di proteggere il proprio figlio. Sapeva anche che Todd non avrebbe offerto tutto quello che sapeva per poi chiedere un favore a cose fatte. Aveva qualcosa in serbo e l'unico modo per ottenerlo era fare una dimostrazione di buona fede.

«Mi lasci fare qualche telefonata.» disse.

Due ore dopo, era di nuovo nella sala colloqui di fronte a Lloyd, a consegnare al suo avvocato i documenti relativi a Lloyd Todd Jr. «Non sono riuscita a far cadere le accuse» gli disse. «Ma le ho fatte ridurre. Inoltre, può entrare in un programma di riabilitazione accelerato. Andrà in terapia, in un centro di recupero per tossicodipendenti e alcolisti, seguirà un corso di formazione professionale. Dovrà fare lavori socialmente utili e pagare alcune multe, e se arriverà a soddisfare tutti i requisiti, le accuse saranno cancellate. È il massimo che posso fare. Avrà comunque la fedina penale pulita. Questa volta.»

Lloyd si irritò per la battuta, ma guardò i documenti che il suo avvocato gli aveva sottoposto, annuendo mentre Josie parlava. Non si affrettò. Dopo cinque minuti abbondanti, la guardò e disse: «C'è un centro commerciale sulla Sesta Strada, con una lavanderia a gettoni, è lì da decenni.»

«La conosco.» disse Josie.

«Zeke bazzica da quelle parti quando non sta sotto il ponte. Così ho sentito dire. Ipoteticamente.»

Josie si alzò. Non riusciva a credere che quelle parole le stessero uscendo di bocca, ma era così: «Grazie, signor Todd.»

Aveva la mano sulla maniglia quando Lloyd la chiamò per l'ultima volta. «Bowen e Jensen.» disse.

Josie si girò di scatto. «Cosa?»

«Le amiche di Belinda. I loro cognomi. Bowen e Jensen. Me lo ricordo perché insieme facevano le iniziali B.J. Sa, cos'è un Blow Job?»

CINQUANTATRÉ

«Lila Jensen.»

Noah guidava, Josie era al posto del passeggero, guardava dritto davanti a sé ma senza vedere nulla. Continuava a pronunciare quel nome. Lo provava. Non era come se lo aspettava. D'altra parte, Josie non era sicura di cosa avrebbe dovuto aspettarsi. Lila Jensen suonava così normale, persino carino. Niente a che fare con il diavolo che era sua madre.

«Lila Jensen.» disse ancora.

«Gretchen è già al telefono con il Dipartimento dei Servizi Sociali per cercare di accelerare la ricerca nei loro archivi. Sta anche cercando nei database quante Lila Jensen nate tra il 1958 e il 1964 ci sono, o c'erano, nello Stato, supponendo che avesse tra i diciotto e i ventiquattro anni quando Belinda la incontrò per la prima volta al tribunale. Sappiamo che era più vecchia di Belinda, ma non di molto.»

Josie sbatté le palpebre, mentre il paesaggio montano tornava a fuoco. «Questo non basterà a trovarla.»

«In che senso?»

«Sappiamo chi era prima di rubare l'identità di Belinda. Si

sarà liberata del suo nome per un motivo. Non lo avrà certo ripreso. Non vuole essere trovata.»

La strana euforia di scoprire uno dei segreti di sua madre era ora sostituita da un senso di delusione. Forse avrebbero scoperto alcune cose su sua madre prima della sua nascita, ma sapeva dentro di sé che non le avrebbero condotti a lei. Non avevano ancora modo di rintracciarla. Nemmeno una sua foto.

«Dex.» sussurrò.

Noah la guardò per un attimo. «Chi è?»

Josie si schiarì la gola e parlò più forte. «Dexter McMann. Il ragazzo di cui ti ho parlato. Mi sono ricordata il suo nome. Ho bisogno che trovi il suo indirizzo attuale. Adesso dovrebbe avere trentasette anni.»

«Pensi che abbia delle foto?»

«Ne dubito» disse Josie. «Probabilmente è un vicolo cieco, ma Gretchen ha ragione, devo almeno provare a parlargli. Ma prima voglio trovare Larry Ezekiel Fox e fare una chiacchierata con lui.»

CINQUANTAQUATTRO
JOSIE – QUATTORDICI ANNI

Il suo più grande errore era stato quello di concedersi il piacere di avere Dex intorno. Lui viveva con loro da quasi un anno e aveva detto la verità: non era un pervertito e non voleva essere suo padre. Avevano sviluppato una strana amicizia limitata alle ore in cui la madre di Josie era fuori dalla roulotte. Lei guardava *ER* con lui e lui guardava *Ally McBeal* con lei. Lisette avrebbe detto che Josie era troppo giovane per guardare programmi televisivi con temi così adulti, ma Dex non sembrava pensare che fosse un problema. La accompagnava a scuola ogni giorno, passando a prendere Ray lungo la strada, e a volte li riprendeva anche alla fine della giornata. La portava a mangiare il gelato, a nuotare nel fiume d'estate e in slittino d'inverno. Una volta, durante una tempesta di neve, era entrato in un parcheggio vuoto e si era esibito in evoluzioni nella fanghiglia ghiacciata, facendo urlare e ridere Josie e riuscendo in qualche modo a non schiantare l'auto contro i pali della luce.

Se sua madre aveva notato il loro rapporto, non aveva fatto commenti. Come al solito, Josie si teneva alla larga da lei e Dex le dedicava tutta la sua attenzione quando era presente. Per un certo periodo, Josie pensò che avrebbero potuto continuare per sempre in quel modo. Ma non poteva durare per sempre. Era lo stupido sogno di un'ingenua quattordicenne.

Il primo segnale arrivò il giorno in cui Josie si tagliò la mano lavorando a un progetto di scienze. Aveva scelto di prendere e confrontare delle impronte digitali e, dopo aver preso le sue e quelle di Dex, aveva rotto un bicchiere mentre prendeva un rotolo di carta da cucina.

Un pezzo di vetro sporgeva dal palmo della mano. Usciva molto sangue, ma non sentì nemmeno il dolore finché Dex disse: «Porca vacca!» Scattò in piedi, le avvolse la mano in un asciughino e la portò di corsa all'ospedale. Al pronto soccorso rimossero il vetro, la ricucirono e la rimandarono a casa, dove li aspettava la madre.

Josie avvertì l'odore dell'alcol su di lei prima ancora di varcare la porta. La trovarono in piedi, mani sui fianchi, accanto ai frammenti di vetro insanguinati che avevano abbandonato in cucina, e li fissava. Josie capì dal modo in cui i suoi occhi si stringevano che ora era proprio nei guai. Ma quando sua madre parlò, stava guardando Dex. «Cosa diavolo pensi di fare?»

Con la coda dell'occhio, Josie lo guardò rapidamente, notando la confusione sul suo volto. Lui sorrise come se non fosse sicuro che si trattasse di una specie di scherzo. «Mi dispiace» disse. «Che cosa hai detto?»

«Dov'eri?»

«Ho portato JoJo all'ospedale. Si è fatta un brutto taglio alla mano. Hanno dovuto mettere dei punti. Io...»

«Ti ho dato il permesso di portare mia figlia quattordicenne in ospedale?» La voce di sua madre era dura e fredda e fece correre un brivido lungo la schiena di Josie.

Dex sembrava sconcertato. «Non hai sentito quello che ho detto? Aveva bisogno di punti. Stava versando sangue dappertutto.»

«Non ti ho assunto come babysitter, Dex» disse sua madre. «Tu sei mio.»

Lui si mise una mano sul petto. «Scusa, cosa?»

«JoJo sa prendersi cura di se stessa. Non ha bisogno del tuo aiuto. Tu sei qui per me.»

«È una bambina.» obiettò Dex.

«Esatto, è la mia bambina. Non la tua. Stai lontano da lei e non ti immischiare negli affari nostri, capito? Non mi interessa se le si stacca una mano. E che diavolo è questa roba?» fece un cenno verso il kit di impronte digitali che Josie aveva lasciato sul tavolino.

«La stavo aiutando con un progetto di scienze» disse Dex. «Ma lasciami indovinare, non vuoi che faccia nemmeno questo.»

Un sorriso incurvò le labbra della madre. «Ora sì che hai capito.»

Dex fece un passo verso di lei. «Lascia che ti chieda, Belinda, quando è stata l'ultima volta che hai aiutato tua figlia con un progetto di scienze? O a fare i compiti, o...»

«Dex» proruppe Josie «smettila.»

Il sorriso scomparve dal volto della madre, sostituito da uno sguardo di pura rabbia. Guardò da Josie a Dex e viceversa. Poi, in tono canzonatorio, fece il verso a Josie: «Dex, smettila.»

«Belinda.» disse Dex.

«Ho capito cosa sta succedendo. Hai pensato che JoJo facesse parte dell'accordo. E tu...» rivolse la sua ira a Josie «in fondo sei solo una puttanella, non è vero?»

«Ehi!» gridò Dex mettendosi tra lei e Josie e puntandole un dito contro. «Stai attenta.»

La madre lo guardò dall'alto in basso come se le fosse inferiore. «Oh... e se non lo faccio?»

Lui annusò l'aria, avvicinando il viso al suo. «Sei ubriaca.» disse.

«E allora? Questo non ti giustifica.»

«Non sto facendo niente, e nemmeno JoJo. È una bambina, Belinda.»

«E anche tu lo sei. *Vattene* da casa mia.»

E detto questo, si avviò verso la sua camera da letto in fondo alla roulotte. Josie rilasciò il fiato che aveva trattenuto. Il palmo della mano era in fiamme. Dex la fissò per un lungo istante. «Stai bene?» chiese.

Josie annuì.

Pensò che se ne sarebbe andato. Lo facevano tutti. Ma non lui. Lui seguì sua madre lungo il corridoio, aprendo con un calcio la porta e sbattendola dietro di sé. Josie rimase immobile sul posto, ascoltando mentre le grida si trasformavano in ansimi e il suono familiare delle molle del letto di sua madre che cigolavano riempiva la piccola roulotte: più veloce, più forte e più a lungo di quanto Josie avesse mai sentito prima. Fuggì da Ray, dove rimase fino a dopo mezzanotte, ma quando tornò a casa li sentì ancora.

CINQUANTACINQUE

Per quanto Josie volesse arrestare lei stessa Zeke, se intendeva sporgere denuncia contro di lui per il furto in casa sua, avrebbe semplificato le cose al procuratore distrettuale facendolo prelevare da uno dei suoi agenti.

Proprio come Lloyd Todd aveva previsto, trovarono Zeke che dormiva su due sedie di plastica nell'angolo sul retro della lavanderia a gettoni.

Una volta portato in centrale, Noah lo fece mettere nella stanza degli interrogatori. Non chiese un avvocato. Come aveva detto il suo giovane complice, indossava una giacca di un verde scolorito, logora ai bordi e priva di bottoni. Il suo viso era segnato dalle rughe dell'età e della vita dura, e la sua lunga barba grigia era ingiallita sulle punte. Portava una bandana completamente stinta, ora di un grigio squallido con un disegno sbiadito, da cui spuntavano dei capelli bianchi e scarmigliati. Josie lo guardò sul monitor a circuito chiuso. Stava fumando a raffica le sigarette che Noah gli aveva lasciato, accendendone una dall'estremità dell'altra.

«Neanche con mille sigarette coprirebbe quella puzza» osservò Noah entrando e porgendole un fascicolo. «A questo tizio serviva un bagno dieci anni fa. Per la maggior parte dei quali è stato senza fissa dimora. Si è fatto una manciata di anni per possesso di droga, produzione e tentato spaccio, cose del genere. Come ha detto Lloyd Todd, non hanno legami noti.»

Josie sfogliò le pagine del fascicolo che conteneva i verbali di arresto, i documenti delle varie condanne e alcune vecchie foto segnaletiche. C'era una foto di sette anni prima che catturò la sua attenzione, e qualcosa si agitò nella sua mente.

Sfogliò altre pagine fino a trovarne un'altra di tredici anni prima. Con meno rughe sul viso, i suoi lineamenti erano un po' più definiti. Si rese conto che le erano familiari. Ma perché?

«Pensi che Todd abbia detto la verità sul furto e sugli annunci?» le chiese Noah.

Josie non staccò gli occhi dal fascicolo che aveva tra le mani mentre cercava altre foto. «Sai che non ho l'abitudine di fidarmi di delinquenti come Todd, ma non vedo perché avrebbe dovuto darmi così tante informazioni e poi mentire su una cosa del genere. Ha confessato in via ipotetica il più grave dei fatti. Perché tacere sul resto? Non ne trarrebbe alcun vantaggio.»

«Immagino sia così. Ma la domanda sorge spontanea: chi c'è dietro il furto e gli annunci su Craigslist?»

Josie indicò lo schermo. «Forse Zeke può dircelo.»

All'improvviso trovò quello che stava cercando: una terza foto segnaletica, scattata vent'anni prima, all'epoca Josie aveva dieci anni. Un rantolo le sfuggì dalla gola, mentre il resto del contenuto del fascicolo cadeva a terra.

«Boss?» la chiamò Noah. «Cosa c'è?»

Josie riuscì a malapena a pronunciare la parola: «Needle.»

«E chi è?»

Alzò lo sguardo verso lo schermo. «Devo parlargli.» Noah la seguì a ruota mentre lei usciva di corsa dalla sala video e percorreva il corridoio verso la sala interrogatori.

«Boss.» chiamò Noah, ma non fu abbastanza veloce.

Josie aprì la porta di botto, Needle la fissò, e lei si avvicinò lentamente al tavolo mentre Noah si infilava dentro la stanza e chiudeva la porta. Sentiva di dover dire qualcosa per fermarla, ma rimase in silenzio. Josie appoggiò una mano sul tavolo e si chinò verso l'uomo, con l'odore di fumo e di corpo pestilenziale che quasi la opprimeva. «Ti ricordi di me?»

Lui la fissò, con un sorriso sdentato che gli attraversava il viso.

«Ti ricordi?» ripeté.

«La piccola JoJo.»

Alle sue spalle, Josie sentì Noah trasalire. Nessuno l'aveva mai chiamata diversamente da Josie, Capo. Solo Ray aveva avuto il privilegio di abbreviare il suo nome in Jo. Sentire il suo soprannome d'infanzia dopo tanti anni diede una scossa anche a lei, ma fece del suo meglio per nasconderlo.

«Tu conoscevi mia madre» disse Josie. «Come si chiamava?»

Needle rise. «Tu lo sai il nome di tua madre.»

«Voglio sentirlo da te.»

«Belinda» disse con tranquillità. «Belinda Rose.»

«Il suo vero nome.» disse Josie.

Un'espressione di autentica confusione gli attraversò il volto. «Be-Belinda Rose.» ripeté.

Quindi sua madre non si era confidata con quell'uomo. Josie cambiò tattica. «Perché hai svaligiato casa mia?»

«Non ho svaligiato la casa di nessuno.»

Josie roteò gli occhi. Sbatté il palmo della mano contro la superficie del tavolo per mantenere l'attenzione su di sé. «Basta con le chiacchiere, Zeke» disse. «Ho due testimoni che non solo hanno affermato che ti trovavi lì, ma che testimonieranno che sei stato tu a coinvolgerli. Perché? Perché a me? Perché adesso?»

Le sue dita cercarono di prendere una sigaretta dal pacchetto schiacciato davanti a lui e di accenderla con l'ultima. «Eri una bambina graziosa, lo sai, JoJo?»

Josie non rispose.

«Faceva impazzire tua madre, credo. Avere una cosa così

carina intorno. Tutti ti prestavano sempre tanta attenzione. A tuo padre non è importato più nulla di tua madre quando sei arrivata tu. Questo non le è mai andato a genio, sai...»

Senza pensarci, Josie alzò la mano e tracciò la cicatrice che le scendeva lungo la mascella. Needle indicò il suo viso. «Quella è stata la cosa peggiore che le ho mai visto fare» disse. «Beh, fino a quella notte.»

«La fermasti.» disse Josie.

Lui annuì. «Quella notte mi spaventò. Le ho visto fare molte cose, ma quella era diversa.»

«Mi portasti tu all'ospedale?»

«Sì.»

A Josie sembrò che la gola rischiasse di chiudersi del tutto. Quando fece la domanda successiva, le uscì quasi un sussurro. «Perché non entrasti per dire quello che aveva fatto?»

Lui alzò le spalle. «Non era compito mio. E poi, non ti metti contro una donna così.» Tirò una lunga boccata dalla sigaretta, la cui cenere si accese di un arancione brillante. «Dovresti saperlo meglio di molti altri.»

Lei non disse nulla. Il fumo rimase sospeso nell'aria, immobile. In silenzio, Noah si avvicinò al tavolo, osservando i due. Infine, spostò lo sguardo su Needle e disse: «Zeke, ti abbiamo arrestato per il furto. Dicci solo cosa ne hai fatto dei gioielli. Li hai venduti?»

Needle scosse la testa.

«Non li hai venduti?»

«Non so che fine abbiano fatto.»

«Sono semplicemente spariti dalle tue mani, quindi?» ribatté Noah.

«Sapevi che quella era casa mia?» intervenne Josie.

Needle incrociò il suo sguardo e lei fu riportata alla sua infanzia, nascosta dietro al divano o sotto al tavolo della cucina, mentre Needle intercettava il suo sguardo, le sorrideva, le offriva un pezzo del suo panino o un sorso della sua bibita. Era sempre affamata. Poi c'era stato il giorno in cui Needle aveva sorpreso sua madre mentre cercava di venderla per una verniciatura e le aveva detto di andare fuori a giocare. Josie non aveva mai saputo cosa fosse successo dopo la sua fuga, ma quando era tornata a casa, l'uomo era sparito. Della verniciatura non si era parlato mai più. Needle si era trovato nel posto giusto al momento giusto. Era stato gentile con lei. Per quanto potesse essere gentile uno come lui.

Fece un sorriso triste. «Mi dispiace, piccola JoJo.»

«Perché eri gentile con me quando ero piccola?» chiese lei.

Lui alzò le spalle. «Non c'era motivo di non esserlo. Sembrava che ti trovassi in una situazione spiacevole, soprattutto dopo la morte di tuo padre.»

Ancora una volta, fu colpita dal fatto che la sua gentilezza e la sua simpatia erano arrivate solo fino a un certo punto. Sì, era stato gentile con lei, aveva riconosciuto quello che si poteva solo definire un abuso, ma non si era spinto fino ad aiutarla a uscire da quella situazione. Il mondo era pieno di persone come Needle. Persone che si accorgono quando gli altri sono in difficoltà, ma il cui senso di autoconservazione alla fine supera il senso di giustizia.

«Perché?» riprovò. «Perché hai svaligiato casa mia?»

Needle scosse il pacchetto di sigarette, ma non ce n'erano più. Spense l'ultimo mozzicone nel posacenere che Noah gli aveva fornito e tirò un lungo sospiro. «Sei intelligente, JoJo. Non riesci a capirlo? Non l'hai ancora capito?»

Josie sentì le dita fredde della paura percorrere la sua spina dorsale. «Capire cosa?»

Needle si appoggiò alla sedia e si passò le mani sporche di nicotina sullo stomaco. «Ho finito qui. Se volete accusarmi, fatelo, e accetterò l'avvocato che avete detto mi verrà assegnato se non posso permettermene uno. Non ho altro da dire.»

Noah e Josie lo fissarono per un lungo momento, aspettando di vedere se avrebbe cambiato idea o chiesto qualcosa, ma lui, rilassato sulla sedia, fischiettava tra sé e sé una melodia irriconoscibile. Alla fine, Noah si avviò verso la porta e Josie lo seguì. Gliela tenne aperta ma quando stavano per attraversarla Needle parlò di nuovo.

«Non so cosa le hai fatto, piccola JoJo.»

Il cuore le si strinse nel petto. Si voltò verso di lui. «Che cosa hai detto?»

«Ha detto che mi avresti trovato. Io ho risposto che non ci saresti riuscita, che non avresti mai saputo che ero coinvolto. Ma aveva ragione. Mi hai trovato. Mi hai persino riconosciuto.»

«Chi ha detto che ti avrei trovato?» chiese Josie, bloccata sulla soglia. «Di che cosa stai parlando?»

Lui incontrò i suoi occhi. «Voleva che ti dessi un messaggio. Ha detto che distruggerà tutto ciò che ami.»

CINQUANTASEI

«Boss.» esclamò Noah mentre lei gli sfuggiva davanti lungo il corridoio. La distanza dalla sala interrogatori al suo ufficio sembrava infinita, come se si trovasse in uno di quegli incubi in cui, per quanto si corra velocemente, non ci si muove mai, e la fine è sempre di poco fuori portata. Il respiro si fece affannoso, il palmo della mano era sudato quando si chiuse attorno alla maniglia della porta.

Noah era a pochi metri da lei; sentì il rumore dei suoi piedi che rallentavano sulle piastrelle dietro alle sue spalle. «Boss» la chiamò di nuovo. «Che diavolo è successo?»

Lei gli sbatté la porta in faccia, la chiuse a chiave, vi si accasciò contro e scivolò a terra. Il battito del cuore le rimbombava nel petto. Troppo veloce, stava battendo troppo veloce. Le vertigini la assalirono. Noah la chiamò dall'altra parte della porta, ma lei non riuscì a rispondere. Si guardò intorno nel suo ufficio, ma vide solo immagini della sua infanzia: sua madre che si aggirava nell'oscurità della roulotte, aspettando il ritorno di suo padre, mormorando parole che Josie non avrebbe mai dimenticato:

Distruggerò tutto ciò che ami.

Era sempre stata lei. Da quanto tempo era tornata? Cosa l'aveva spinta a tornare dopo tutti quegli anni? Dove si trovava? I ricordi delle cose che Belinda – no, Lila – le aveva lasciato si risvegliarono e urlarono nella sua mente, neri e stucchevoli. Chiuse gli occhi, ma questo non fece altro che peggiorare la situazione. Si alzò in piedi e si spostò dietro la scrivania, cercando con le mani la foto incorniciata di lei e Ray a nove anni. Si concentrò sul suo volto, ricordando tutti i modi in cui l'aveva aiutata ad affrontare i mostri nella sua testa. All'improvviso fu contenta che Ray fosse morto: significava che sua madre non poteva fargli del male.

Alzò lo sguardo verso la bacheca di sughero sopra la scrivania, dove aveva appuntato diverse foto che la ritraevano con il suo predecessore, il capo Harris, durante una delle cerimonie di promozione di anni prima. Foto di persone che non aveva mai conosciuto, vittime le cui famiglie riconoscenti le avevano scritto lettere dopo che aveva risolto i loro casi. Una foto con Lisette scattata in occasione del suo ultimo compleanno. La foto più recente era un'istantanea del piccolo Harris Quinn, che ridacchiava con il purè di piselli spalmato sul viso.

«Oh Cristo.» mormorò tra sé e sé.

Si alzò di scatto e aprì la porta del suo ufficio dove trovò Noah ancora lì, con le braccia conserte sul petto e gli occhi penetranti.

«Ho bisogno di una scorta per Misty Derossi e mia nonna.» disse.

«Di cosa parlava quel tizio, Boss?» chiese Noah.

«Di mia madre. È tornata. È qui, o da qualche parte nei paraggi. C'è lei dietro tutto questo, gli annunci, la rapina. Sta dando la caccia a me e alle persone che amo; nessuno è al sicuro. Devi mandare qualcuno a Rockview. Porterei la nonna a casa mia, ma non è sicuro. E Misty e Harris... saprà di loro. Non posso permettere che gli accada qualcosa. Non per colpa mia.»

Le braccia di Noah si abbassarono sui fianchi mentre lei

parlava. «Lasciami andare da quest'uomo. Deve sapere dove si trova. Arriveremo a lei per primi.»

«No» disse Josie. «Lui non saprà dove si trovi, e non te lo direbbe comunque. È troppo furba. Sicuramente è lei che è andata da lui. Sapendo che l'avrei trovato, non avrà reso le cose facili.»

Alle spalle di Noah comparve Gretchen, con un foglio di carta in mano. Superò Noah e lo porse a Josie. «Ho trovato quel ragazzo. Fraley mi ha detto il suo nome. Dexter McMann vive a Fairfield.»

Era a poco più di un'ora di distanza. Josie poteva arrivarci in metà tempo.

«Lì c'è un numero di telefono.» disse Gretchen.

«Non mi serve» le disse Josie. Andò alla scrivania e trovò le chiavi della macchina. «Torno tra qualche ora.»

«Vengo con te.» disse Noah.

«No, tu non vieni. Ho bisogno che tu rimanga qui, che ti assicuri che Zeke sia schedato correttamente, che mandi qualcuno a casa di Misty e a Rockview.»

Il suo telefono ronzava in tasca. Lo tirò fuori e vide un altro messaggio di Trinity che le ricordava che aveva accettato di incontrarla quel giorno. *"È successo un imprevisto al lavoro"*, rispose Josie. *"Cercherò di passare stasera, ma probabilmente dovrai aspettare fino a domani"*. In risposta, Trinity le inviò una faccina imbronciata. Josie roteò gli occhi, infilò il telefono in tasca e uscì dall'edificio.

Erano seguiti altri episodi che avevano incrinato la tenue tranquillità che regnava nella roulotte da quando Dex si era trasferito. Una sera sua madre era tornata presto dal lavoro e li aveva trovati seduti fianco a fianco sul divano, a ridere per un film alla televisione. Si era scagliata contro Josie, facendole piovere in testa schiaffi a mano aperta, finché Dex non l'aveva allontanata. Josie si era rifugiata nella sua stanza e vi era rimasta finché non si era placata la discussione. Quella sera Dex se ne era andato e non era tornato per una settimana.

C'era stata una volta in cui pioveva a dirotto e Dex aveva lasciato la madre alla roulotte per andare a prendere Josie a scuola, in modo che non dovesse tornare a casa a piedi. All'inizio la madre non ci aveva dato peso, ma quando Dex si era addormentato aveva fatto irruzione nella camera di Josie, versandole addosso un secchio d'acqua fredda mentre dormiva. Svegliata di soprassalto, Josie si era ritrovata a fare i conti con una sfuriata d'insulti. Anche se Dex aveva notato la stanchezza di Josie nei giorni successivi, mentre il materasso si asciugava lei dormiva sul pavimento, non aveva fatto commenti.

I libri di scienza forense che Dex aveva trovato in un

negozio dell'usato per Josie erano stati bruciati nel barile di metallo fuori dalla roulotte mentre lui era al lavoro. Quando lui le chiese se le piacevano, lei non ebbe il coraggio di dirgli cosa ne aveva fatto sua madre. Forse avrebbe dovuto farlo. E forse lui se ne sarebbe andato. O forse avrebbe semplicemente seguito sua madre in camera e se la sarebbe sbattuta ancora. Josie non riusciva a capire il loro strano rapporto. Non aveva mai capito il rapporto di nessuno con sua madre. Tranne quello di Lisette: sua nonna odiava ferocemente sua madre.

Il colpo di grazia di quell'anno per lo più luminoso fu per colpa di Josie. Forse il fatto di avere qualcuno che le parlasse, che si preoccupasse di lei, che mostrasse interesse per lei, l'aveva resa più coraggiosa. O forse l'aveva semplicemente resa sciocca quanto Dex. Era in programma il ballo delle matricole, un ballo formale, e Ray le aveva chiesto di andarci con lui. Suo padre se n'era andato da un anno e lui stava finalmente vivendo la sua libertà: voleva che fossero normali e che andassero a un ballo come una coppia. Josie pensava di potersi truccare e pettinare da sola, come aveva visto fare a qualche altra ragazza nei bagni della scuola. Ma aveva bisogno di un vestito e non aveva molti soldi. Così aveva chiesto a Dex se potesse accompagnarla al negozio dell'usato e poi la sera stessa dare un passaggio a lei e a Ray al ballo. Ma Dex, immancabilmente, aveva fatto di più, accompagnandola davanti a un negozio di vestiti e dicendole che alla cassa c'era un acconto per qualsiasi vestito volesse. Il suo cuore cantò quando scelse un abito blu, sinuoso ma abbastanza sobrio, che secondo la commessa metteva in risalto i suoi occhi. Dex aveva anche una cugina che gestiva un salone di bellezza e le aveva fissato un appuntamento una volta finito al negozio.

Josie si riconobbe a malapena davanti allo specchio mentre Dex passava a riprenderla per portarla a casa e cambiarsi prima del ballo. «Ray non riuscirà a capacitarsi.» le disse sorridendo.

Josie non vedeva l'ora di vedere la faccia di Ray quando

sarebbero passati a prenderlo. In camera sua, indossò il vestito e si mise a volteggiare davanti allo specchio, sentendosi bella per la prima volta in vita sua. L'orologio sul comodino indicava che aveva solo pochi minuti prima che Dex la portasse a prendere Ray. Sua madre sarebbe stata al lavoro tutta la notte e Josie sperava che non venisse mai a sapere del ballo, del vestito, del trucco o del modo in cui Ray l'aveva fatta sentire quando le aveva chiesto di accompagnarla.

Gli occhi di Dex si illuminarono quando la vide. «Cavolo» disse. «Sei fantastica.»

«Grazie.» rispose Josie.

Erano in piedi davanti alla porta d'ingresso, pronti a uscire, quando Dex la fermò. «Aspetta.» disse. La prese per le spalle e la osservò. Per un attimo, un lampo di paura la attraversò e trasalì quando lui sollevò una mano, si leccò il polpastrello del pollice e sfregò un punto appena sotto l'occhio sinistro. «Mascara.» disse.

Josie rise nervosamente. Il palmo della mano rimasto sulla sua spalla era caldo. Non era mai stata così vicina a Dex. La vicinanza, unita all'ansia di andare al ballo, le dava le vertigini. Lui le sorrise. «JoJo» disse dolcemente. «Pensa a divertirti stasera, okay?»

Lei annuì.

«Ray è un ragazzo fortunato, piccola.»

Un impulso improvviso spinse Josie a sollevarsi sulle punte dei piedi e a posare un bacio sulla guancia di Dex. La sorpresa illuminò il volto di lui e per un attimo rimasero immobilizzati, il rossetto di Josie sulla guancia di lui, la mano di lui sulla spalla di lei, sorridendo stupidamente l'uno all'altra. In quel momento la porta si aprì: sua madre era lì, con una confezione da sei lattine di birra tra le braccia. Li fissò a lungo, cogliendo ogni dettaglio: il vestito, il trucco e i capelli, il modo in cui stavano vicini l'uno all'altra, le chiavi della macchina di Dex che ora penzolavano dalla sua mano libera.

Il cuore di Josie si fermò e contò due lunghi secondi prima che tornasse a tuonare come una bestia inferocita che cercava di uscire dal suo petto. Aspettò la furia della madre, che le lanciasse le lattine di birra sulla testa, o che si scagliasse contro di lei, strappandole il vestito e i capelli fino a renderle impossibile di mostrarsi in pubblico.

Ma non fece nulla. Rimase semplicemente lì. Poi chiese: «Che succede qui?»

Dex disse: «JoJo ha un ballo scolastico. Ci va con Ray. Ho promesso che li avrei accompagnati.»

La madre rivolse lo sguardo a Josie. «È tua nonna che ti ha portato di nascosto quella roba? È una maledetta impicciona.»

Josie avrebbe lasciato perdere. Sarebbe stata la cosa migliore. Ma Dex intervenne prima che avesse la possibilità di formulare la sua risposta. «No, l'ho fatto io, e non di nascosto. JoJo aveva bisogno di un vestito per il ballo e mia cugina fa la parrucchiera e la truccatrice, così le ho chiesto di aiutarmi.»

Sua madre strinse le palpebre fissandolo. «L'hai fatto *tu*?»

«Ma dai, Belinda. Non sei mai andata a un ballo scolastico? Dalle tregua. Non le permetti di vedere sua nonna. Suo padre è morto. L'unica persona che vede è quel nanerottolo di Ray. Vuole andare a un ballo, lasciala divertire.»

Josie si preparò all'attacco che sapeva essere inevitabile. Chiuse gli occhi e fece un respiro profondo, aspettando i colpi, il suo bel vestito stracciato, i lividi sul viso che avrebbero reso inutile il trucco.

Ma non arrivò. Sentì qualcosa che la sfiorava e quando aprì gli occhi, sua madre era seduta sul divano e si stava scolando una lattina di birra. Sia Josie che Dex la fissarono scioccati, ma lei si limitò a sorseggiare la birra, prese il telecomando e accese il televisore. Quando si rese conto che entrambi la stavano ancora guardando, disse: «Beh, allora è meglio che andiate.»

Uscirono, lasciando che la porta della roulotte si chiudesse dietro di loro, con un'aria frizzante come se fossero sfuggiti per un soffio a qualcosa di enorme. Non parlarono e non si guardarono per tutto il tragitto verso casa di Ray.

Ray, ignaro dell'accaduto, pensò che fosse tesa per il ballo. Lei cercò di divertirsi, di concentrarsi su Ray e sul modo in cui lui continuava a guardarla come un tesoro prezioso; ma con la mente continuava a tornare alla calma terrificante di sua madre, seduta placidamente sul divano a bere birra.

Quando più tardi Dex riportò Josie a casa, sua madre sembrava non essersi mossa di un millimetro, tranne che per la bottiglia di vodka che aveva davanti. Dex disse: «Vado a letto. Tu vieni?»

«No» rispose lei. «Penso che resterò in piedi per un po'. Magari dormirò alla TV.»

CINQUANTOTTO

L'ansia rodeva le viscere di Josie mentre guidava da sola verso l'indirizzo di Dexter McMann che Gretchen le aveva dato. Prima di arrivare alla macchina, Noah aveva raddoppiato gli sforzi per seguirla, ma alla fine aveva fatto come gli era stato detto, facendosi da parte e mandando due auto di pattuglia a sorvegliare Rockview Ridge e la casa di Misty Derossi. In auto, Josie telefonò a Misty e le spiegò goffamente che aveva ricevuto delle minacce a causa del suo lavoro e voleva assicurarsi che non si estendessero ai suoi cari. Fortunatamente per Josie, Misty era troppo debole e stanca per farle tante domande, perché si doveva occupare di Harris che era malato. Josie ebbe una conversazione simile con l'amministratore di Rockview, che promise di rafforzare le misure di sicurezza. Gretchen era impegnata a completare le pratiche per l'arresto di Needle. Avrebbero avuto il loro bel da fare fino al ritorno di Josie.

Fairfield era una piccola città nella Contea di Lenore, a sud della Contea di Alcott, e per buona parte era costituita da fattorie e aree di caccia.

La Escape si arrampicò sui tornanti delle strade di montagna, poi su tortuose strade a una sola corsia, attraverso chilometri di terreni agricoli. Se il pensiero di rivedere Dex non le avesse dato la nausea, Josie si sarebbe goduta il paesaggio idilliaco.

L'indirizzo che Gretchen le aveva dato la condusse a una casa a un piano, con un rivestimento bianco scolorito e diverse appendici costruite malamente ai lati. Si trovava a duecento metri di distanza dalla strada, alla fine di un vialetto di ghiaia. Un vecchio pick-up rosso era parcheggiato fuori dalla veranda frontale. Josie vide diversi tronchi d'albero tagliati che si ergevano come sentinelle nell'erba di fronte alla casa. Avvicinandosi, si accorse che molti di essi erano stati intagliati a forma di animali: un orso, un'aquila e un grande gufo. Su uno dei tronchi era stato inciso il volto di un uomo, con una lunga barba fluente che arrivava fino a terra. Erano stupefacenti. Parcheggiò e si avvicinò. Nell'erba alta ce n'erano altri ai suoi piedi, più piccoli: un'anatra e un coyote addormentato.

Udì una voce maschile: «Partono da trecento. L'aquila è già venduta, spiacente. Ne ho altri sul retro. Ho appena finito la mia prima sirena.»

Sentì i suoi passi avvicinarsi a lei. Non voleva voltarsi, per affrontarlo, ma era arrivata e non poteva scappare.

«Ho anche... un paio di draghi, se le piace questo genere di cose. Sono molto richiesti di questi tempi. Ultimamente c'è una grande richiesta di creature mitologiche. Pensavo di provare con un unicorno, ma non...» Le parole gli morirono sulle labbra quando Josie si girò.

Pietrificato sul posto, la fissò. Era sempre stato alto, e negli anni trascorsi dall'ultima volta che l'aveva visto era ingrassato. Ora sembrava più robusto, forte e corpulento nei jeans macchiati e strappati e in maglietta nera aderente sul petto. Era sempre stato bello. Fino all'incendio.

Aveva sperato che le cicatrici sarebbero migliorate con il tempo, o che lui avrebbe trovato un chirurgo plastico in grado di ripristinare le fattezze perdute, ma guardandolo, vide che il suo viso portava ancora i segni pesanti e indelebili dell'ira di sua madre.

«Non ti vedo da quasi vent'anni, JoJo.» disse lui, con voce roca.

«Josie» disse lei. «Mi chiamo Josie.»

Lui sorrise e il lato del suo viso che non si era ustionato si sollevò. «Lo so» disse. «Josie Quinn. Alla fine, hai sposato Ray. Mi è dispiaciuto sapere della sua morte. Eravate due gocce d'acqua.»

«Avevamo scoperto di essere persone molto diverse.» disse Josie.

Annuì. «Sì, beh, suppongo sia così, no? Ti vedo sempre al notiziario da quando hai risolto il caso di tutte quelle ragazze scomparse e sei diventata capo. Hai fatto strada.»

Josie fece un passo verso di lui. Passò un dito lungo il fianco dell'enorme scultura dell'orso. «Sembra che anche tu ne abbia fatta.»

Lui alzò le spalle. «Me la cavo. È meglio che andare a lavorare ogni giorno e avere a che fare con il pubblico.» Fece un cenno al lato della testa. Le ustioni gli avevano tolto una parte dei capelli dietro la tempia sinistra. «Diventa noioso rispondere alle domande, sai?»

Lei non lo sapeva, ma annuì lo stesso. «Ti hanno fatto un occhio di vetro» disse. «Sembra buono.»

Le sue dita sfiorarono l'orbita sinistra. «Sì, mi fa sembrare più umano, credo.»

Un silenzio sgradevole piombò tra di loro. Josie si voltò e tornò a guardare le sculture. «Sono fantastiche, Dex. Non avevo idea che tu sapessi fare queste cose.»

«Cosa ci fai qui, JoJ... Josie?»

Lei indicò la veranda di casa. Non c'erano sedie, solo un paio di gradini su cui potevano accomodarsi. «Possiamo sederci?»

Lui la accompagnò e si sedettero fianco a fianco sul gradino.

Per un paio di minuti fissarono il cortile aperto, ammirando come la brezza scompigliava le cime degli alberi che costeggiavano la strada. Poi Dex disse: «Non te l'ho mai detto, mi è mancata l'occasione, ma non è stata colpa tua.»

Josie deglutì per un istantaneo nodo alla gola. «Balle. È stata tutta colpa mia. Mi dispiace tanto Dex, davvero.»

Lui sbatté la coscia contro la sua. «Smettila. Non sappiamo nemmeno se è stata lei. È stata solo una strana coincidenza.»

«Qualcuno ti dà fuoco ai capelli mentre dormi? Una notte in cui casualmente lei si addormenta sul divano, fuori pericolo? Sai bene quanto me che è stata lei a farti questo. E l'ha fatto a causa mia.»

«Tu eri una bambina. Belinda era pazza.»

«Lila» disse Josie. «Il suo vero nome era Lila Jensen.»

«Cosa? Che cosa intendi dire?»

Lei gli raccontò tutto e lui rimase a lungo senza parlare dopo che ebbe finito. Poi disse: «Viene da chiedersi cos'altro abbia fatto facendola franca, non è vero?»

Josie annuì.

«Cosa vuoi da me?»

«Una fotografia» rispose Josie. «Se ne hai conservata una. So che è un'ipotesi azzardata. Probabilmente io non avrei conservato una foto della donna che mi ha sfigurato.»

Fissò la strada. «Infatti.»

La delusione gravava sulle spalle di Josie. Prima che potesse trasformarsi in una vera e propria disperazione, Dex disse: «Ma ho conservato una tua foto. E si dà il caso che ci sia anche tua madre. Per tutto questo tempo ho pensato che fosse una sfortuna.»

CINQUANTANOVE
JOSIE – QUATTORDICI ANNI

Josie si svegliò per le urla di Dex, da animale selvaggio preso in trappola, che avrebbero infestato i suoi sogni per gli anni a venire. Si alzò dal letto con un balzo e corse in corridoio, del fumo fuoriusciva dalla stanza di sua madre, dove la testa di Dex era una palla di fuoco. Lui correva in giro lanciandosi contro le pareti come se fosse bloccato in un flipper. Sul letto, uno dei cuscini era in fiamme e il fuoco si stava diffondendo rapidamente sul copriletto. Una folata d'aria proveniente dalla finestra aperta fece volare la tenda verso le fiamme, prendendo fuoco. Dex si sbatteva furiosamente le mani sul cranio, ma le fiamme stavano prendendo il sopravvento più velocemente di quanto lui riuscisse a spegnerle.

Josie corse in camera sua e prese il piumino dal letto. Tornata nella stanza della madre, urlò il nome di Dex per attirare la sua attenzione, ma lui sembrava non sentirla. Alla fine, salì sul letto, cercando di stare sul lato che non bruciava, e mentre lui le passava accanto, gli gettò addosso il piumino. Le sue mani trovarono la forma dura e rotonda del suo cranio e lo martellarono con entrambi i palmi. Lui continuava a urlare. Doveva portarlo fuori dalla stanza. Saltando giù dal letto, lo guidò verso la porta. Lui inciampò e cadde nel corridoio. Josie si chiuse la porta alle spalle, nel tentativo di contenere il fuoco, e cercò le braccia di Dex sotto il piumone. La sua mano si chiuse intorno a una delle sue. «Dex» disse. «Vieni. Dobbiamo andare.» Lui barcollò, ma si rimise in piedi. Il piumone era ancora sopra la sua testa e da sotto fluttuavano dei viluppi di fumo. L'odore di carne bruciata bruciò le narici di Josie mentre lo guidava in salotto, verso la porta d'ingresso. Sua madre li osservava dal divano, immobile, con un bicchiere di vodka in una mano e un sorriso soddisfatto sulle labbra.

SESSANTA

Josie si fermò prima di risalire in macchina per scattare con il cellulare una foto del volto di Lila. La inviò a Noah e Gretchen perché la diffondessero il più rapidamente possibile agli organi di informazione. Mentre guidava, la foto rimase sul sedile del passeggero, attirando il suo sguardo senza tregua. Sua madre stava fuori dalla roulotte, snella ma formosa, indossava un paio di jeans e una maglietta scollata color lavanda. I lunghi capelli neri e lucenti le scendevano sulle spalle. Il viso sottile, gli zigomi alti, il mento squadrato e gli occhi azzurri leggermente inclinati le conferivano un aspetto esotico. Josie ricordava bene il flusso costante di attenzioni maschili che Lila Jensen attirava, quando lo voleva.

Josie aveva tredici anni e stava accanto alla madre con un prendisole senza maniche di due taglie più grande della sua; i suoi occhi azzurri erano assenti. Sono qui, ma non del tutto, diceva la sua espressione, la sua postura rigida e il corpo che si allontanava dalla madre anche se erano spalla a spalla.

Josie non ricordava che le fosse stata scattata quella fotografia. Conoscevano poche persone in possesso di una macchina fotografica e generalmente Lila non permetteva che la usassero. Ora era chiaro il perché. Josie era grata che Dex avesse conservato questa foto. Era la pista più tangibile.

Alla centrale, Gretchen riferì che c'erano quattro Lila Jensen in Pennsylvania, e solo una di loro aveva l'età della madre di Josie, e aveva avuto un appartamento a Bellewood nel 1983 prima di sparire per sempre dalla circolazione. Era un vicolo cieco. L'unica cosa che sapevano con certezza era la sua vera data di nascita. Non a ottobre, ma a luglio. Josie si trovò di fronte a un cumulo di scartoffie sulla sua scrivania, frutto di incombenze amministrative che aveva rimandato per tutta la settimana. Per il nervosismo che la invadeva, cominciò a picchiettare la penna ritmicamente sulla scrivania mentre si sedeva sulla sedia, cercando di concentrarsi. Chiamò per sapere come stavano Misty e Harris. Poi chiamò di nuovo Rockview: nessuna segnalazione fuori dall'ordinario.

Gretchen aveva rintracciato Lila Jensen nel sistema di affidamento, ma in una contea lontana molte miglia, il cui ufficio dei Servizi Sociali aveva difficoltà a recuperare un fascicolo così vecchio. Josie temette che il fascicolo di Lila Jensen fosse sparito insieme a quello di Belinda Rose. Si chiese se il giudice Malcolm Bowen ci avesse avuto a che fare prima di morire. Era l'unica persona che avrebbe avuto abbastanza influenza da far sparire due fascicoli di affidamento. Ancora una volta, le tornò il pensiero che Sophia Bowen non fosse stata sincera quando l'avevano interrogata. Ora che avevano una foto, forse potevano convocarla, interrogarla formalmente e vedere se riuscivano a ottenere qualcosa di più da lei. Telefonò a casa Bowen, ma rispose la segreteria telefonica. Lasciò un messaggio in cui chiedeva se Sophia potesse venire in centrale per un interrogatorio formale e le fornì il numero del suo ufficio e del cellulare. Ora stava a Sophia.

Rinunciando all'idea di samltire le pratiche, Josie decise di andare all'Eudora e di affrontare Trinity. Ma quando Josie bussò alla porta della sua stanza nessuno le aprì. Aspettò nel corridoio per un quarto d'ora, inviò un messaggio a Trinity per avvisarla, ma non ottenne risposta.

La notte scese intorno a lei mentre si allontanava dall'hotel e girava senza meta per la città finché la stanchezza non cominciò a bruciarle gli occhi. Voleva continuare a muoversi, a fare qualsiasi cosa che potesse tenere a bada i ricordi. Ma l'orologio sul cruscotto segnava mezzanotte e Noah le aveva già mandato due messaggi per ricordarle che aveva bisogno di riposare; le aveva suggerito di restare ancora da lui per la sua sicurezza.

Noah.

Le luci di casa si accesero quando lei vi si fermò davanti. La fece entrare senza proferire parola. I suoi folti capelli castani erano ancora bagnati dalla doccia e indossava pantaloncini e una maglietta della polizia di Denton.

Josie andò di sopra e si mise i pantaloni della tuta e una maglietta. Si sedette sul divano, fissando il suo riflesso sullo schermo nero: viso tirato, occhi tormentati.

Noah la raggiunse sul divano. Non c'era dirty chai latte. Nessun panino con le polpette. Non le chiese nemmeno se avesse mangiato. Sapeva che questa volta era davvero arrabbiato con lei; non era stata sincera con lui riguardo a Needle e poi era scappata a parlare da sola con Dex. «Mi dispiace.» disse.

«Rispetterò i tuoi limiti» disse Noah. «Non c'è bisogno che tu mi escluda.»

«Non... non è così, io...»

Noah fece un cenno con la mano. «Va tutto bene. Lascia che ti proteggiamo. Hai un intero dipartimento a tua disposizione. Se qualcuno della tua squadra fosse stato rapinato e aggredito nella stessa settimana, lo avresti messo sotto protezione... sai che l'avresti fatto.»

Questo era vero. Era vero anche che non le piaceva ammettere debolezza o vulnerabilità, e di certo non voleva che i suoi agenti la vedessero in quel modo. «Ci proverò.» disse.

«La foto di Lila Jensen è andata in onda al notiziario delle undici» disse Noah. «È già online su tutti i canali di informazione locali. Sarai avvisata immediatamente se arriverà qualche buona soffiata.»

«Grazie.»

«Gretchen ha cercato di ottenere qualcosa da Zeke, ma lui si è rifiutato di parlare.»

Josie tenne gli occhi puntati sul suo riflesso nel televisore. «Ti avevo detto che non l'avrebbe fatto. Non ha nulla da perdere. Diceva sul serio, non si metterebbe mai contro mia madre, nemmeno se sapesse dove si trova.»

«Josie, pensi davvero che sia così pericolosa? Che se la prenderebbe con tua nonna o con Misty e il bambino?»

Lei scosse la testa. «Forse non direttamente. Hai visto... si è servita di qualcun altro per rapinare casa mia. Dubito che si intenda di computer. Deve aver fatto lo stesso con gli annunci su Craigslist. Probabilmente uno di quei ragazzini idioti che lavorano al negozio Spur Mobile le ha dato il mio numero... anzi, magari è proprio quel ragazzo che pubblica gli annunci. Lei usa le persone; ci sono sempre state persone disposte a fare cose per lei in cambio di droghe o favori o perché lei sapeva qualcosa su di loro. Ci sta lavorando da più di un mese. Non si fermerà finché tutto ciò che amo non sarà scomparso.»

Noah lasciò passare un momento. Lei percepì che stava cercando di trovare un modo delicato per porre la domanda. «Perché... perché lei...»

Josie lo guardò negli occhi. «Perché mi odia così tanto?» Lui distolse lo sguardo.

«Va tutto bene. Guarda.» Lei si scostò i capelli dal viso e si girò in modo che lui potesse vedere la lunga cicatrice argentata che le correva lungo il lato del viso. «Me l'ha procurata quando avevo sei anni. L'uomo che hai portato in centrale stasera, Zeke, la fermò. Lo chiamavo Needle perché non sapevo il suo nome, e si portava sempre appresso degli aghi.»

«Mi dispiace.» disse Noah.

«Penso che questa sia stata la cosa meno orribile che ha fatto. L'uomo da cui sono andata oggi era il suo ragazzo. Era arrabbiata con lui per qualcosa che avevo fatto io, così gli ha dato fuoco ai capelli mentre dormiva. O almeno, sospetto che l'abbia fatto. Non ci sono mai state prove. Fumavano entrambi e si pensò che lui si fosse addormentato con una sigaretta accesa in bocca. Ma io so che è stata lei.»

«Cristo.»

«Al secondo anno di università ho avuto qualche... problema. Ero depressa. Bevevo troppo. Sono andata da un terapeuta. Non ci andai a lungo, ma quello che ne ricavai fu la consapevolezza che mia madre odiava tutti, non solo me.» La risata che le venne era priva di ironia. «In altre parole, non c'è nulla di personale. Si preoccupa solo di se stessa, il che significa che si interessa agli altri solo se hanno qualcosa che lei vuole o di cui ha bisogno. Una volta esaurito il loro compito, prova piacere nel farli soffrire. È meschina, gelosa e vendicativa; soprattutto, è imprevedibile. E molto, molto pericolosa.»

«Non ne avevo idea.» disse Noah.

«Certo che non lo sapevi. Nessuno lo sa. Non è una cosa di cui parlo. Mai. Solo Ray sapeva com'era veramente e comunque non tutto. Per molto tempo sono stata la sola cosa che trattenesse mio padre. Quando lui se ne fu andato, lei mi tenne lontana da mia nonna solo per crudeltà. Quindi, la risposta alla tua domanda è che mi odia perché è così. Quello che non so è perché sia tornata. Perché proprio ora?»

Una sensazione di stanchezza profonda fino alle ossa la attraversò mentre parlava. Chiuse gli occhi e un attimo dopo sentì la mano di Noah scivolare nella sua, stringendola delicatamente. Non c'era nulla che lui potesse dire per confortarla e lei apprezzò il silenzio che le aveva concesso. Lei ricambiò la stretta.

Quando riaprì gli occhi, lo sorprese a fissarla intensamente. Per quanto fosse stanca, l'elettricità tra le loro mani intrecciate le diede una scossa. Con l'altra mano, Noah si avvicinò e le premette un palmo sulla guancia. Era caldo e Josie vi si abbandonò. Le lacrime affiorarono agli occhi e lei le respinse chiudendo le palpebre. Non era sicura di poter sopportare questo tipo di tenerezza. Lui cercò il suo viso e si chinò leggermente, con le labbra a pochi centimetri dalle sue, saggiando l'aria che li separava. Lei sollevò le labbra verso le sue e lui la baciò, a lungo, lentamente e profondamente, finché le gambe di lei non si indebolirono e tutto il suo corpo formicolò. Baciarlo era strano e non era come se lo aspettava; era meglio di qualsiasi cosa si fosse mai aspettata, e questo la terrorizzava.

Lui ruppe il bacio ma le rimase vicino, premendo la fronte contro la sua, respirando l'uno nell'altra per un momento.

«Noah» disse lei. «Non... non dovresti...»

«Cosa?»

«Tu non mi vuoi. Tu sei così bravo e io sono troppo... danneggiata.»

Lui spostò la testa all'indietro quel tanto che bastava perché lei potesse vedere il suo sorriso. Le sfiorò le guance. «No» disse con assoluta convinzione. «Non sei danneggiata. Sei straordinaria.»

Quando le loro bocche si incontrarono fu come se i loro corpi prendessero fuoco; poi si avvicinarono, sfilandosi i vestiti a vicenda. Con le mani e le labbra frenetiche di Noah sul suo corpo, il trauma degli ultimi giorni svanì. C'erano solo lui e le sensazioni che provocava nel suo corpo. Era come cercare di fermare l'incendio di una foresta con un annaffiatoio, ma da qualche parte, nel profondo, la parte più ragionevole di lei la fece indietreggiare. Non voleva più essere quella persona, una donna che usava il calore e l'estasi del sesso per tenere a bada i suoi demoni quando pensava che potessero sopraffarla.

«Basta» disse Josie. «Dobbiamo fermarci.»

Le sue ultime due relazioni erano state dei colossali fallimenti. Forse non del tutto a causa del sesso e del whisky che usava per sfuggire ai suoi sentimenti, ma erano comunque fallite.

La bocca di Noah era calda contro la sua gola. Lo spinse via con delicatezza, svincolandosi e alzandosi in piedi. Aveva bisogno di una certa distanza tra loro, anche se ogni cellula del suo corpo desiderava essere di nuovo vicina a lui.

Il petto di lui si gonfiò. «Cosa c'è?» ansimò lui, fissandola. Era riuscita a togliergli la camicia. La cicatrice vicino alla spalla destra, dove lei gli aveva sparato durante il caso delle ragazze svanite, attirò il suo sguardo. Lui l'aveva perdonata facilmente, ma il senso di colpa era rimasto in lei.

«Ti meriti di meglio.» gli disse.

Aggrottò la fronte.

«Cosa?»

«Non... non sono abbastanza per te.»

Lui saltò in piedi. Era in boxer e lei poté vedere che era pronto per lei. «Credo che questo sia un giudizio che devo dare io, non tu.» disse.

Lei si accorse improvvisamente del contatto dell'aria sulla sua pelle. Si guardò intorno ma non vide la sua maglietta da nessuna parte. Piegò le braccia sul reggiseno e lo guardò negli occhi. Emozioni di ogni tipo si agitavano dentro di lei. Cercò di trovare una sorta di concentrazione. «Noah» disse, «questa non è una buona idea.»

Lui alzò una mano per toccarla, ma lei si ritrasse, fuori dalla sua portata. Lo spigolo del tavolino le incise i polpacci. La confusione negli occhi di Noah fu sostituita dal dolore. Quella vista le sembrò un coltello nel petto.

«Mi dispiace» riuscì a dire. «È solo che non penso...»

Il suono dei loro cellulari che squillavano contemporaneamente la interruppe. Cercando alla cieca il suo telefono, Noah non staccò gli occhi da lei.

«Sul tavolo.» disse Josie mentre cercava il suo. Lo trovò tra i cuscini del divano. Aveva smesso di squillare, ma la chiamata persa proveniva dalla centrale. Noah stava già parlando con qualcuno. «Sì, ho capito» disse. «Sto arrivando.»

«Cosa c'è?» chiese Josie.

Sospirò e si passò una mano tra i capelli. Non la guardò. «Una grande festa universitaria in una di quelle grandi case fuori dal campus. Hai presente, sulla Turner Hill?»

«Quelle con il grande dislivello alle spalle?»

«Sì, dove scorre il torrente. Uno dei vicini ha chiamato la polizia per il rumore. È arrivata una pattuglia, un gruppo di ragazzi è uscito di corsa dal retro e uno di loro è caduto dalla discesa cercando di scappare. È vivo, ma è stato trasportato in volo al Geisinger.»

«Dio mio.»

Noah trovò la sua maglietta sul pavimento accanto al divano e la indossò. «Hanno arrestato un sacco di minorenni per stato di ebbrezza. Vado a dare una mano.»

Sparì su per le scale. Dal piano di sopra, Josie poteva sentirlo aprire e chiudere i cassetti della sua camera da letto. Quando tornò giù, indossava i jeans e la fondina a tracolla.

Con le braccia ancora conserte sul busto seminudo, Josie si avvicinò a lui. «Vengo con te.»

Lui scosse la testa e prese le chiavi dal tavolino. «Posso gestire una festa universitaria. Vai di sopra. Devi dormire.»

Josie gli guardò la schiena mentre si allontanava da lei verso l'atrio e sentì il panico nascere nel profondo del petto. «Devi stare attento» esclamò correndogli dietro. «Mia madre proverà a cercare anche te. Saprà...»

La mano di Noah era sulla maniglia, ma ancora non la guardava. «Che cosa sa?»

Si avvicinò alla sua schiena e le sue dita sfiorarono la camicia. Una vampata di calore le salì sulle guance. «Che io...» Si interruppe. Sotto la camicia, vide i muscoli delle sue spalle tendersi. Ci riprovò. «Che io tengo a te.»

Lui aprì la porta. Da sopra la spalla disse: «Chissà perché, ma non credo che sia vero.» Poi se ne andò.

SESSANTUNO

I numeri verdi dell'orologio digitale di Noah annunciavano che erano passate le dieci del mattino. Josie si alzò di scatto, scostando le coperte. La luce del sole faceva capolino ai bordi delle tende della sua camera. Perché mai non l'aveva svegliata? Era davvero così arrabbiato con lei? Era tornato a casa? Prendendo il cellulare dal comodino, vide che non c'erano messaggi. Qualcosa non quadrava. Si mise i primi vestiti che trovò e scese al piano di sotto. Tutto era esattamente come l'aveva lasciato quando era salita nella camera di Noah la sera prima. La caffettiera era vuota, segno che non era tornato a casa.

Un seme di inquietudine le si depositò alla bocca dello stomaco. Da quando era diventata capo, non c'era stato un solo giorno in cui non avesse ricevuto almeno tre telefonate prima delle dieci del mattino, anche nei giorni di riposo. Corse al piano di sopra per prendere le sue cose prima di precipitarsi in macchina. Saltando su, il suo piede destro cercò l'acceleratore ma non lo trovò. Fu allora che notò quanto il sedile fosse arretrato rispetto al volante.

«Ma che diavolo...?»

Un brivido di panico la attraversò lentamente. Fece slittare il sedile e infranse tre regole del codice della strada per arrivare alla centrale. Il sergente Lamay era seduto alla scrivania dell'ingresso. Josie capì dai suoi occhi spalancati che qualcosa non andava. Attraversò la porta che separava il pubblico dal resto dell'edificio e avanzò verso Lamay. «Che diavolo sta succedendo?»

Lamay rispose in un sussurro. «C'è stato un incidente. Beh, un omicidio. Brutto. Boss... so che non sei stata tu. Lo sappiamo tutti. Ma il comandante dei vigili del fuoco ha chiamato il sindaco perché non si fidava che se ne occupassero Fraley o Palmer. O almeno è quello che ha detto quando si è presentato qui con il sindaco qualche ora fa.»

Il cuore di Josie cominciò a battere forte, il brivido che aveva sentito poco prima ora era un intenso tremore. «Qualche ora fa?» sibilò.

Lamay guardò dietro di lei per assicurarsi che fossero ancora soli. «Stavano per venire a prelevarti.»

«Prelevarmi? Intendi arrestarmi?»

Lamay annuì. Si chinò verso di lei e la sedia scricchiolò sotto la sua struttura rotonda. «Puoi ancora andartene» le disse. «Mi occuperò io delle telecamere.»

Josie gli mise una mano sulla spalla. «Grazie, ma non è necessario.»

«Boss, è una brutta faccenda.»

«Non vado da nessuna parte. Sono il capo della polizia di questa città e questo è il mio dipartimento, la mia centrale. Dove sono?»

Lamay si incurvò, si sistemò uno dei bottoni della camicia dell'uniforme. «Nella sala conferenze.»

Josie si voltò per andarsene, ma si fermò prima di raggiungere il corridoio che l'avrebbe portata ancor più addentro all'edificio e più vicina al suo destino. Pensò a sua nonna, poi a Misty e al piccolo Harris. Lo stomaco le si riempì di un senso di nausea.

«Lamay» disse. «La vittima. Per caso era una donna? O un bambino?»

«No» disse lui. «Era il proprietario di quella autofficina tra la Sesta e la Seller. Non troppo lontano da dove Zeke è stato prelevato l'altra sera.»

Il colore del viso di lei svanì.

«Stai bene, Boss?»

No. Non stava bene. Le mancavano le parole. Si sostenne con una mano contro il muro.

«Lo conoscevi?» chiese Lamay.

La bile le salì in fondo alla gola. «Più o meno.»

SESSANTADUE

Il sindaco Tara Charleston presiedeva il tavolo della sala conferenze con uno sguardo freddo che faceva accapponare la pelle. Non erano mai andate d'accordo e Josie sapeva che il sindaco aspettava solo una buona occasione per rimuoverla dal suo incarico di capo. O "capo ad interim" come amava chiamarla. Josie non sapeva cosa diavolo stesse succedendo, ma qualunque cosa fosse, c'era una buona probabilità che potesse porre fine alla sua carriera.

«Capo Quinn» disse quando Josie entrò dalla porta. «Stavamo per mandare qualcuno a cercarla.»

«Ci scommetto.» disse Josie.

Gretchen e Noah erano seduti l'uno accanto all'altra a un lato del tavolo. Avevano entrambi un'aria stanca e angosciata. Un filo di barba copriva il viso di Noah. Quando incrociò lo sguardo di Josie, l'espressione di dolore e confusione fu come uno schiaffo fisico. Avrebbe voluto che le cose tra loro non fossero finite in modo così imbarazzante la sera prima. Il sorriso facile di Gretchen era sparito. Ogni tratto lasciato sul suo viso dai suoi quarant'anni era evidente. Sembrava che fossero entrambi trattenuti contro la loro volontà. Forse era così; le sembrava assurdo che nessuno dei due non avesse provato ad avvertirla. A meno che Noah non fosse davvero così ferito. Poi vide i loro telefoni affiancati alla mano destra di Tara. «Che succede?» chiese, tirandosi su dritta e alta.

«Boss...» cominciò Gretchen.

«Detective.» la ammonì Tara.

Una rabbia cruda si accese sul volto di Gretchen mentre guardava Tara. Noah le diede una gomitata, chiedendole in silenzio di mantenere la calma. Lei tacque ma scosse la testa, con una vena della fronte che pulsava. Josie non ricordava di averla mai vista così arrabbiata.

«Si sieda.» disse Tara.

Josie incrociò le braccia. «Penso che resterò in piedi.»

«Come vuole.» Tara si girò leggermente sulla sedia e schiacciò un tasto di un portatile dell'ufficio, dando vita allo schermo. «Durante la notte scorsa, verso le tre del mattino, lei, o una donna che le assomiglia molto, ha guidato la sua Escape, o un veicolo identico al suo con lo stesso numero di targa, fino alla carrozzeria Ted's Auto Body, dove il proprietario, Ted Heinrich, è stato legato a una sedia, picchiato e dato alle fiamme. Non è sopravvissuto.»

Josie deglutì ma non disse nulla.

Tara girò il portatile verso Josie in modo che potesse vedere lo schermo. Premette un altro tasto e iniziò la riproduzione di un video. Nell'angolo in alto a sinistra del video, Josie riuscì a distinguere la scritta ROWLAND INDUSTRIES. Ted Heinrich aveva evidentemente acquistato un'apparecchiatura di videosorveglianza ad alta definizione. Il top di gamma. Il suo sguardo tornò all'inquadratura dall'alto sulla facciata della carrozzeria. Un vialetto di cemento con un'enorme macchia di grasso conduceva a due grandi serrande da garage, le cui finestre erano dipinte di bianco. A destra delle serrande c'era una porta normale con una scritta sopra: Ufficio. Studiando l'angolo della schermata, Josie riuscì a vedere parte della GTO Mustang del 1965 rossa di Heinrich. Vederla la fece sentire male.

Pochi secondi dopo, una Escape si fermava coprendo completamente la macchia di grasso. Quando Josie riconobbe la targa della sua auto, desiderò di aver accettato di sedersi. Le luci dei freni si spengevano e la portiera del lato guida si apriva.

Josie scendeva dall'auto. Indossava una maglietta gialla, dei jeans e un paio di scarpe da ginnastica bianche. Sembravano nuovi. Josie sentì tre paia di occhi che la scrutavano, ma mantenne la calma mentre il suo cervello lavorava a velocità supersonica per dare un senso a ciò che stava osservando. Per una frazione di secondo, dubitò di se stessa. Era stata drogata? Era sonnambula? Aveva guidato fino all'azienda di Ted Heinrich durante la notte e lo aveva ucciso? Di certo ci aveva fantasticato sopra nel corso degli anni. Ma no, si rese conto, ricordando che il sedile era fuori posizione quando era salita in macchina quella mattina. Si trattava di qualcosa di diverso.

Sullo schermo, la donna chiudeva la portiera, si allontanava di due passi dalla Escape e si guardava intorno. I suoi occhi cercavano verso l'alto, scorrendo fino a individuare la telecamera, fissandola. Josie riconobbe il suo volto. Contò i secondi che passavano nella sala conferenze. Uno, due, tre, quattro. Poi la donna si allungava raccogliendosi i lunghi capelli neri con entrambe le mani, come a volerli legare in una coda di cavallo, e li spostava di lato, in modo che la chioma ricadesse sulla clavicola sinistra. Inclinava la testa leggermente verso sinistra, quasi come se stesse ascoltando qualcosa. Ma non stava ascoltando nulla. Stava esponendo il suo profilo. Il lato destro del viso era morbido, liscio e senza macchie alla luce della luna.

«Trinity.» mormorò Josie.

Trinity oltrepassava la porta dell'ufficio.

Tara si avvicinò e fece avanzare velocemente il video, fermandolo quando Trinity tornava fuori, con i vestiti sgualciti e coperti di qualcosa di scuro come olio, sangue, o entrambi, secondo Josie. Questa volta, nella fretta di raggiungere l'Escape, non si preoccupava di guardare la telecamera. In pochi secondi, sia Trinity che la Escape sparivano. Tara chiuse il portatile.

Gretchen disse: «Il sindaco ha ordinato che delle pattuglie si recassero a casa tua per prelevare te e il tuo veicolo per il trattamento delle prove, ma tu non c'eri.»

Noah sapeva dov'era, ma non l'aveva detto. Perché la stava proteggendo o perché sapeva che, se il sindaco avesse scoperto che aveva dormito a casa sua, anche lui ci sarebbe andato di mezzo?

«Capo Quinn» disse Tara, «l'unico motivo per cui non è ancora stata schedata nella prigione della contea è che il tenente Fraley ci ha detto che non può essere lei in quel video. Soprattutto perché, a differenza della donna in questo filmato, lei ha una cicatrice sul lato destro del viso.»

Josie si sollevò i capelli e girò il viso in modo che Tara potesse vedere bene il segno che sua madre le aveva lasciato a soli sei anni.

«Bene» disse Tara. «Sembra che abbia una sosia.»

«C'è di più» disse Gretchen. «Glielo dica.»

Tara sembrava riluttante, ma aggiunse: «Abbiamo trovato quella che crediamo sia la sua vecchia fede nuziale sulla scena del crimine, ma la detective Palmer mi ha riferito che tutti i suoi gioielli sono stati rubati da casa sua solo pochi giorni fa, pertanto, è impossibile che li abbia lasciati lei sulla scena del crimine.»

«È ovvio che si tratta di una montatura.» concluse Gretchen.

Josie intervenne: «Dovrebbe parlare con Trinity Payne, la giornalista. Alloggia all'Eudora Hotel. Stanza 227.»

«Perché Trinity Payne avrebbe dovuto uccidere un uomo cercando di incastrare lei?» domandò Tara.

Perché mai Trinity avrebbe dovuto uccidere un uomo? si

chiese Josie. Ma ciò che la tormentava di più era perché proprio Heinrich e perché in quel momento. Che legame aveva Trinity con quell'uomo?

La storia per il servizio.

Josie se lo lasciò quasi sfuggire ad alta voce, ma si fermò all'ultimo momento. Trinity avrebbe fatto di tutto per una storia, e lei voleva una storia su Josie. Ma poi Josie l'aveva respinta ripetutamente. Aveva forse iniziato a scavare da sola nel suo passato? Ma anche in tal caso, come aveva fatto a scoprire il legame con Heinrich? Nessuno sapeva di lui. Non lo aveva raccontato nemmeno a Ray. C'erano solo quattro persone che sapevano cosa era quasi successo tanti anni prima: Heinrich, Josie, Needle e Lila.

La maledetta Lila.

«Trinity deve essere stata costretta» disse Gretchen. «Qualunque cosa sia successa in quella carrozzeria, Trinity è stata obbligata a fare la sua parte. È il volto di una rete nazionale. Perché avrebbe fatto una cosa del genere se non sotto costrizione?»

«Non sembrava obbligata» precisò Tara. «Ed era sola. È arrivata in macchina, è entrata, e dopo quasi un'ora è tornata fuori da sola. Come poteva essere stata costretta se ci è andata di sua spontanea volontà?»

Trinity ci sarebbe andata di sua spontanea volontà per ottenere in cambio una storia. Lila doveva averle dato qualche informazione. Ma come? Trinity aveva in qualche modo rintracciato Lila? No, nemmeno la polizia di Denton era riuscita a rintracciare quella donna. Trinity disponeva di alcune delle migliori risorse per trovare persone e informazioni, ma di certo non era riuscita a trovare sua madre quando tutti gli altri si erano scontrati con una serie di muri.

Il che significava che Lila l'aveva contattata in qualche modo e Trinity aveva accettato di incontrarla. Sarebbe stata interessata a conoscere il punto di vista di Lila sull'infanzia di

Josie. Tutti i segreti più succosi, tra cui il più gustoso su ciò che Heinrich le aveva quasi fatto a undici anni. Lila avrebbe gonfiato e rigirato la storia, naturalmente, non avrebbe menzionato di aver venduto sua figlia per una riverniciatura. No, avrebbe fatto passare Josie per una seduttrice adolescente e avrebbe tralasciato la parte in cui Needle era arrivato a porre fine a tutto. Ma se Trinity era andata da Heinrich per una storia, perché andarci nel cuore della notte, e cosa era successo per provocare il suo omicidio?

«Qualcuno l'ha minacciata.» disse Gretchen.

«Quindi sta suggerendo che qualcuno l'abbia costretta a rubare l'auto del capo e ad andare da Heinrich per ucciderlo. Allora perché avrebbe fatto in modo di mostrare alla telecamera che non ha la cicatrice?» argomentò il sindaco.

«Perché sapeva che la polizia avrebbe recuperato il video e voleva farci capire che era stata costretta.» ribatté Gretchen.

I pensieri di Josie vorticavano. Una cosa era che Lila avesse attirato Trinity alla carrozzeria di Heinrich con la promessa di una storia clamorosa, un'altra che Trinity lo avesse ucciso. Aveva davvero ucciso quell'uomo? Josie cercò di figurarselo. Non era difficile.

Lei stessa aveva immaginato di uccidere quell'uomo per decenni. Aveva anche visto quanto Trinity potesse essere spietata nel suo lavoro; ma quel comportamento da tagliagole si traduceva per forza nella capacità di uccidere qualcuno? Trinity sarebbe stata in grado di legare un uomo a una sedia, picchiarlo e dargli fuoco? Josie pensava di conoscere la risposta, ma forse si sbagliava.

Tara scosse la testa. «Non siamo nemmeno sicuri che sia Trinity. Basta del trucco per coprire una cicatrice.»

«È lei.» insistette Gretchen.

«Forse» disse Tara. «O forse no. Capo Quinn, ha un alibi per ieri sera?»

«Certo che ho...» Josie si interruppe. Non aveva un alibi.

Era rimasta da Noah da sola e lui era andato in centrale. Anche se avesse voluto, non avrebbe potuto mentire per lei, e lei non si sarebbe mai aspettata che lo facesse.

Tara sorrise freddamente. «Beh, ce lo dirà il DNA. Date le particolari circostanze, ho parlato con uno dei miei contatti di alto livello alla polizia di Stato, che ha accettato di accelerare i test. Dovremmo avere i risultati entro quarantotto ore. Nel frattempo, ho dato istruzioni ai suoi uomini di continuare a svolgere le loro attività quotidiane. Il tenente Fraley e la detective Palmer condurranno l'indagine. Parleranno con Ms. Payne in modo che possa fare luce su questa spiacevole situazione.»

«Ha dato istruzioni ai miei agenti?» chiese Josie.

«Alla luce del fatto che ora lei è una sospettata...»

«Indagata.» intervenne Gretchen, attirando un'occhiataccia da parte di Tara, che ricambiò.

«Indagata» le fece eco Tara. «Non credo sia opportuno che lei prosegua il suo incarico. Pertanto, la sospendo in attesa dell'esito di questa indagine. Non deve lasciare la città, ha capito?»

Josie sentì ancora una volta le parole di sua madre. *Distruggerò tutto ciò che ami.*

Aveva sottovalutato sua madre, aveva interpretato la situazione in modo sbagliato. Non c'era niente al mondo che Josie amasse più del suo lavoro. Era stata una bella sfida quando aveva assunto il ruolo di capo, e spesso lo trovava stressante, ma se fosse stata costretta a scegliere tra essere capo e non essere più un agente di polizia, avrebbe scelto sempre la prima possibilità. Lila Jensen l'aveva davvero sventrata, anche peggio di averla ferita con un coltello, peggio persino di averla venduta.

Josie aveva sacrificato tutto per diventare un agente, scalando rapidamente i ranghi del Dipartimento di Polizia di Denton, diventando la prima donna tenente, poi la prima donna detective e infine la prima donna capo della polizia nella storia di Denton. Aveva lottato e combattuto per portare giustizia, pace e protezione ai cittadini che serviva. Questo era il lavoro della sua vita e sua madre aveva usato Trinity Payne per portarglielo via mentre dormiva.

«Dovrà consegnare distintivo e pistola» disse Tara. «E anche la sua auto, in modo che possa essere analizzata come prova.»

Solo Dio sapeva che cosa Lila avesse detto a Trinity, ma Josie era sicura che Trinity non avrebbe mai buttato via la propria carriera per uccidere un pedofilo. Esporre il suo volto immacolato alla telecamera era un chiaro messaggio per Josie. La domanda era: quale messaggio stava cercando di mandare?

«E non dovrà più mettere piede in questo edificio finché non la autorizzerò.» proseguì Tara.

Negli ultimi due anni, Trinity aveva cercato più volte di farle confessare l'origine della sua cicatrice. Non aveva mai sottolineato la somiglianza tra loro, ma se lei l'aveva notata ogni volta che erano state insieme, sicuramente anche Trinity l'aveva notata. Quindi, Trinity sapeva che sarebbe stata scambiata per lei. Allora era in combutta con Lila o era una sua pedina involontaria? Lila aveva delle informazioni su di lei? Oppure era Trinity che stava puntando un coltello alla schiena di Josie? O magari stava cercando di dirle che non era andata lì di sua spontanea volontà?

«Ms. Quinn, mi ha capito?»

Le parole di Tara sembravano provenire da lontano e la stanza era sfocata. Josie sbatté le palpebre e lo sguardo penetrante e giulivo di Tara si acuì di nuovo. Prese dalla tasca il distintivo e il tesserino della polizia e li lanciò sul tavolo. Estrasse la Glock dalla fondina, espulse il caricatore e porse tutto a Gretchen. Poi sganciò la chiave dell'auto dal portachiavi e consegnò anche quella.

«Te la riporto.» disse Gretchen, ignorando lo sguardo graffiante di Tara.

Josie annuì. Guardò Noah, ma quando lui non incrociò il suo sguardo, le fece male quasi quanto rinunciare alla pistola e al distintivo. Non le restava altro da fare che andarsene, così puntò il mento in avanti e lanciò a Tara un'ultima occhiata di sfida prima di voltarsi e uscire dalla stanza e dalla centrale.

SESSANTATRÉ

Senza macchina e senza lavoro, Josie si sedette su una panchina di fronte alla centrale, fissando quello che solo poche ore prima era stato il suo regno. La sua mente correva mentre il suo corpo si intorpidiva. Heinrich era morto. L'uomo nero della sua infanzia era sparito. Finalmente. Quante volte aveva desiderato che fosse punito per quello che aveva avuto intenzione di farle? Anche se Needle l'aveva salvata da quella camera da letto, continuava ad avere incubi su ciò che sarebbe potuto accadere. Doveva ammettere di provare un lieve senso di pace ora che quel mostro era stato sconfitto. Ma soprattutto si sentiva vuota. La morte di Heinrich non aveva cambiato nulla. La sua anima rimaneva segnata. Dopo tutto, non era stato lui a fare quel patto. Era stata Lila.

Cercò di distogliere l'attenzione dai sentimenti contrastanti che le imperversavano dentro. Lila era ancora in giro, impegnata a distruggerle la vita; poi c'era Trinity. C'era almeno una mezza dozzina di cose di cui doveva occuparsi immediatamente, ma non aveva un mezzo di trasporto. Ci sarebbero voluti un paio di giorni prima che le restituissero la macchina e aveva la sensazione che Tara avrebbe fatto di tutto per allungare ulteriormente i tempi. Non aveva nemmeno un modo per tornare a casa sua o per prendere le cose che aveva lasciato da Noah. I messaggi inviati a Trinity non ebbero risposta e quando la chiamò al cellulare partì subito la segreteria telefonica, perciò non lasciò alcun messaggio.

«Boss?»

Alzò lo sguardo per vedere il sergente Lamay in piedi accanto alla panchina. Non l'aveva nemmeno notato mentre usciva dalla centrale e attraversava la strada.

«Non sono più il tuo capo, Lamay» disse.

«Diresti che siamo amici, allora?»

«Beh, io non...» Si fermò, sbattendo le palpebre per metterlo a fuoco, concentrandosi sui suoi occhi, che brillavano di malizia. «Voglio dire, certo che siamo amici, Dan.»

Le porse un mazzo di chiavi. «Allora il sindaco non avrebbe da ridire se prestassi la macchina a un'amica. Giusto, Josie?»

Non poté evitare di sorridergli. Mentre le sue mani si stringevano intorno alle chiavi, lacrime di gratitudine le punsero gli occhi. Il suo braccio si bloccò a mezz'aria, con le chiavi che tintinnavano. «Aspetta» disse poi. «Non posso prendere in prestito la tua macchina. Serve a te. Tua moglie fa la chemio...»

«Mia figlia è all'università» interruppe Lamay. «Ha lasciato la sua auto a casa nostra. Useremo quella finché non riavrai la tua. Tanto l'assicurazione la paghiamo io e mia moglie.»

Prima che potesse pensarci, balzò in piedi e strinse Lamay in un rapido abbraccio. «Grazie, Dan» disse. «Non lo dimenticherò.»

Guidò fino all'Eudora, superando di soppiatto una lunga fila di persone in attesa di registrarsi alla reception, e si diresse verso la stanza 227. Bussò più volte alla porta, ma non ricevette risposta e non sentì alcun movimento dietro la porta. Tornata nell'atrio, attese dietro l'ultimo ospite in fila. Una volta che il portiere ebbe terminato tutti i check-in, Josie si avvicinò. Il giovane biondo dal sorriso a trentadue denti la riconobbe subito, e lo sguardo cordiale nei suoi occhi fu immediatamente sostituito dal disprezzo. Sei mesi prima si era trovata in quello stesso punto mentre lavorava a un caso di un magnate del casinò che aveva affittato l'attico dell'hotel.

«Capo Quinn» ghignò il giovanotto, sfoderando il suo sorriso di servizio. «Posso aiutarla in qualche modo?» La sua sospensione non era ancora stata resa pubblica e il concierge non le aveva chiesto le credenziali. «Sono qui per controllare la sicurezza di uno dei vostri ospiti: Trinity Payne, nella stanza 227. Ho provato a bussare alla sua porta. Non risponde. Nessuno l'ha sentita nelle ultime ventiquattro ore e abbiamo motivo di credere che possa essere nei guai.»

La guardò con aria scettica. «Beh, se ha bussato alla sua porta e lei non ha risposto, temo di non poter fare molto altro per aiutarla.»

«Può chiedere a qualcuno del personale di controllare la stanza.» disse Josie.

«Non ci piace violare la privacy dei nostri ospiti.»

«Non vi sto chiedendo di violare la privacy di uno dei vostri ospiti, vi sto chiedendo di verificare che non sia morta o ferita nella sua stanza. A proposito, qual è la politica dell'hotel se ritenete che un ospite possa essere in pericolo imminente? Quante ore si deve aspettare prima di controllare l'interno della stanza?»

Il suo sorriso finto non vacillò eppure, in qualche modo, riuscì a lanciarle uno sguardo truce. «La politica del Dipartimento di Denton prevede che sia il capo della polizia a controllare il benessere degli ospiti?» le chiese.

Josie appoggiò i gomiti sul bancone, portandosi più vicino a lui. «Trinity Payne è una mia cara amica. È anche una piccola celebrità, come sicuramente saprà. Mettiamo che sia effettivamente ferita o morta nella sua stanza: vuole davvero sopportare l'attenzione della stampa nazionale perché si è rifiutato di permettere alla polizia di fare un controllo adeguato quando le è stato detto chiaramente che Ms. Payne poteva essere in perico-

lo?» Josie lesse un titolo invisibile sopra la sua testa. «"
Concierge rifiuta un controllo di sicurezza. Morta la reporter
nazionale Trinity Payne". Diventerebbe subito virale.»

Con un sospiro, il ragazzo batté sulla tastiera del computer.
Poi gli apparve in mano una chiave magnetica. «Lasci che il mio
collega la accompagni nella sua stanza.» Fece una telefonata e
cinque minuti dopo un altro uomo condusse Josie nella
stanza 227.

Senza una parola, la fece entrare e rimase accanto alla porta
con le mani congiunte in vita, mentre guardava Josie ispezio-
nare in giro. Il bagno e l'armadio erano sgombri. Trinity non
c'era. Josie si sentì al tempo stesso rassicurata e ansiosa. Non si
aspettava di trovare il cadavere di Trinity nella stanza d'albergo,
ma era comunque sollevata. Ma se non era nella sua stanza d'albergo, allora dove diavolo era Trinity? Dove era andata dopo
aver ucciso Heinrich?

«Ha finito?» chiese l'uomo.

«Solo un secondo.» disse Josie. La valigia di Trinity giaceva
aperta sul letto. Sul tavolino rotondo in un angolo della stanza
c'erano un computer portatile chiuso, una borsa di Gucci, il
mazzo di chiavi della macchina e il cellulare. Vedendolo, un
brivido le corse lungo la schiena: Trinity non andava mai da
nessuna parte senza il suo telefono. Josie tirò fuori dalla tasca
della giacca un paio di guanti di lattice – anche come capo, l'abitudine non era mai venuta meno – li indossò e prese il telefono,
premendo il pulsante di accensione per visualizzare la schermata di blocco. Doveva inserire una password.

Josie non aveva idea di quale potesse essere la password di
Trinity e non poteva perdere molto tempo a pensarci.Ssapeva
che per Tara la prima indiziata dell'omicidio di Heinrich era lei,
ma una volta che avesse allentato la presa su Gretchen e Noah,
loro avrebbero indirizzato subito le indagini su Trinity Payne, le
sarebbero stati alle calcagna da un momento all'altro e Gretchen
avrebbe saputo di sicuro come sbloccare il telefono.

Josie si rivolse all'uomo. «Avrò bisogno di vedere le registrazioni di sorveglianza del corridoio, dell'ingresso e forse del parcheggio.»

L'uomo sembrava annoiato. «Torniamo alla hall» le disse. «Chiamerò il direttore.»

Il direttore, un uomo biondo con un'incipiente calvizie, sui quarant'anni, era più affabile e più disponibile sia del concierge che dello steward che l'aveva fatta entrare nella stanza di Trinity. Nemmeno lui le chiese le credenziali e, dopo averlo incontrato, Josie capì perché. «L'ho vista in televisione dopo l'arresto di Lloyd Todd» le disse. «È molto più attraente di persona e non la prenda in senso sconveniente.»

Josie sorrise a disagio mentre attendevano, in piedi nella sala di sorveglianza dietro l'ingresso, che la giovane dipendente che dava loro le spalle recuperasse tutti i filmati di Trinity che riusciva a trovare.

Il direttore continuò: «Comunque, volevo ringraziarla personalmente. Mio figlio è dipendente dagli stupefacenti da anni ormai. Non siamo stati in grado di aiutarlo. Si è scoperto che il suo spacciatore era uno degli uomini di Todd. Non appena quei tizi sono stati arrestati, mio figlio è entrato in riabilitazione.»

«Sono felice di sentirlo.» disse Josie.

«Chissà se resisterà, ma siamo molto fiduciosi. Sa, da quando è nato ci ha sempre dato problemi.» Prima che il direttore potesse iniziare il racconto, l'impiegata seduta davanti agli schermi disse: «Ecco qua: ha lasciato la sua stanza ieri pomeriggio verso le due.»

Sullo schermo videro Trinity uscire dalla camera con gli stessi vestiti che indossava nel video di sorveglianza di Heinrich. Non aveva nulla in mano mentre si precipitava lungo il corridoio. Agli ascensori, premeva freneticamente il pulsante di discesa e attraversava le porte prima ancora che fossero completamente aperte.

«Eccola nella hall.» disse la donna, indicando un altro schermo. Sia Josie che il direttore dell'hotel guardarono Trinity uscire dall'ascensore nell'atrio. Si dirigeva verso la porta, camminando così velocemente che quasi correva.

«E qui è nel parcheggio.» aggiunse l'impiegata. Indicò tre degli altri schermi e i due osservarono Trinity farsi strada attraverso il parcheggio fino al limite visivo della telecamera, per poi uscire rapidamente dal campo. «Temo che sia tutto» disse la donna. «Le telecamere non vanno oltre.»

Dove si era precipitata Trinity senza telefono, senza chiavi della macchina e senza borsa?

«E il resto del giorno e della notte? Potete vedere se è tornata nella sua stanza?» chiese Josie.

L'impiegata ritornò a guardare lo schermo che mostrava il corridoio fuori dalla stanza di Trinity, mandando avanti velocemente il filmato fino a raggiungere l'ora attuale. Trinity non era più tornata.

Josie si rivolse al direttore. «Grazie per il suo aiuto» disse. «I miei colleghi torneranno per raccogliere alcune prove. Se ha notizie di Ms. Payne, la prego di avvertirci immediatamente.»

«Certo.» rispose.

Mentre Josie usciva dal parcheggio con la Camry del sergente Lamay, vecchia di dieci anni, superò Gretchen con un agente di pattuglia che la seguiva. Nessuno dei due si accorse di lei.

SESSANTAQUATTRO

Dall'Eudora, Josie si diresse verso l'autocarrozzeria di Heinrich, ma l'intero edificio era delimitato da un nastro segnaletico della polizia e fuori c'era una pattuglia. Era prevedibile. Tara aveva capito che per prima cosa Josie si sarebbe recata sul posto per indagare. Si allontanò e guidò per la città, respingendo lo strano miscuglio di sollievo e vuoto che l'aveva colpita da quando aveva saputo della morte di Heinrich. Cercò di capire quale sarebbe stata la sua mossa successiva. Continuava a ripensare a Trinity: aveva lasciato la sua stanza d'albergo di sua spontanea volontà. Non c'era nessuno con lei. Nessuno le puntava una pistola alla testa. Doveva essere uscita per incontrare Lila, rubare l'auto di Josie, andare da Heinrich, ucciderlo e infine andarsene, da sola, per riportare la Escape davanti alla casa di Noah.

Ma se era andata così, allora perché il sedile era spinto completamente indietro? Trinity era della sua stessa altezza. Non avrebbe avuto motivo di regolare il sedile. Il che significava che, da qualche parte tra la carrozzeria e la casa di Noah, Trinity si era incontrata con qualcuno a cui aveva consegnato l'auto. Qualcuno più alto sia di Trinity che di Lila. Lila era anche più bassa di Josie, quindi non avrebbe spinto indietro il sedile. Allora, chi era stato nella sua auto?

Josie accostò e tirò fuori il telefono. Iniziò a mandare un messaggio a Gretchen per l'auto, ma poi si rese conto che la Scientifica avrebbe comunque preso le impronte dell'auto. Se la persona che l'aveva guidata aveva lasciato delle impronte, le avrebbero trovate. Josie ripose il telefono e si ributtò nel traffico, consumata dal bisogno di continuare a muoversi.

Si chiese dove fosse Trinity in quel momento. Si stava nascondendo perché aveva ucciso un uomo o Lila la stava trattenendo da qualche parte? Josie non aveva dubbi sul fatto che dietro l'omicidio di Heinrich ci fosse Lila e che Trinity l'avesse incontrata per la storia che le aveva promesso. Ma cosa avrebbe spinto Trinity a uccidere un uomo così spontaneamente? Josie pensò a cosa avrebbe spinto lei a gettare alle ortiche la sua vita e la sua carriera e commettere un omicidio. Cosa l'avrebbe resa così disperata da farlo? Non una minaccia alla sua stessa vita. Avrebbe preferito morire piuttosto che affondare e perdere tutto. Ma avrebbe barattato la sua carriera e la sua integrità morale per salvare qualcuno che amava? Fu allora che Josie si rese conto di non conoscere affatto Trinity. Non sapeva nulla di lei, della sua vita, della sua famiglia, dei suoi cari.

Josie fece inversione e tornò a casa sua. Erano giorni che non ci entrava e le stanze le trasmisero una sensazione di vuoto e di estraneità, come se non fossero più sue. Sperò che un giorno sarebbe riuscita a percepirla di nuovo come un luogo sicuro. Fino ad allora, però, ogni minimo rumore l'avrebbe fatta scattare, come accadde poco dopo, quando sentì il portellone del garage dei vicini aprirsi stridendo, mentre stava lavorando al portatile nella stanza degli ospiti. Si trasferì in cucina e si preparò un caffè; ancora non riusciva a liberarsi della sensazione di essersi introdotta nello spazio di qualcun altro.

Mentre il caffè si scaldava, Josie aprì il browser e digitò il nome di Trinity Payne. La ricerca restituì più risultati di quanti

Josie potesse esaminarne in poche ore, o addirittura in una settimana, così digitò *biografia di Trinity Payne* e questo restrinse un po' il campo. Cliccò su diversi siti, trovando sempre le stesse informazioni. Aveva frequentato la New York University, dove si era laureata con lode in giornalismo. Aveva iniziato come reporter itinerante per la WYEP nell'area di Denton, poi era passata rapidamente al notiziario mattutino a New York, lavorando come corrispondente nazionale fino a quando una fonte non le aveva fornito una bufala. La sua caduta in disgrazia l'aveva riportata alla WYEP, finché non aveva aiutato Josie a risolvere il caso delle ragazze svanite due anni prima, e il network aveva voluto che tornasse sulla scena nazionale.

Josie ne era già a conoscenza. Diede un'occhiata ai siti, scorrendo velocemente le informazioni ripetute, alla ricerca di qualcosa di più. Alla fine, su un sito web di ex alunni della New York University, trovò un articolo più dettagliato, scritto tre mesi prima: *Ex alunna di Giornalismo alla NYU si risolleva dalla tragedia e diventa una star della rete.*

Il primo paragrafo recitava: *La beniamina della rete Trinity Payne non è nuova alle situazioni controverse. Le sue traversie con le fonti sbagliate e la sua recente ascesa alla notorietà per aver contribuito a risolvere alcuni dei più grandi casi nella storia del suo stato sono ben documentate. Ciò che molti non sanno è che la vita di Payne è stata inesorabilmente segnata da una tragedia quando aveva solo poche settimane di vita. I suoi giovani genitori erano entrambi impiegati presso il gigante farmaceutico Quarmark: Christian come responsabile del marketing e Shannon come chimico in ascesa. Con le loro carriere avviate, il loro obiettivo seguente era quello di sistemarsi e avere dei figli. Trovarono subito la casa dei loro sogni: una villa a due piani in stile Tudor in una piccola città chiamata Callowhill. Già al primo tentativo concepirono due gemelle. «Erano i classici geni ambiziosi» racconta Trinity, sorridendo.*

«Gemelle?» mormorò Josie. Non aveva idea che Trinity

avesse una gemella. Sapeva che Trinity era cresciuta a Callo-whill, a un paio d'ore di distanza, dall'altra parte di Bellewood. In effetti, la sede della contea si trovava quasi alla stessa distanza sia da Denton che da Callowhill. Josie si alzò e si versò frettolosamente una tazza di caffè, tornando al portatile.

Mentre molti genitori alle prime armi si sarebbero lasciati intimidire da due gemelle, Shannon Payne dice che lei e suo marito non si sono mai preoccupati di come avrebbero gestito due bambine. «Il giorno in cui sono nate è stato uno dei giorni più felici della nostra vita.»

Il giorno in cui sono nate le nostre bambine. Qualcosa attanagliava la mente di Josie, ma non riusciva a capire cosa.

Continuò a leggere: *La tragedia si abbatté poche settimane dopo la nascita delle gemelle, quando un incendio distrusse la loro casa con quattro camere da letto. La tata era a casa con le gemelle, ma riuscì a salvarne solo una, Trinity.*

«Mio Dio.» disse Josie.

Passò in rassegna il resto: i Payne non si erano mai veramente ripresi dalla perdita di una delle figlie e Trinity era contenta di non ricordare nulla perché sarebbe stato troppo doloroso. Un brivido corse lungo la schiena di Josie. Non immaginava come ci si potesse mai riprendere dalla perdita di un figlio. Non aveva dubbi sul fatto che fosse una ferita aperta che Shannon e Christian Payne si sarebbero portati nella tomba. Josie provò un'ondata di compassione per Trinity, ma non poté fare a meno di chiedersi se Trinity sarebbe diventata meno mercenaria se avesse avuto l'influenza di una sorella. Ora non lo avrebbero mai saputo.

Scorse il resto dell'articolo, ma l'unica altra informazione aggiuntiva era che Trinity aveva un fratello molto più giovane di nome Patrick, che frequentava ancora il liceo a Callowhill. Nessun accenno a interessi amorosi. Trinity non sembrava il tipo che avesse tempo per un fidanzato. Josie aveva già quello che le serviva: i nomi dei parenti più stretti di Trinity. Aprì una nuova scheda e cercò il numero di telefono della famiglia Payne a Callowhill. Non era sull'elenco. Naturalmente, con una figlia famosa, i Payne non avrebbero voluto che il loro numero fosse così facilmente accessibile al pubblico.

Josie era stata sospesa solo da poche ore, quindi era molto probabile che non le avessero ancora revocato l'accesso alle banche dati della polizia di Denton: alzò un pugno in aria quando le sue credenziali vennero accettate all'accesso. Per prima cosa cercò Shannon Payne, nella speranza che avessero ancora un telefono fisso, perché nelle zone più remote della Pennsylvania le chiamate al cellulare erano disturbate. La fortuna fu dalla sua parte.

Josie digitò il numero sul cellulare e ascoltò squillare otto volte prima che partisse la segreteria telefonica, con una voce femminile simile a quella di Trinity che la esortava a lasciare un messaggio. Al segnale acustico, disse: «Sono Josie Quinn, capo della polizia di Denton. Sto chiamando per sua figlia, Trinity. È molto importante che mi richiami non appena riceve questo messaggio.» Poi lasciò il suo numero e riattaccò.

Mentre stava per chiudere il browser, l'ultimo paragrafo dell'articolo della rivista degli ex alunni catturò la sua attenzione. *Quando le viene chiesto se la tragedia della morte della sorella l'abbia influenzata come giornalista, Payne sorride coraggiosamente e uno sguardo perso nel vuoto le affiora negli occhi. «Penso che non sapere cosa sia successo veramente, chi abbia appiccato l'incendio, perseguiterà la mia famiglia per sempre ma mi ha reso sicuramente più diligente nel mio lavoro di giornalista. Non mi fermerò mai finché non avrò tutte le risposte. È qualcosa che è dentro di me.»*

Josie guardò il cellulare e, rendendosi conto di non avere nulla da fare mentre aspettava che i Payne la richiamassero, aprì un'altra pagina, consultò un motore di ricerca e digitò *incendio casa Payne Callowhill*. C'erano risultati con *Payne* e *Callowhill*, *Callowhill* e *incendio*, ma non con tutti e tre i termini. Josie sapeva che Trinity aveva più o meno la sua stessa età e se l'incendio era avvenuto poche settimane dopo la sua nascita, significava che era avvenuto alla fine degli anni Ottanta, prima dell'affermarsi di Internet nell'esistenza quotidiana. Se all'epoca l'incendio aveva fatto notizia, doveva essere finito su uno dei giornali della contea.

Finì il caffè e si avviò verso la biblioteca.

SESSANTACINQUE

La Biblioteca di Denton era un edificio in pietra a due piani progettato da un architetto locale all'inizio del Novecento in stile neoclassico, con una grande scalinata e imponenti colonne doriche. Josie aveva sempre amato quell'edificio; da ragazza aveva trascorso molte ore nascosta tra gli scaffali, studiando nel silenzio riverente che presiedeva all'enorme collezione di libri. Negli anni successivi, gran parte dell'edificio era stato modernizzato, passando dai tavoli di lettura alle postazioni informatiche e ampliando le sale per conferenze e attività. Josie spiegò a una bibliotecaria cosa stava cercando e la donna la condusse a un computer al secondo piano: «È disponibile in microscheda?» chiese.

«Oh no, cara. Abbiamo riversato tutta la vecchia documentazione su questo nuovo database. Ora è tutto su computer. Vedrà. Abbiamo il *Denton Tribune*, il *Bellewood Record* e un paio di altri giornali locali della contea. Quando si inseriscono i termini di ricerca, il sistema cerca tra tutti i documenti o solo tra quelli indicati.» La bibliotecaria si mise di fronte a Josie e manovrò il mouse finché non comparve l'immagine di una vecchia copertina del *Denton Tribune* accanto a una barra di accesso. Digitò le sue credenziali e fece fare a Josie un breve giro, mostrando come effettuare una ricerca e come restringere i parametri.

Una volta che la bibliotecaria l'ebbe lasciata sola, Josie diede un'occhiata al cellulare prima di posarlo sulla scrivania: ancora niente dai Payne. Le ci vollero solo pochi minuti di ricerche per trovare due risultati. Uno era del *Denton Tribune* del 4 ottobre 1987. Era la prima pagina e non offriva nulla di più di quanto Trinity aveva rivelato nell'articolo sulla rivista degli ex alunni. Il comandante dei vigili del fuoco di Callowhill affermava che la causa dell'incendio era ancora oggetto di indagine. Josie lo salvò e passò all'articolo successivo, datato 17 dicembre 1987. L'articolo era tratto dal *Bellewood Record*, a pagina quattro, con una serie di articoli della contea che non erano degni di nota da giustificare uno spazio in prima pagina. Il titolo recitava: *Incendio doloso a Callowhill – Aperta indagine per omicidio.*

Josie scorse l'articolo, apprendendo che la tata che aveva salvato Trinity era morta per le intossicazioni da fumo dopo essere tornata in casa per salvare l'altra gemella, rendendo il caso un doppio omicidio. Non c'erano piste né sospettati. Solo pochi mesi dopo l'incendio, il caso si era raffreddato. L'articolo si concludeva con una citazione di Shannon Payne, che diede a Josie un colpo al cuore. «Dal giorno in cui sono nate le mie bambine, non le ho mai lasciate sole. Quella è stata l'unica volta in cui le ho lasciate sole con la tata. Non posso fare a meno di pensare che se fossi stata lì, avremmo potuto salvarle entrambe.»

Dal giorno in cui sono nate le mie bambine. L'ombra amorfa in fondo alla mente di Josie si muoveva, manifestandosi ma senza diventare chiara. Con un sospiro, Josie salvò il secondo articolo e andò a cercare la bibliotecaria per avere accesso a una stampante. Mentre la donna cliccava su diversi menu a tendina e selezionava una macchina vicina, Josie le chiese: «Lei ha figli?»

«Sì, certo» rispose la bibliotecaria. «Una femmina e un

maschio. Adesso sono grandi, chiaramente. Perché me lo chiede?»

«Oh, aveva un'aria familiare» mentì Josie. «Pensavo di aver frequentato la Denton East High School con sua figlia.»

«Oh no, cara» disse la bibliotecaria sorridendo a Josie. «Mi sono trasferita qui da Pittsburgh solo qualche anno fa. Forse ho solo una faccia comune. Lei ha figli?»

Josie era contenta che la donna fosse loquace e che non avrebbe dovuto faticare troppo per sollevare l'argomento che le interessava davvero. «Oh, no» rispose Josie. «Voglio dire, forse un giorno. Il mondo è un posto spaventoso di questi tempi. Il pensiero di portare un bambino in questo caos...» Si interruppe e la donna riprese subito il filo del discorso. «Tutti i genitori si sentono così, cara. Quando è nata mia figlia, ero terrorizzata. Sembrava che il mondo fosse peggiore di quanto fosse mai stato. Poi, qualche anno dopo, è nato mio figlio e sembrava ancora peggio. Ma la vita va avanti e ci si arrangia.»

«Grazie.» disse Josie. Una grande stampante dall'altra parte della stanza emise rumorosamente diversi fogli di carta. La bibliotecaria si avvicinò e li raccolse. Josie la ringraziò di nuovo prima che un altro cliente la richiamasse. Tornata alla postazione, Josie consultò di nuovo il database dei giornali e cercò le parole *bambini* e *adottati* per gli anni 1982 e 1983. L'ombra in fondo alla sua mente era svanita parlando con la bibliotecaria, rivelando ciò che la preoccupava. Quando Shannon Payne parlava delle sue gemelle, parlava del giorno in cui erano nate. Quando il direttore dell'Eudora aveva raccontato a Josie di suo figlio tossicodipendente, aveva usato la stessa espressione: il giorno in cui era nato suo figlio. E un attimo prima la bibliotecaria aveva parlato dei suoi figli usando le stesse parole.

Ma quando Josie e la sua squadra avevano interrogato Sophia Bowen, lei aveva detto di aver smesso di lavorare nell'estate del 1983 "quando abbiamo portato a casa il nostro primo figlio". Qualcosa in quell'espressione era rimasto in fondo alla mente di Josie, che la tormentava, implorando di essere esaminato più a fondo. Forse ci stava arrivando. Non era più il capo e non aveva un dipartimento di polizia da gestire per tenersi occupata. Forse si stava inventando qualcosa per distrarsi dal fatto che la sua vita era andata in pezzi e né lei né la polizia di Denton si erano avvicinate alla cattura di Lila Jensen. Forse Sophia Bowen si riferiva semplicemente al giorno in cui avevano portato il bambino a casa dall'ospedale.

Era un azzardo, lo sapeva. Le adozioni non erano il genere di cose che finivano sui giornali, né negli anni Ottanta né adesso. Ma se un importante giudice e la sua giovane sposa avessero adottato un bambino, c'era la minima possibilità che la notizia venisse pubblicata in una giornata magra.

Con il tempo a disposizione e un database di ricerca a portata di mano, Josie non aveva nulla da perdere.

La maggior parte dei risultati erano articoli che avevano a che fare con emendamenti alle leggi sulle adozioni nello Stato, con le cause legali e con i bambini adottati che cercavano i genitori naturali. Il suo cuore sussultò quando trovò quello che stava cercando in un numero del *Bellewood Record* del dicembre 1987, lo stesso anno in cui l'incendio aveva portato via ai Payne la casa e la figlia. Era solo un trafiletto nascosto a pagina otto, accanto agli annunci degli orari delle varie funzioni religiose durante le feste.

Cinque anni dopo, il bambino della mangiatoia di Alcott County interpreta Giuseppe nel presepe vivente.

A pochi giorni di vita, il piccolo Andrew Bowen è stato il protagonista involontario del presepe all'aperto della Chiesa Battista di Maplewood. Poco prima del Natale 1982, qualcuno lo lasciò avvolto in asciugamani di cotone bianco nella mangiatoia del presepe della chiesa. I residenti della contea di Alcott rimasero scioccati dalla scoperta. Il bambino della mangiatoia, come venne chiamato dopo la scoperta, era stato lasciato al freddo durante la funzione serale della chiesa. I membri della congregazione udirono il suo pianto all'uscita dalla funzione e chiamarono la polizia. Sebbene i genitori del bambino non siano mai stati ritrovati, il giudice locale, Malcolm Bowen, e sua moglie, Sophia, sono diventati la sua famiglia.

Il caso del bambino della mangiatoia era arrivato all'attenzione del giudice dopo essere stato affidato al sistema di custodia. «Appena l'ho visto, me ne sono innamorato» ricorda il giudice Bowen. «Io e mia moglie stavamo già cercando di avere dei figli e, dopo aver visto quel bambino per la prima volta, sono tornato a casa e le ho detto: "Sophia, cosa ne pensi dell'adozione?" Naturalmente lei fu subito d'accordo.»

I Bowen riuscirono a portare a casa il bambino della mangiatoia nell'estate del 1983, quando aveva sei mesi. «È stato il giorno più felice della mia vita» esclama Sophia Bowen. «Ero diventata madre.»

Cinque anni dopo, il giovane Andrew Bowen cresce bene nella sua nuova casa – ha persino un fratellino – e quest'anno interpreterà il ruolo di Giuseppe nel presepe vivente nella stessa chiesa rurale in cui era stato abbandonato da neonato. «Abbiamo superato ciò che i genitori biologici di Andrew gli hanno fatto. Li abbiamo perdonati e speriamo che Andrew, quando crescerà, faccia altrettanto. Non sappiamo in quale situazione disperata si trovasse la madre per rinunciare a un bambino così prezioso. Quello che so è che Dio ci ha fatto un dono» dice Sophia Bowen. «Andrew ci ha reso genitori per la prima volta. Non c'è regalo più grande.»

Giusto in tempo per Natale.

Con quanto sapeva su Malcolm Bowen e Belinda Rose, Josie si sentì nauseata dal tono allegro e melenso dell'articolo. Pensò alle foto di Andrew Bowen che aveva visto a casa di Sophia e alle volte in cui lo aveva incontrato come avvocato penalista a Denton. Era la copia sputata di Malcolm Bowen, solo che era biondo. Era possibile che Malcolm Bowen avesse fatto adottare il proprio figlio? Josie pensò al ciondolo con cui Belinda era tornata dopo essere scomparsa per dare alla luce il suo bambino. Una cosa era andarsene per partorire e poi abbandonare il bambino da qualche parte, ma era stata via per mesi, non per giorni. Belinda Rose aveva avuto un piano. Aveva avuto un posto dove andare. Aveva ricevuto un aiuto. Malcolm Bowen doveva avere abbastanza potere e influenza da assicurarsi che suo figlio finisse con lui e Sophia.

Sul suo telefono, Josie cercò su Google il numero dell'ufficio di Andrew Bowen e lo chiamò. La sua segretaria le disse che era in tribunale. Le lasciò il suo numero di cellulare e le chiese di richiamarla quando fosse uscito. Stava ancora ripensando alla sua scoperta sui Bowen quando il telefono le squillò in mano. Riconobbe subito il numero e rispose.

«Capo Quinn?»

«Mrs. Payne?» esclamò Josie. «Shannon Payne?»

SESSANTASEI

Le persone vicine le rivolsero diverse occhiatacce e lei abbassò la voce, premendo il telefono all'orecchio, raccogliendo le stampe e dirigendosi verso l'esterno. «Grazie per avermi richiamato, Mrs. Payne.» disse.

Un vento fresco sferzava i gradini della biblioteca, così Josie andò a ripararsi dietro una delle colonne e si sottrasse all'afflusso di persone che entravano e uscivano dall'edificio. Shannon Payne disse: «La richiamo per mia figlia. Ho parlato con uno dei suoi detective poco fa. Va tutto bene?» Josie sentì il respiro che le si strozzava in gola. «Immagino di no, altrimenti non mi avrebbe chiamato il capo della polizia. Dio mio...»

«Mrs. Payne» la interruppe Josie prima che diventasse isterica, «mi dispiace. Non ho nessuna notizia. Ho chiamato solo per accertarmi che lei, suo marito e suo figlio stiate bene. Le assicuro che la mia squadra sta facendo tutto il possibile per trovare Trinity.»

Detestava l'idea di mentirle, soprattutto sotto lo stress e la preoccupazione per sua figlia, ma cercare di spiegarle la situazione avrebbe richiesto troppo tempo. Inoltre, Josie sapeva che era vero che la polizia di Denton avrebbe fatto tutto il possibile per ritrovare Trinity: se avevano già contattato i Payne, Gretchen e Noah erano già parecchi passi avanti a lei.

«Oh, grazie» disse Shannon. «Lo apprezzo molto. Noi stiamo bene. Cioè, non stiamo bene. Siamo preoccupati per mia figlia, ma siamo tutti al sicuro e non ci sentiamo abbandonati a noi stessi.»

«Eccellente» disse Josie. «Avrei solo un altro paio di domande, se non le dispiace. Trinity è fidanzata?»

Shannon rise. «Oh, no. Non ne ha il tempo.»

«Lo immaginavo» disse Josie. «Che mi dice di amici intimi? Qualcuno da cui potrebbe andare a stare se avesse bisogno di allontanarsi?»

Shannon rimase in silenzio per un momento. Poi disse: «Odio doverlo dire, ma Trinity non ha tempo nemmeno per gli amici. Può sembrare brutto, ma deve capire che è molto concentrata sulla carriera.»

Josie non poté fare a meno di ridere. «Oh, lo so, Mrs. Payne.»

Anche Shannon rise, anche se un po' nervosamente. «Sì, me lo immaginavo. Ha lavorato con lei in un paio di casi, vero?»

«Sì, è stata una risorsa preziosa.»

«Ho dato alla detective Palmer i nomi di tutti gli amici che ha a New York di cui mi ricordo» disse Shannon. «Ma in realtà, se avesse bisogno di allontanarsi per un po', verrebbe qui.» «Capisco.» disse Josie, con la gola che si stringeva. Se Trinity non aveva amici, amanti o altre persone vicine a cui rivolgersi nel momento del bisogno, allora la probabilità che Lila la trattenesse contro la sua volontà aumentava esponenzialmente. Josie continuò: «Se ha domande o se ha bisogno di qualcosa, può chiamare il tenente Fraley o la detective Palmer. Naturalmente può contattare anche me, ma loro lavoreranno attivamente al caso.»

«In realtà, c'è un'altra cosa» disse Shannon. «Visto che l'ho trovata al telefono.»

«Ah, e quale sarebbe?»

«Beh, non so se ha a che fare con Trinity, ma mi ha dato da pensare.» Si fermò. Per un attimo Josie pensò che la linea fosse caduta. Poi aggiunse: «È una sciocchezza. Non so nemmeno perché ne parlo.»

«Continui» disse Josie. «La ascolto.»

Un sospiro. «La WYEP sta trasmettendo un servizio su una donna che la polizia di Denton sta cercando di rintracciare. Continuano a mostrare la sua foto e dicono che è una presunta indagata per una serie di crimini locali. È una foto piuttosto vecchia, però.»

«Sì» disse Josie, chiedendosi dove stesse andando a parare. «Si chiamava Lila Jensen, ma per molti anni ha usato lo pseudonimo di Belinda Rose.»

«Io la conoscevo come Belinda.»

Il cuore di Josie perse un paio di colpi. «Cosa?»

«Mio marito pensa che io sia pazza.» disse lei, ridendo nervosamente.

«Tipico degli uomini» rispose Josie. «Continui.»

«Lavorava per una ditta di pulizie a domicilio. Verso la metà e la fine degli anni Ottanta.»

«Mano-Amica?» le chiese prima di ricordare che la ditta aveva chiuso nel 1984 dopo la morte del suo proprietario.

«Oh, no. Credo che si chiamassero AB Clean. Mandavano delle ragazze per i servizi domestici, e lei era una di loro. Da quando cominciò da noi, alcune cose iniziarono a sparire. Soprattutto i miei gioielli. La denunciai al suo capo, che la licenziò. Neanche una settimana dopo, la nostra casa andò a fuoco. Le mie bambine erano dentro con la tata. Avevano solo poche settimane. Solo Trinity è sopravvissuta.»

«So dell'incendio» disse Josie. «Le autorità hanno mai verificato il suo alibi?»

«Sì, controllarono e dichiararono che aveva un alibi per quel giorno, ma io ho sempre pensato...»

Josie concluse la frase: «Che Belinda c'entrasse in qualche modo?»

Un sospiro pesante. «Non lo so. Non sono mai riuscita a dirlo ad alta voce fino a poco tempo fa. Come ho detto, la polizia ci disse che non era nei paraggi di Callowhill quando scoppiò l'incendio. Ma mi ha sempre tormentato. Lei era... c'era qualcosa in lei, qualcosa di... oscuro. Sembra terribile. So che dovrei tacere. Niente di tutto questo ha a che fare con mia figlia. Probabilmente sto solo cercando di distrarmi, rivango queste storie per non pensare a dove si trovi o a cosa le stia accadendo.» Josie la sentì singhiozzare, poi inspirare profondamente. Poi aggiunse: «Non so nemmeno se quello che le sto dicendo abbia senso.»

Josie si appoggiò alla colonna e chiuse gli occhi, con il telefono ancora premuto sull'orecchio. «Ha perfettamente senso.»

Shannon inspirò ancora. «Ad ogni modo, ho appena visto la sua foto in televisione e mi ha dato una scossa. Mi ha riportato alla mente tutti i ricordi. Mi ha colpito troppo da vicino. Perdere una figlia, e ora Trinity è scomparsa...»

Era una coincidenza troppo strana che l'incendio si fosse verificato subito dopo che Belinda era stata licenziata. Il tutto nell'anno in cui era nata Josie. «Capisco» disse Josie. «Davvero. Senta, se posso chiederlo, dov'erano le bambine quando scoppiò l'incendio?»

«Stavano dormendo nel box in salotto. La tata, prima di morire, disse che stavano dormendo entrambe e che era andata un attimo in bagno. Quando uscì, il piano di sotto era pieno di fumo. Disse che riusciva a malapena a vedere. Corse in salotto per prendere le bambine, ma trovò solo Trinity. La prese in braccio e la portò fuori. Una delle nostre vicine era già uscita. La tata le consegnò Trinity e tornò dentro. Quando arrivarono i vigili del fuoco, la trovarono che stava ancora cercando in casa e la condussero fuori. La polizia ha sempre avuto sospetti su di lei. Non hanno mai creduto alla sua versione, che solo una delle bambine era nel box. Se non fosse morta, credo che avrebbero cercato di incolparla di tutto. Ma se avesse appiccato l'incendio, perché avrebbe salvato solo una delle bambine per poi tornare in casa? Non ha senso. È stata fortunata a sopravvivere per quei pochi giorni dopo l'incendio. I pompieri dissero che mia figlia era...» Le parole di Shannon si interruppero e un grido acuto penetrò nell'orecchio di Josie. Le ci vollero alcuni istanti per riprendersi e Josie poté sentire il suo pianto sommesso come un centinaio di spine che le trafiggevano il cuore. Schiarendosi la gola, Shannon disse: «Il capo dei pompieri ci disse che era stata... incenerita dalle fiamme. Era così piccola. Non avevamo nemmeno resti da seppellire.»

Josie cercò di parlare, di dire che le dispiaceva, di pronunciare qualche parola di conforto o di empatia. Non era una madre, ma le erano bastati pochi istanti per legare con il piccolo Harris. Anche se lo vedeva di rado, sapeva che se gli fosse successo qualcosa, non si sarebbe mai ripresa. E Misty ne sarebbe stata completamente distrutta. Le madri normali, le buone madri, amano i loro figli. Questo era un fatto che Josie aveva sempre intuito, ma che non aveva mai sperimentato. «Mi scusi» disse Shannon. «Non avrei dovuto parlarne. È ridicolo. Come ho detto, sto solo sviando, o qualunque sia il termine usato dagli psicologi, per non dover pensare al fatto che la mia Trinity è scomparsa.»

«La troverò» disse Josie, riprendendo la voce. Questo poteva farlo. «Le prometto che la troverò.»

SESSANTASETTE

Lisette era al suo solito posto in mensa, seduta a un tavolo a risolvere un cruciverba mentre altri ospiti entravano e uscivano. Portava un paio di occhiali sulla punta del naso e i riccioli grigi le ricadevano sul viso quando chinava la testa sulla pagina di fronte a lei. Alzò lo sguardo quando Josie apparve accanto a lei. «Tesoro, che bello vederti. E per giunta in pieno giorno.» Si girò per guardare alle spalle di Josie. «Ancora lavoro?»

Josie scosse la testa. Lisette dovette capire dalla sua espressione che qualcosa non andava. Mettendo da parte il cruciverba, si alzò in piedi e afferrò entrambi i manici del deambulatore, superando Josie. «Vieni, allora, parleremo in camera mia.» Lisette si sedette sulla poltrona reclinabile, mentre Josie si sistemò di fronte a lei sul bordo del letto. «Che succede, Josie?» le chiese. «Cosa c'è che non va?»

«Nonna» cominciò Josie, «devo farti delle domande e ho bisogno che tu sia sincera. Promettimelo. Fosse l'ultima cosa che farai per me, devi rispondere alle mie domande con sincerità.»

«Certo, tesoro.»

«Quando sono nata, mio padre era presente in ospedale?» Il lieve sorriso sul volto di Lisette si trasformò in un'espressione tesa. «No, non c'era. Tua madre... beh, vivevano insieme e avevano litigato furiosamente. Tua madre se ne era andata. Per mesi. Eli pensava che fosse finita. Non si aspettava di rivederla, in verità. Stava per lasciare la roulotte, aveva conosciuto un'altra ragazza con cui era anche uscito qualche volta. Poi un giorno era tornato a casa e aveva trovato tua madre seduta sul divano con te tra le braccia.»

Una fascia di dolore le avvolse il cranio e le tempie cominciarono a pulsare. «Si è presentata un giorno con una bambina?»

«Non una bambina qualunque. Tu.»

«Papà non mise in dubbio la paternità?»

«Certo che no» si schernì Lisette. «Che razza di uomo farebbe una cosa del genere? Belinda gli disse che aveva scoperto di essere incinta di qualche mese dopo averlo lasciato, e che non aveva neanche voluto dirgli di te, ma che una volta che eri arrivata il senso di colpa si era fatto troppo forte, così era tornata. Gli diede la possibilità di scegliere se farne parte o meno e naturalmente tuo padre lo voleva. Ti ha amata dal primo momento in cui ti ha visto.»

Josie sapeva che nel 1987 non esistevano i test del DNA, non del tipo facilmente accessibile a tutti. Al giorno d'oggi, si può ordinare un kit di paternità online, fare un tampone sulla guancia e spedirlo a un laboratorio. Ma alla fine degli anni Ottanta, se c'era il dubbio, non si aveva modo di verificare che un bambino fosse o meno il proprio.

«Disse in quale ospedale sono nata?»

«Oh, aveva partorito in casa. A dire il vero, non aveva ancora spedito il certificato di nascita, non fino a quando non ti portò a casa da tuo padre.»

«Quanto avevo?» le chiese «Quanti mesi avevo?»

«Tre mesi. Ti portò a casa a dicembre; fu il più bel regalo di Natale che avessimo mai ricevuto!» In circostanze normali, Josie avrebbe sorriso, crogiolandosi nell'amore che la nonna nutriva per lei. Ma in quel momento, ogni muscolo del suo viso si sentiva congelato. Il sospetto che aveva iniziato a crescere durante la conversazione con Shannon Payne era ancora velato nella sua mente. Strappare quel velo avrebbe significato mandare in frantumi tutto ciò che considerava vero. Per non parlare dell'assurdità di ciò che ora sospettava sull'incendio dai Payne e sulle sue stesse origini. Non riusciva a pensarci, tanto meno a dirlo ad alta voce.

«Josie, perché mi fai queste domande? Cosa c'è che non va?»

La voce di Josie tremò. «Sei riuscita a capire subito che ero figlia di qualcun altro?»

Lisette rimase immobile, mantenendo la sua postura come una statua di granito. «Di che cosa stai parlando?»

«Non assomiglio a papà» disse Josie. «E non assomiglio a te.»

«Hai preso da tua madre.» disse Lisette.

«No» disse Josie. «Il fatto che entrambe abbiamo i capelli neri non significa molto. Nonna, tu lo sapevi, vero? Dovevi sapere, o almeno sospettare, che non avevo un legame di sangue con te e mio padre.»

Il viso di Lisette arrossì. «Ha importanza? Ha davvero importanza? Tu sei mia. Sei sempre stata mia. Non ho avuto bisogno di un esame del sangue per dimostrarlo, e nemmeno tu dovresti. Chi ti ha allevata, Josie? Chi ha lottato per te? Ho combattuto come una dannata per portarti a casa con me.»

«Le carte in tavola erano truccate, nonna. Il giudice a cui ti sei rivolta, Malcolm Bowen, conosceva mia madre, sapeva che usava un'identità fittizia. Io me ne sarei andata con lei, qualunque cosa fosse successa quel giorno.»

«Non puoi saperlo. Il giudice Bowen era un uomo buono, un uomo giusto. Quando tua madre se ne andò finalmente, fece approvare l'ordine di custodia in modo rapido e indolore. Mi aiutò.» «Il giudice Bowen *non* era un brav'uomo. Mi dispiace distruggere le tue illusioni, nonna. Se ti ha aiutata, è stato solo perché...» Si interruppe mentre il suo cervello elaborava il concetto.

Che il giudice Bowen fosse stato coinvolto negli affari di sua madre era solo una teoria, ma Josie era sicura di averci azzeccato. Era certa che sua madre si fosse rivolta a lui dopo la prima richiesta di affidamento da parte di Lisette e gli avesse fatto gestire l'intera faccenda con discrezione, ricorrendo a una mediazione privata. Lila sapeva qualcosa su di lui, probabilmente che aveva avuto una relazione con la vera Belinda Rose quando era minorenne. E per non farle rivelare quel segreto, l'aveva aiutata. L'unico modo in cui avrebbe potuto fare marcia indietro e aiutare Lisette quattro anni dopo era se Lila glielo avesse permesso, e Lila non le avrebbe permesso di avere la sua custodia dopo i quattordici anni, a meno che...

«Nonna, che cosa hai fatto?»

«Josie Quinn.» esordì Lisette in tono di rimprovero.

«Il giudice Bowen era in combutta con mia madre. Non ti avrebbero permesso di prendermi se tu non avessi fatto qualcosa. Mia madre non ha mai dato niente per niente. Che cosa le hai dato? Cosa le hai promesso?»

Lisette abbassò la testa. «Piccola mia...»

«Dimmelo e basta.»

Con un sospiro, Lisette disse: «Cinquantamila dollari.»

«Cosa?» La voce di Josie uscì acuta. «Dove hai trovato tutti quei soldi?»

«Tuo padre aveva una polizza di assicurazione sulla vita. Non la toccai dopo la sua morte. Sapevo che avrebbe voluto che la mettessi da parte per te, perché la usassi per l'università o per comprare la tua prima casa. Ma dopo l'incendio alla roulotte, tua madre venne da me. Disse che voleva trovare una soluzione. Credo che la polizia le stesse addosso per capire se era lei la responsabile dell'incendio e di quello che era successo a quel povero ragazzo, Dexter. Non discussi. Le offrii venticinquemila dollari, a patto che se ne andasse e non tornasse mai più. Voleva di più. Le dissi che per cinquanta doveva darmi la piena custodia legale e fisica e non mettere mai più piede nella tua vita.»

Josie si alzò e si mise a camminare per la stanza. «Nonna...»

«Ho dovuto farlo. Era la mia unica possibilità. So che è costato un sacco di soldi, ma ne è valsa la pena. Dovevo portarti via da lei. Mi dispiace solo di non averlo potuto fare prima. Il danno che ha fatto... Josie, voglio che tu sappia che mi dispiace.»

Josie alzò le mani. «Smettila. Zitta e basta. Non posso... non posso parlare di questo. Io... io non... Nonna, tu hai sempre saputo che non ti appartenevo. Hai lavorato così duramente per avermi, ma perché mi hai tenuta? Perché non hai detto nulla? Ti è mai venuto in mente che un'altra famiglia, da qualche parte, sentisse la mia mancanza?»

Lisette fece una risata di scherno. «Un'altra famiglia? Ma per favore. Forse un uomo drogato che tua madre ha portato nel suo letto per una notte. Non capisci? Per quanto ne sapevo, chiunque ti avesse davvero concepita poteva essere anche peggio di tua madre. È stato già abbastanza difficile allontanarti da lei, soprattutto dopo la morte di tuo padre. Avremmo dovuto lottare insieme per te. Mi aveva promesso che avremmo presentato una petizione in tribunale per ottenere l'affidamento. Non ci saremmo fatti intimidire da lei. Tuo padre avrebbe speso fino all'ultimo centesimo e io l'avrei aiutato. Non capirò mai perché si sia arreso. Non era affatto da lui. Ma poi se n'è andato e tu sei rimasta sola con quel... quel mostro. Sapevo solo che dovevo portarti via da lei.»

«Avresti potuto dire qualcosa» disse Josie. «Dire a qualcuno che non credevi che fossi sua. Scatenare l'inferno. Parlare con il giudice Bowen. Lanciare segnali di allarme. Ma non l'hai fatto.»

Gli occhi di Lisette lampeggiarono. Puntò un dito incurvato verso Josie. «Non mi stai ascoltando. E se facendolo avessimo scoperto chi era il tuo vero padre, e che era anche peggiore di tua madre? Non ci hai mai pensato?»

«Non il mio vero padre» disse Josie. «La mia vera famiglia. Nonna, credo che mi abbia *rapita* a un'altra famiglia.»

«Ma di cosa stai parlando?»

Josie si inginocchiò davanti alla nonna e le prese entrambe le mani. «Nonna, quello che sto per dirti ti sembrerà assurdo. O forse, con quello che già sai di mia madre, ti sembrerà del tutto sensato.»

SESSANTOTTO

Josie tornò a casa, arrancò in cucina e si preparò un'altra tazza di caffè, anche se, per come si sentiva, dubitava che sarebbe servito: le sue membra sembravano muoversi nella melassa. Non si era sentita così svuotata da quando, sei mesi prima, aveva salvato il piccolo Harris dal fiume Susquehanna. La giornata era stata costellata di scoperte sconvolgenti, ma non era ancora riuscita a capire dove si trovassero Lila e Trinity. Josie era così immersa nei suoi pensieri che, quando sentì tre forti colpi alla porta di casa, quasi le prese un colpo. Attraverso lo spioncino vide Noah in piedi sul gradino di casa sua, con entrambe le mani nelle tasche dei jeans e lo sguardo fisso sui suoi piedi. «Cosa ci fai qui?» chiese. «Hai trovato Lila? Trinity?»

Lui scosse la testa, continuando a non guardarla.

Odiava questo imbarazzo tra loro e l'ultima cosa che le andava di fare era discutere di quello che era e non era successo la sera prima; eppure, era davanti a lei. «Vuoi entrare?»

Le passò davanti raggiungendo l'ingresso, lei si chiuse la porta alle spalle e fece cenno di andare in cucina.

Solo quando si fu seduto al tavolo la guardò. «Mi dispiace

per questa mattina, per Tara» disse. «Volevo chiamarti per avvertirti, ma Tara non ce lo ha permesso.»

«Capisco.» disse lei.

Lei posò la tazza di caffè davanti a lui e, mentre si girava, lui le toccò il braccio. «Stavo cercando di capire quale fosse il modo migliore per proteggerti.»

Josie sospirò e si sedette accanto a lui. «Noah» disse, «non puoi proteggermi da questo. Nessuno può farlo. Questa battaglia è iniziata da tempo e io sono l'unica che può affrontarla.»

«No, non è vero» insistette Noah, guardandola duramente con i suoi occhi nocciola. Vedere sul suo volto qualcosa di diverso dal dolore e dalla confusione la fece sentire immediatamente meglio. «Io e Gretchen ti aiuteremo. Abbiamo già convinto il sindaco che non sei tu quella del video. Dobbiamo solo trovare Trinity. Risolveremo tutto.»

«Sei il capo della polizia ad interim, adesso?» gli chiese speranzosa.

«Il sindaco non si fida della mia imparzialità né di quella di Gretchen, il che probabilmente è una mossa intelligente da parte sua. Ha fatto arrivare un tizio. È vicino alla pensione. Possiede una società di sicurezza. Prima lavorava come ufficiale di polizia di alto livello a Pittsburgh. Sarà lui il capo ad interim fino a nuovo ordine.»

Per Josie non era una sorpresa che Tara avesse in serbo un sostituto per lei.

«Certo.» disse.

«Beh, speriamo che questo tizio sia più ragionevole di Tara.»

«Niente su Trinity?» chiese Josie, tornando a occuparsi di questioni più urgenti. «So che Gretchen è andata all'Eudora. Siete riusciti a sbloccare il suo telefono?»

Lui alzò un sopracciglio, ma non fece domande. «C'erano dei messaggi tra lei e un numero sconosciuto, un cellulare prepagato. Stiamo cercando di rintracciare la sua posizione.

Chiunque fosse ha detto di avere informazioni su sua sorella. Abbiamo chiamato sua madre, Shannon Payne. Ci ha detto che sua sorella è morta da neonata.»

«Sì, l'ho saputo.»

«I messaggi erano molto criptici, e dopo che hanno smesso di scriversi, si sono scambiati qualche telefonata, tra cui una da quel numero sconosciuto, poco prima di lasciare la stanza.»

«Era Lila.» disse Josie.

«Ma perché? Perché dare la caccia a Trinity? E chi diavolo è questo Heinrich? Non sono riuscito a trovare alcun collegamento tra lui e Belinda Rose o Lila Jensen. Però l'ho trovato schedato come criminale sessuale. Lo sapevi? «

Josie annuì. «Sì. Ha scontato quasi dieci anni per aver molestato la nipote tredicenne.»

«Come fai a saperlo?» chiese Noah. «Era uno dei tuoi casi?»

«No, lo stavano già rilasciando quando ho iniziato a lavorare alla polizia di Denton.» C'era voluto molto tempo perché Josie identificasse Heinrich come l'uomo a cui Lila l'aveva venduta e, dato che non era successo niente tra loro, non c'era niente che Josie potesse fargli legalmente.

Aveva temuto che una volta uscito di prigione avrebbe predato altre ragazzine, ma erano bastati pochi giorni di sorveglianza per capire che non era in grado di aggredire nessuno. Qualunque cosa gli fosse successa in prigione gli aveva lasciato una zoppia permanente e una limitata capacità di movimento di un braccio. Per la maggior parte del tempo si muoveva lentamente, come se soffrisse molto.

Noah disse: «Non capisco.»

Il dolore lancinante alle tempie era tornato. «Devo dirti alcune cose, adesso.» La parte più facile fu dirgli quello che aveva scoperto dalla madre di Trinity e quello che sua nonna aveva confermato: suo padre non aveva assistito alla sua nascita. Lila era scomparsa per mesi e un giorno era ricomparsa inaspettatamente con Josie. Non c'erano prove concrete che Lila fosse mai stata incinta o avesse partorito, il che significava che c'era la possibilità concreta che l'avesse portata via ai Payne. Noah era alla seconda tazza di caffè quando lei finì. I suoi occhi erano cerchiati.

«So che sembra una follia.» disse Josie.

«No. O meglio, sì. È così. Completamente folle, ma con quello che sappiamo ora, posso capirlo. Quando tutto questo sarà finito, dovresti fare un test del DNA. Adesso si può fare per posta. Rapidamente. L'unica domanda che mi pongo è: perché mai Lila avrebbe dovuto rapire il figlio di qualcuno?»

«Perché è la cosa peggiore che si possa fare a una donna.»

«Tutto perché Shannon Payne l'aveva fatta licenziare?»

«Le reazioni di Lila non sono mai state equilibrate.» gli fece notare Josie.

Lui mandò giù l'ultimo sorso di caffè e rimasero in silenzio per qualche istante. Le faceva male tirare fuori l'ultimo pezzo del puzzle, ma sapeva di doverlo fare. Noah l'aveva sostenuta ciecamente di fronte alla mossa del sindaco e le era stato appassionatamente fedele, anche dopo che lei aveva interrotto il loro incontro in modo così brusco e lo aveva visibilmente ferito. Meritava di sapere tutto, il che significava dirgli di Heinrich. «Noah» disse. «C'è dell'altro. Qualcosa che devo dirti. Riguarda Ted Heinrich.»

Lui non disse nulla dopo che lei glielo ebbe raccontato, e non le ci volle molto: le poche parole che riuscì a trovare erano inadeguate per esprimere l'ampiezza e la profondità di ciò che Lila le aveva fatto e di ciò che le era stato quasi tolto quel giorno. Forse era giusto così, pensò. Aveva trascorso così tanti anni a respingere quei sentimenti e a tenerli fuori dalla sua coscienza, che alla fine pronunciare quelle parole avrebbe potuto ridurne il potere.

Josie osservò la vastità delle emozioni che attraversavano il volto di Noah mentre lei parlava: sgomento, orrore, compassione, tristezza, disgusto, rabbia e sollievo per l'intervento di Needle. Sapeva che stava cercando nel silenzio qualcosa da dire, qualsiasi cosa.

Si sentì sollevata quando il cellulare di Noah squillò. Lentamente, senza toglierle gli occhi di dosso, lo estrasse e lo silenziò. «Noah» disse sottovoce. «Dovresti rispondere.»

I suoi occhi erano intensi, puntati su di lei con un'attenzione assoluta. «No» disse lui, «non voglio.»

Si fissarono l'un l'altra. Il telefono squillò di nuovo. Di nuovo Noah lo silenziò.

«Potrebbe essere importante.»

Noah batté l'indice sul tavolo. «Questo è importante. *Tu* sei importante.»

Lei sorrise. «Allora aiutami. Rispondi al telefono. Potrebbe riguardare Trinity. O mia madre.»

«Lila» disse. «D'ora in poi sarà Lila. Non è stata una madre per te.»

«Lila, dunque.»

Il telefono squillò di nuovo e lui rispose, ascoltando brevemente e concludendo la chiamata dicendo: «Sarò lì tra dieci minuti.»

Josie lo guardò speranzosa, ma lui scosse la testa. «Mi dispiace. Niente su Trinity. Ma Gretchen ha fermato uno di quei ragazzi che lavorano al negozio Spur Mobile e gli ha fatto ammettere che una "vecchia signora molto strana" gli ha dato dell'erba in cambio del tuo nuovo numero, e che ha "fatto altre cose" per fargli mettere gli annunci su Craigslist.»

Josie si alzò e lo accompagnò alla porta d'ingresso. «Lo sapevo» disse. «E credo di sapere anche quale di quei piccoli teppisti schifosi è stato. Vedi cos'altro puoi ottenere da lui. Se è entrata nel negozio, potrebbe esserci un video. Va' a chiedergli se gli ha detto il suo nome. Forse possiamo scoprire quale identità sta usando adesso.»

Noah rimase fermo davanti alla porta d'ingresso e le sorrise. «Agli ordini, Boss.»

«Scusami» rispose Josie. «È un'abitudine difficile da perdere... quella di darti ordini.»

«A me non dispiace.» Lui le fece un piccolo sorriso e il suo cuore sussultò.

SESSANTANOVE

Il cellulare di Josie squillò poco dopo che Noah se ne fu andato, interrompendo i suoi pensieri. Quegli ultimi momenti insieme avevano suscitato in lei così tante emozioni che faticava a tenerle a freno. Rispose senza guardare il numero. Una voce maschile chiese: «Parlo con il capo Quinn? Capo Josie Quinn?»

«Sì» confermò Josie. «Sono Josie Quinn. Chi parla?»

«Sono Andrew Bowen...»

«Oh, sì. Ho chiamato per due motivi. Uno è sua madre...»

«Sì, mia madre» la interruppe lui. «Mi ha detto che l'ha chiamata e le ha chiesto di presentarsi per un interrogatorio più formale. Deve sapere che mi ha nominato suo avvocato.»

Josie soppresse un lamento. «Mi lasci indovinare, non ha intenzione di farla presentare all'interrogatorio perché ha già detto ai miei detective tutto quello che sa. Ci sono andata vicino?»

Lui rise. «Sì, è proprio così.»

«E se non avesse funzionato, avrebbe addotto la sua età e il suo status nella comunità, sostenendo che non ci sarebbe motivo di condurla alla centrale come una specie di criminale.»

Altre risate. «Vuole dirmi anche come dovrò gestire il mio prossimo processo? Vorrei proprio sapere se vincerò o meno.»

«Mi dispiace, non sono una sensitiva» rispose Josie. «Sono solo abituata a trattare con avvocati che difendono i criminali. Allora mi dica, signor Bowen, se sua madre non ha fatto nulla di penalmente rilevante e non ha niente da nascondere, perché non la porta da noi per rispondere a qualche altra domanda di fronte a una tazza di caffè?»

Le parve di sentirlo sorseggiare qualcosa. Poi rispose: «Va bene, Capo, cosa spera realmente di ottenere in questo modo? Avete interrogato la signora Bowen sull'omicidio di una ragazza che conosceva appena, avvenuto più di trent'anni fa.»

«Non direi che si conoscessero appena» lo contraddisse Josie. «Diverse persone con cui abbiamo parlato ci hanno riferito che erano piuttosto intime. Sua madre ha persino ammesso di essere diventata buona amica di Belinda dopo che suo padre si era interessato a lei. Erano dispiaciuti per lei perché era una ragazza in affidamento.»

«E con questo?» chiese Andrew. «Certo che erano amiche, ma secondo mia madre Belinda Rose è scomparsa nel 1984 e lei e i suoi detective lo avete confermato quando siete venuti a trovarla. È accaduto quasi un anno dopo che mia madre ha lasciato il palazzo di giustizia per diventare madre a tempo pieno. Cosa credete che vi stia nascondendo?»

Parecchio, pensò Josie. Non aveva creduto neanche per un secondo che Sophia non si ricordasse di Lila, ma ancora non riusciva a capire perché avesse mentito al riguardo. Era facile immaginare che mentisse su come vedeva la relazione del marito con Belinda Rose. Forse Sophia lo aveva scoperto. Impossibile dire se fosse accaduto prima o dopo che erano diventate amiche, ma Sophia era rimasta accanto al marito per decenni, aveva cresciuto i suoi figli e aveva svolto il ruolo di moglie devota. Probabilmente si rifiutava di ammettere di essere stata a conoscenza della relazione del marito con una minorenne, avvenuta più di trent'anni prima. Ma perché mentire sul fatto di conoscere Lila?

«Senta» disse Andrew, distogliendo Josie dai suoi pensieri. «Mia madre è una brava donna. È stata una moglie fedele e una madre eccellente. È attiva nella sua parrocchia e si impegna molto nel servizio comunitario e nel volontariato. Ha fatto molte opere di carità in questa contea per aiutare i bambini in affidamento. Non capisco perché la stiate trascinando in questa indagine quando lei non c'entra nulla. Dovrete aiutarmi a digerire questa cosa. Altrimenti, non potrei assolutamente consigliarle di incontrare di nuovo lei o uno dei suoi detective. Di certo non alla centrale di polizia. Ora, qual è l'altra cosa per cui ha chiamato? È un caso diverso?»

Per il momento, Josie abbandonò l'argomento dell'interrogatorio formale.

«Si trattava di una domanda personale» disse Josie. «Nulla a che fare con un caso.»

Seguì un attimo di silenzio. Poi l'avvocato disse: «Va bene, non posso promettere che le risponderò, ma faccia pure.»

«Quando lei era piccolo, ha mai avuto... denti in più?»

«Denti sovrannumerari?» chiese lui.

«Sì, esattamente.»

«Ehm... Sì, li avevo. Mia madre mi ha portato a farli togliere appena sono cresciuti. Era sempre preoccupata che ne crescessero altri, ma non è mai accaduto. Abbiamo dovuto rivolgerci a uno speciale chirurgo orale di Philadelphia. A quanto pare, è piuttosto raro.»

«L'ho sentito dire.» disse Josie.

«Come diavolo fa a saperlo? Di che cosa si tratta?»

«Ho tirato a indovinare» disse Josie. «Mi dispiace, signor Bowen. Devo andare. Ho un'emergenza.»

SETTANTA

La notte stava calando quando Josie si fermò davanti alla casa di Sophia Bowen. Un'unica luce al piano inferiore brillava attraverso una delle finestre del soggiorno. Josie aspettò di vedere se ci fosse qualcuno all'interno e, quando fu abbastanza sicura che Sophia era sola, si avvicinò alla porta d'ingresso e bussò. Sophia andò ad aprire con indosso un paio di pantaloni beige e una camicetta rosa button down che si allargava in vita. Il suo sorriso si congelò quando vide che si trattava di Josie. Cercò di chiudere, ma Josie incastrò un piede tra la porta e lo stipite. Sophia continuò a spingere, ma Josie spinse più forte. «So di Andrew» disse. «So che è il figlio nato dalla relazione tra Belinda Rose e suo marito.»

Le mani di Sophia allentarono la presa sulla porta. Lo sguardo si abbassò sui suoi piedi quando Josie si fece strada nell'atrio e chiuse la porta dietro di sé. «Perché ha mentito?» chiese.

Sophia si prese un attimo per riprendersi, poi sollevò il mento e le lanciò un'occhiata. «Non ha il diritto di venire qui, irrompendo con queste affermazioni stravaganti. Gradirei che se ne andasse subito.»

«Altrimenti? Chiamerà la polizia? Senta, non mi interessa la relazione di suo marito. Non mi interessa nemmeno che lei abbia mentito a suo figlio dicendogli che è stato adottato quando non è così. Quello che mi interessa è trovare Lila Jensen. So che si ricorda di lei. So che si è messa in contatto con lei.»

«Io non... non ho...»

«Se lo risparmi» disse Josie. «Nell'ultimo mese Lila ha sconvolto la mia vita. Ha fatto cose che sarebbe stato impossibile fare senza un aiuto. Certo, non le sarà stato difficile trovare un paio di stupidi ragazzini per fare scherzi ridicoli o affidarsi ai suoi vecchi compari di spaccio per altre cose, ma ora è passata a piani più elaborati. Piani per i quali ha avuto bisogno di un aiuto più consistente: soldi, un nascondiglio, un posto dove rinchiudere qualcuno. Lei vive da sola in questa grande casa. Ha soldi a palate. È il bersaglio perfetto per una persona come lei. Allora mi dica, con cosa l'ha costretta ad aiutarla?»

Il volto di Sophia era cinereo. Intrecciò le dita, lo sguardo guizzava per la stanza. «Non volevo aiutarla. Non volevo, davvero. Non la troverà qui, se è questo che pensa. Lei avrebbe voluto, ma mi sono opposta. Non la vedevo da più di trent'anni, poi un mese fa si è presentata alla mia porta chiedendomi soldi e un'auto. Le ho detto che non potevo farlo, ma mi ha minacciata.»

«Sapeva della relazione di suo marito con Belinda Rose» disse Josie. «Aveva intenzione di dire ad Andrew che in realtà non era stato adottato. Che suo padre non era il santo che tutti credevano.»

Sophia allargò le mani in un gesto di disperazione. «Cosa potevo fare? Non volevo distruggesse la memoria di Malcolm, la sua eredità. Che importanza ha se è andato a letto con una ragazzina trent'anni fa? Assicurandosi che Andrew tornasse da lui, ha fatto la cosa che avrebbe fatto un buon padre. Perché distruggere tutto questo adesso? Inoltre, Andrew ammirava tanto suo padre. È diventato avvocato seguendo le sue orme.

Lila voleva solo un po' di soldi. Tutto qui. Cos'è un po' di denaro in confronto al ricordo che mio figlio ha del padre?»

«Quanto?» chiese Josie.

Sophia incrociò le braccia sul petto.

«Quanto?»

«Ventimila.» mormorò Sophia.

«Gesù. Le ha dato ventimila dollari?»

«Era un piccolo prezzo da pagare.»

«Perché è tornata? Perché è qui? Perché adesso?»

«Non ha voluto dirlo, ma credo che sia malata. Non ha un bell'aspetto. Le ho chiesto la stessa cosa. Dopo tanti anni. Pensavo di essermi lasciata tutto alle spalle. Mi ha risposto che aveva dei conti da regolare e che non le restava molto tempo. Le ho chiesto: "Tempo per cosa?" e lei mi ha risposto che non erano affari miei.»

«Dove posso trovarla?» chiese Josie. «Dov'è Lila, adesso?»

Ancora una volta, Sophia guardò in giro per la stanza, rifiutandosi di rivolgere lo sguardo a Josie. Si comportava come una bambina: se non la guardava direttamente, forse Josie non l'avrebbe giudicata.

«Me lo dica!» scattò Josie.

Allora Sophia sospirò. Si avvicinò a un tavolo in fondo all'atrio e prese una borsa. «La porterò da lei.»

«Me lo dica e basta.» disse Josie.

«È piuttosto lontano» disse Sophia. «Se vede solo lei e non me, è probabile che scappi, o che la affronti.» Josie non voleva che Sophia la accompagnasse, ma la sua logica era incontestabile. Se c'era anche una minima possibilità di trovare Lila e salvare Trinity, Josie doveva coglierla. «Va bene» disse, «ma guido io.»

SETTANTUNO

Viaggiarono in un silenzio rotto solo dalle indicazioni di Sophia per raggiungere una vecchia fabbrica tessile abbandonata vicino al fiume Susquehanna. Josie parcheggiò la Camry lungo la strada di accesso e andò a cercare una torcia nel bagagliaio. Mentre Sophia aspettava sul sedile del passeggero, si mise a rovistare tra gli oggetti accumulati dal sergente Lamay e mandò un rapido messaggio a Noah. Se Lila e Trinity si trovavano lì, avrebbe avuto bisogno di rinforzi.

"Fabbrica tessile con la Bowen", gli scrisse. Ci sarebbe arrivato.

Poi si avviarono nell'oscurità lungo la vecchia strada, con la sola luce della luna a illuminare il cammino. Se Lila si trovava a uno dei piani superiori, non doveva scorgere il fascio di luce della torcia. Sophia, con le scarpe tacco cinque, continuava a inciampare sull'asfalto screpolato. «Rallenti.» sibilò.

«No» disse Josie categoricamente. «Tenga il passo.»

Quando raggiunsero l'ingresso sud della fabbrica, Sophia era già sudata e ansimava. Josie fissava l'edificio: cinque piani di vecchi mattoni ingialliti e finestre distrutte come orbite vuote che le fissavano. Sentì un solletico sulla nuca. «Dov'è?» chiese.

«Al terzo piano» rispose Sophia. «È tutto quello che so. È qui che ha detto di stare.»

Con ventimila dollari, Lila avrebbe potuto sistemarsi meglio, ma non ci sono molti posti che ti permettono di tenere un ostaggio nei loro locali. «Vada avanti lei.» disse Josie spingendo Sophia attraverso le porte scricchiolanti. Una volta dentro, accese la torcia e la puntò nell'androne simile a una caverna. C'erano vetri rotti, immondizia e altri detriti sparsi a terra. Vecchie attrezzature abbandonate come guardiani fatiscenti. Un ratto strisciò via proprio mentre attraversavano il locale alla ricerca della tromba delle scale.

«Da questa parte.» disse Sophia, indicando una serie di doppie porte alla loro sinistra. Graffiti e ruggine avevano rovinato la vernice delle porte e un liquido nerastro colava dal muro sovrastante, oltre le maniglie delle porte e sul pavimento. «Apra.» disse Josie.

Nel bagliore periferico della torcia, Josie vide lo sguardo di disprezzo che Sophia le rivolse mentre frugava nella borsa. «Non abbiamo tempo per questo.» disse Josie.

Le apparve in mano un fazzoletto di carta che usò per coprire la maniglia della porta prima di aprirla. La porta gemette dietro di loro mentre imboccavano la tromba delle scale; nel silenzio dell'enorme edificio il rumore parve il rombo di un aereo. I gradini di cemento si sbriciolavano sotto i loro piedi e Sophia inciampò di nuovo, aggrappandosi disperatamente alla ringhiera. Josie teneva la torcia puntata davanti a sé e le orecchie tese per captare eventuali suoni sopra di loro. Avevano salito due rampe quando Josie si rese improvvisamente conto di non sentire più il respiro affannoso di Sophia alle sue spalle. Istintivamente, la mano libera cercò la pistola, ma naturalmente non c'era. Avvolse le mani intorno al lungo manico della torcia, ma era troppo tardi. Fu trascinata indietro per la spalla, giù per i gradini, precipitando nell'oscurità.

SETTANTADUE

Josie cadde e continuò a rotolare finché non si fermò con un tonfo sul pianerottolo che avevano appena superato. La nuca le doleva e il polso destro pulsava. Aveva perso la torcia e cercandola intorno a sé, nel buio, capì che doveva essersi rotta nell'impatto, perché non riusciva a vedere nemmeno il suo fascio di luce. Nel tentativo di orientarsi lungo il muro, Josie trovò la ringhiera e si tirò in piedi. Una fitta le attraversò la caviglia sinistra. Si fermò un attimo per cercare di sentire Sophia, al di sopra del battito cardiaco. Poi avvertì il gelido cerchio d'acciaio di una canna di pistola contro la sua guancia e la voce fredda di Sophia nell'orecchio: «Non muoverti.»

Josie alzò le mani, anche se non era nemmeno sicura che Sophia potesse vederla. Sbatté più volte le palpebre, cercando di abituare gli occhi all'assoluta oscurità della tromba delle scale. Su una delle rampe superiori, un sottile raggio di luce lunare si insinuava attraverso una delle finestre rotte.

«Se si tratta dei suoi segreti» disse Josie, «nessuno li saprà da me. Mi interessa solo fermare Lila.»

«Oh, si tratta proprio dei miei segreti, ma non di quelli che pensi tu.» Josie mosse di poco il viso, spostando leggermente la canna della pistola verso l'orecchio. Riusciva a scorgere gli occhi scintillanti e furenti di Sophia nel suo campo visivo periferico. «Sicura di saperla usare quella?» chiese. Sophia spinse con forza la canna sullo zigomo di Josie. «Una vecchia signora ricca, che vive da sola? Puoi giurarci che so come usarla.»

Josie non ne dubitava. «Cosa penserà Andrew se sua madre uccide il capo della polizia?»

«Penserà che non avevo scelta. Non preoccuparti. Insabbierò tutto come ho insabbiato l'omicidio di Belinda. Solo che questa volta i segreti resteranno sepolti.» Josie si sentì attraversare da una scossa di freddo. «Di che cosa sta parlando? Ha ucciso lei Belinda?»

«Certo che l'ho fatto» sputò Sophia. «Era una puttana che fingeva di essere mia amica mentre se la faceva con mio marito.»

Cercando di guadagnare tempo, le chiese: «Ha detto di aver lasciato il palazzo di giustizia molto prima che Belinda morisse, quando è arrivato Andrew. Sapeva già che era suo?»

«Non sapevo nulla. Ero beatamente ignara che mio marito fosse un disgustoso pervertito. Lo sapeva che si faceva tutte le ragazzine che entravano in quel tribunale? Credo che abbia avuto una relazione anche con Lila, ma non ho mai potuto provarlo. Non avevo idea di cosa facesse. Io e Belinda eravamo buone amiche. Grandi amiche. Mi fidavo di lei e credetti a mio marito quando mi disse che voleva essere una figura paterna per lei.»

A ogni parola, Sophia le conficcava più a fondo la canna della pistola nello zigomo. Josie abbassò lentamente le mani e cercò di allontanarsi da Sophia, ma lei la trattenne con forza per una spalla. Josie doveva tenerla concentrata sulla sua storia e non sulla pistola che le stava puntando in faccia.

«Credeva davvero che suo marito stesse cercando di aiutare Belinda perché era una ragazza in affidamento?»

Sophia sbuffò. «Ero giovane e stupida. Amavo mio marito e volevo credergli. Poi Belinda scomparve per qualche mese e quando tornò iniziò a frequentare quell'insegnante, il signor Todd. In quel periodo si fece più riservata, ma eravamo ancora amiche, così mi confidò ogni dettaglio della sua relazione con Todd. Non pensavo che tra lei e Malcolm ci fosse qualcosa di cui dovessi preoccuparmi.»

«Ma poi è arrivato Andrew» disse Josie. Cercò di fare un passo e Sophia, persa nei racconti del passato, si mosse con lei.

«Sì, Malcolm tornò a casa e disse di aver saputo che c'era un bambino in adozione e di essersene innamorato. Mi chiese se volessi adottarlo. Avremmo potuto fare per lui ciò che nessuno aveva fatto per la mia cara amica Belinda. Conobbi il piccolo Andrew e me ne innamorai anch'io. Stavo vivendo un sogno. Ero una madre a tempo pieno. Non dovevo più battere a macchina e portare il caffè a quei maledetti giudici e avvocati, rispondere al telefono e compilare documenti. Così tedioso e monotono.»

«Se non sapeva che Belinda era rimasta incinta, come scoprì la relazione?»

La canna della pistola era scivolata leggermente e sentiva la mano di Sophia affaticarsi per lo sforzo di tenerla sollevata così a lungo.

«Era San Valentino, 1984. Malcolm lavorò fino a tardi. Misi Andrew nel passeggino e lo accompagnai al freddo fino al tribunale. Lo spinsi fino alle porte dello studio di Malcolm e poi li sentii. Li sentii... mentre facevano sesso. Mi nascosi per le scale e guardai attraverso la finestrella della porta, cercando di capire chi fosse. Immagina il mio sgomento quando Belinda uscì dall'ufficio di Malcolm, con le guance arrossate e soddisfatta, e la camicia abbottonata male.» Quindi Belinda aveva rotto la relazione con il padre di Lloyd e Damon Todd per riprendere da dove si era interrotta con Malcolm Bowen.

Sophia abbassò la pistola all'altezza della vita di Josie mentre parlava, riducendo la pressione e dando l'impressione di trarre un certo piacere nel tirare finalmente fuori tutto.

«Non li affrontai. Che senso avrebbe avuto? Portai il bambino a casa, misi la cena in tavola e cercai di andare avanti con la mia vita. Ma non riuscii a dimenticare.» Fece una pausa per un momento, concedendosi un attimo. «Qualche settimana dopo, mi recai al palazzo di giustizia durante l'orario normale e incontrai Lila. Capì subito che c'era qualcosa che non andava, così uscimmo per una pausa sigaretta, come ai vecchi tempi, e le dissi che avevo visto Malcolm e Belinda. Mi disse che sospettava di loro anche prima della scomparsa di Belinda. Erano due anni che andava avanti con quella ragazza. Con quella nessuno. Noi eravamo sposati solo da tre.»

«Così decise di prendere in mano la situazione.» disse Josie mentre Sophia, distratta dai suoi ricordi, lasciava che la pistola le scivolasse sul fianco. Josie provò sollievo nel vedere la canna della pistola finalmente puntata lontano da lei. Non osava fare una mossa e interrompere la trance. Noah e i rinforzi sarebbero arrivati da un momento all'altro.

«Fu un'idea di Lila» spiegò Sophia. «Aveva escogitato un piano per attirare Belinda in un parco alla periferia di Bellewood. Pensava che l'avrei affrontata, magari sferrandole qualche pugno. Ma quando la vidi, persi la testa. Due anni. Proprio sotto il mio naso. Malcolm probabilmente aveva adottato Andrew solo per allontanarmi dal palazzo di giustizia e per poter continuare a vivere più liberamente. La colpii.»

«Con cosa?» Josie pensò di aver sentito il rumore delle auto sull'asfalto, ma non poteva esserne certa. «Con cosa?» ripeté.

«Con una sbarra di ferro del parco giochi; c'erano stati dei danni causati dalla bufera e una si era rotta. Belinda continuava a dire che Malcolm la amava più di me e che era solo questione di tempo prima che si sbarazzasse di me. Lei avrebbe compiuto diciotto anni entro sei mesi, doveva solo aspettare, poi lui avrebbe divorziato, avrebbe preso il bambino e avrebbe creato una nuova famiglia felice. Fino a quel momento non sapevo nemmeno che Andrew fosse *suo* figlio. Le bugie. Mio Dio, le bugie. Afferrai la sbarra e... non volevo ucciderla.»

«Ma lo ha fatto. Come è finita sepolta a Denton?»

«La prese Lila. La mettemmo nel bagagliaio di Lila e lei mi disse che mi avrebbe aiutato a nasconderla se l'avessi aiutata con qualcos'altro.»

«Aiutarla come?» chiese Josie.

«Voleva dei soldi. Diceva che il suo capo la... molestava. Aveva bisogno di andarsene. Così accettai. Prese il corpo di Belinda e i soldi, e non l'ho più sentita. Fino al mese scorso.»

«Non è stata lei a darle i soldi» disse Josie. «È stato suo marito. Cosa gli disse per convincerlo a pagarla?»

«Gli raccontai tutto. Poteva scegliere: denunciarmi e diventare il giudice la cui moglie ne aveva ucciso l'amante minorenne, oppure pagare Lila e coprire per sempre l'intera faccenda.»

«Scelse la reputazione.»

Da sotto di loro arrivò un forte botto, seguito da urla. Alla luce della luna, gli occhi di Sophia brillarono di collera. Alzò di nuovo la pistola verso il viso di Josie. «Che cosa hai fatto? Chi hai chiamato?»

Josie non rispose. Invece puntò alla pistola, facendola cadere dalla mano di Sophia e sferrandole un pugno in pieno viso. Sophia inciampò all'indietro, gridando mentre cadeva. Josie si inginocchiò, cercando freneticamente la pistola tra i detriti che coprivano il pianerottolo. Sophia la afferrò per la caviglia ferita, facendola gridare di dolore. Josie scalciò, ma Sophia si era già tirata su e torreggiava su di lei. In mano aveva la pistola che Josie stava cercando. La teneva per la canna e, prima che Josie avesse la possibilità di reagire, gliela calò con forza sulla testa.

La tromba delle scale si inclinò e l'ombra di Sophia si sfocò. Josie cercò di alzarsi, ma le gambe non rispondevano. Quando si riprese, Sophia la sorreggeva per le ascelle, tirandola su per la rampa di scale da cui era appena caduta. Josie si sforzò di reagire, ma il corpo non la assecondò.

Fu trascinata velocemente attraverso una porta laterale e il rumore degli scarponi che battevano sul cemento e le voci che aveva sentito poco prima si affievolirono. La luce della luna era più chiara al terzo piano, ma Josie non riusciva comunque a schiarirsi la vista. «Fermati.» mugugnò. Ma Sophia continuava a trascinarla; era sorprendentemente forte. Alla fine, la lasciò cadere e Josie rotolò sulla schiena. Su di lei incombeva una gigantesca macchina per tintura a flusso morbido: una complessa rete di tubature, ugelli e pompe che circondava un enorme cilindro così grande che per salirvi sopra ci sarebbe voluta una scala. La ruggine aveva coperto la camera tubolare da tempo, lasciando uno squarcio al centro. Josie cercò di mettere Sophia a fuoco, mentre infilava la testa nell'apertura frastagliata del cilindro e tornava indietro per prenderla.

«No» disse Josie, con il cuore che le batteva forte. «Non posso...» provò. «Non posso entrare lì dentro.»

Sophia ignorò le sue suppliche, trascinandola più vicino, sollevando e spingendo le sue membra incapaci di reagire attraverso il buco della macchina per la tintura. I bordi metallici frastagliati del buco le raschiarono la schiena, strappando la giacca e la maglietta e graffiando dolorosamente la pelle. Con braccia e gambe cercò di nuovo di opporsi a Sophia, ma sembrava che lei fosse contemporaneamente ovunque nel cilindro, trascinandola sempre più nell'oscurità.

«Non posso...» tentò di nuovo.

Sophia la stese sul freddo metallo arrugginito e si sdraiò accanto a lei. Quando Josie cercò di parlare di nuovo, Sophia le mise una mano sulla bocca. «Ora silenzio» le intimò, «perché resteremo qui per un po'.»

Il panico bruciava ogni cellula del suo corpo. Cercò di orientarsi, di aggrapparsi a una parte di sé che capisse che l'oscurità non poteva farle del male, proprio come Ray le aveva sempre detto, ma non ci riuscì. Era di nuovo una ragazzina, nello sgabuzzino, che rotolava e cadeva in un abisso oscuro senza fine.

«Ho detto silenzio» sibilò Sophia, premendole con più forza la mano sulla bocca. Il respiro di Josie si fece via via più veloce. Cercò di allontanare la mano di Sophia dal suo viso, ma quando lei la scostò momentaneamente, dalla sua bocca uscì solo uno stridio acuto: era in iperventilazione. Josie sentì che le braccia le venivano strette contro i fianchi, poi che Sophia le saliva sopra a cavalcioni, immobilizzandola e scaricandole il suo peso sul ventre, tentando di nuovo di tapparle la bocca. Il petto di Josie bruciò per lo sforzo di fare qualcosa di più di brevi e superficiali rantoli di puro panico. Ogni momento che passava prendeva sempre meno aria.

Alla fine, per fortuna, svenne.

SETTANTATRÉ

Josie fu svegliata da un intenso martellamento nella testa, come se qualcuno le stesse conficcando degli spilli nelle tempie. Non osava aprire gli occhi, mentre la sua mente cercava un filo che la riportasse alla realtà. Dove si trovava? Come ci era arrivata? Dove era stata?

Si concentrò sui suoi sensi. La bocca era terribilmente secca, le labbra incollate. Ogni centimetro del suo corpo sembrava dolere. Bastò un piccolo tentativo di movimento per rendersi conto che era legata come un maiale: le mani dietro la schiena e ai piedi, con i talloni che le premevano sulle natiche. Però l'aria intorno a lei era calda e la sua guancia poggiava contro qualcosa di sorprendentemente morbido.

Non era la macchina per la tintura.

Poi le tornò tutto in mente: Sophia Bowen, la fabbrica tessile, la sua squadra che aveva sfondato le porte del primo piano, la lotta nella tromba delle scale, le viscere del vecchio macchinario. Quante ore aveva passato lì dentro? Il solo pensiero le fece salire la bile in gola; soffocò una serie di colpi di tosse. Aprì gli occhi di scatto. Era sdraiata su un pavimento di moquette, con il viso accanto a quello che sembrava un letto: il materasso poggiava direttamente a terra, senza telaio. La luce del sole filtrava da qualche parte sopra di lei, anche se non poteva girare il corpo per vedere.

Per un attimo fu così grata di essere uscita dal buco nero in cui Sophia l'aveva cacciata che pensò di piangere. Facendo diversi respiri profondi, testò di nuovo i legacci. Era immobilizzata completamente, tranne la testa, che sollevò e girò nella direzione opposta, trovandosi faccia a faccia con il volto gonfio e livido di Trinity Payne. Sangue secco le si era incrostato all'angolo delle labbra, il naso sembrava storto e schiacciato, e quando respirava emetteva un suono sibilante.

Josie provò un'ondata di sollievo, nonostante le circostanze. Respirava, quindi era ancora viva. La chiamò per nome un paio di volte, ma lei non si mosse. Josie si avvicinò, cercando di sfiorarle il viso con il suo, ma riuscì a malapena a spostarsi. Socchiuse le labbra e le soffiò sul viso. Dopo il quarto o quinto tentativo, Trinity contorse la bocca e aprì le palpebre quanto possibile. Tentò di parlare, ma non le uscì un suono. Si leccò le labbra, provò di nuovo, e con voce graffiante, ma udibile questa volta, le chiese. «Cosa ci fai qui?»

«Dove siamo?» domandò Josie.

«Non lo so» disse Trinity. «Non ne sono sicura.»

«Ti ho visto in un video alla carrozzeria.»

Josie credette di vedere una lacrima colarle dall'angolo di un occhio. «Non volevo farlo. Mi ha costretto lei.»

«Lila?»

Trinity tentò di scuotere la testa, ma si fermò subito, trasalendo e inspirando bruscamente. «Barbara Rhodes.»

Quel nome le era familiare. Perché lo conosceva? «Come ti ha convinta a farlo?» le chiese.

«Mi ha chiamata dicendo che aveva una storia per me, sull'incendio in cui è morta mia sorella, sostenendo di avere le prove sul vero responsabile, qualcuno del servizio di pulizia a cui si rivolgeva mia madre, e poi ha lasciato intendere che mia sorella non fosse morta davvero.»

«Mio Dio.» disse Josie.

«Non volevo sconvolgere mia madre nel caso si trattasse di una balla, ma lei sapeva delle cose, dei dettagli di cui avevo sentito parlare solo ai miei genitori. Mi ha chiesto di incontrarla a pochi isolati dall'hotel. Mi ha detto che dovevo andare a piedi, senza macchina, senza borsa, temeva che nascondessi un'arma, e mi ha fatto promettere che non avrei portato il telefono. Ha detto che non voleva che la registrassi o che inviassi informazioni dal mio telefono finché non fosse stata sicura di potersi fidare di me. Ha detto che mi avrebbe concesso dieci minuti e che se non fossi arrivata in tempo se ne sarebbe andata per sempre. Ho pensato che potesse essere pericolosa, ma quando sono arrivata ho visto che era solo una vecchia e grassa signora. Non era nemmeno armata ed era così gentile. Non pensavo che fosse...»

Trinity si interruppe mentre un colpo di tosse eruppe dal suo corpo, spruzzando sangue sul viso di Josie. «Scusa.» disse, mentre il colpo di tosse si attenuava.

«Non fa niente. Non hai pensato che Barbara fosse una minaccia?»

«Certo» disse Trinity. «Sono montata in macchina e abbiamo iniziato a girare. Mi ha parlato di una tavola calda che conoscevo, quindi ho pensato che fosse tutto a posto. Quando è diventato evidente che non mi ci avrebbe portata, l'ho affrontata. A quel punto mi ha detto che se volevo la storia dovevo fare qualcosa per lei.»

«Hai ucciso Ted Heinrich per una storia?» Josie non riuscì a tenere bassa la voce.

Sembrava che Trinity cercasse di scuotere la testa. «Non per una storia e non ho ucciso nessuno. Quando mi ha detto cosa voleva che facessi, le ho risposto che era pazza. Le ho detto di accostare e di lasciarmi uscire; sarei tornata a piedi all'albergo. Ha accostato. Sono uscita. Ma lei mi ha inseguita. Eravamo su una tranquilla stradina di montagna. Non c'era nessuno. Abbiamo lottato. Ha vinto lei. Mi sono svegliata... non so dove. Forse qui. Legata. Mi ha detto che avrei fatto quello che mi avrebbe ordinato, o la mia famiglia sarebbe morta. Aveva qualcuno che l'aiutava, Josie. Era in contatto con un tizio appostato fuori dalla casa dei miei genitori. Mi ha detto che se non avessi fatto esattamente quello che mi diceva li avrebbe uccisi tutti. I miei genitori e il mio fratellino.»

«Quanti anni ha tuo fratello?»

«Ha solo sedici anni. Quel tizio lo seguiva dappertutto. Gli faceva delle foto. Non so chi fosse, ma ero terrorizzata, così ho fatto come mi ha detto lei. Ha guidato per ore, o così mi è parso, e poi ha parcheggiato a un isolato dall'autofficina. Poi è arrivato un altro tizio su una Escape. Mi ha detto di salire, guidare fino all'officina ed entrare. Appena mi hanno lasciato sola, ho controllato il vano portaoggetti. Era la tua auto. Allora ho capito che qualsiasi cosa stesse architettando era mirata a farti del male. Quando sono entrata nell'officina, lei era già lì. È entrata da un'altra parte, dal retro. Il proprietario era già legato. Era in pessime condizioni. Mi ha costretta a guardare mentre lo torturava, dicendomi che, se avessi provato a scappare, avrebbe fatto lo stesso a Patrick. Mi ha detto di tornare alla sua auto, il suo amico avrebbe preso la Escape. Mi ha legata, mi ha messa nel bagagliaio dell'auto di Lila e se n'è andato con la tua auto. Sono rimasta lì dentro per ore cercando di capire perché ti avessero coinvolta. Perché tutte e due? Poi ho pensato al motivo per cui mi aveva contattata, per dirmi che mia sorella poteva essere ancora viva. C'è sempre stata una tale somiglianza tra noi. Sicuramente l'avrai notata anche tu.» La voce di Trinity era piena di speranza.

«Sì» disse Josie. «L'ho notata.»

«Allora ho pensato che forse aveva detto la verità: qualcuno del servizio di pulizia aveva appiccato un incendio in casa nostra e rapito mia sorella. E forse mia sorella era davvero viva, dopo tutto. E... e forse eri tu.»

Solo un test del DNA avrebbe potuto dirlo con certezza, ma Josie sentiva nel profondo che era proprio così. Erano sorelle. «Qual è il mio... qual è il mio vero nome?» chiese.

Qualcosa che assomigliava a un sorriso si allungò sul volto martoriato di Trinity. «Vanessa. Vanessa Anabelle Payne.»

Josie gemette. «Preferisco Josie.»

«Divertente...»

Non riusciva ancora a capacitarsi. Tutta la sua vita era stata una menzogna. Era stata strappata alla sua famiglia e cresciuta in povertà da una donna la cui crudeltà non conosceva limiti. Nel frattempo, la sua vera famiglia era a sole due ore di distanza, in un'agiata cittadina, e piangeva la sua perdita. Ogni volta che ci pensava, le veniva il capogiro.

Riportò l'argomento su Heinrich. «Quella donna... ti ha detto perché aveva preso di mira l'uomo della carrozzeria?»

«No. Ha solo detto che non dovevo dispiacermi per lui. Ho cercato di fermarla, ma mi ha avvertito che se le fosse successo qualcosa i suoi amici avrebbero fatto del male a Patrick. Avrei dovuto impegnarmi di più. Avrei dovuto cercare di salvare quell'uomo.» Le lacrime sgorgarono dagli occhi di Trinity. Una bolla di muco insanguinato le scoppiò nella narice.

«Va tutto bene» disse Josie. «È tutto a posto. Hai fatto la cosa giusta.»

«È stato disgustoso. L'odore. Mi ha costretta a guardare.»

«Smetti di piangere» disse Josie mentre dal naso di Trinity fuoriusciva altro liquido. «Riesci a malapena a respirare in questo stato. Ho bisogno che tu riesca a tenere la testa a posto.»

«Non ci riesco.» farfugliò Trinity.

«Sì che puoi. Dobbiamo trovare una via d'uscita.»

«Sì, certo, e come?»

«Hai provato a gridare aiuto?» chiese Josie.

«Come pensi che mi sia ridotta così?» rispose Trinity.

Josie testò di nuovo i legacci, ma c'era poco da fare. Non era passato molto da quando si era svegliata, e già le spalle e le gambe cominciavano a dolerle.

«Non ci lascerà qui così» disse Josie. «Prima o poi dovrà spostarci. Sarà la nostra occasione.»

«Non se ha con sé uno dei suoi amici.»

Josie non rispose. Da qualche parte poco distante, una porta si aprì e si chiuse con un colpo secco. Voci femminili soffocate si diressero verso di loro, facendosi sempre più nitide.

«Non chiamarmi mai più.» Dopo tanti anni, il suono della voce di Lila le provocò un brivido in tutto il corpo.

La seconda voce era quella di Sophia. «Non avevo scelta. Se non fosse stato per te, non sarei in questo dannato casino. Avevamo un accordo e tu ti sei rimangiata tutto quando sei tornata qui, perciò ti chiamo quando voglio.»

Josie sentì quello che era sicuramente uno schiaffo, poi un rantolo e quello che sembrava una colluttazione: grugniti e tonfi e poi vetri che si rompevano. Dunque, Lila aveva raggiunto la fabbrica e aveva aiutato Sophia a trasportarla.

«...e la userò. Stammi lontano. Stai indietro...» Era Sophia. I rumori della lotta erano cessati. Josie immaginò che dovesse aver estratto la pistola. Sophia aggiunse: «Ora, sistemerai il casino che hai combinato e lascerai Denton una volta per tutte.»

«Non senza i miei soldi.» disse Lila.

Josie si aspettava che Sophia protestasse o minacciasse ancora Lila, ma lei si limitò a rispondere: «Bene. Vieni da me quando avrai finito, qualunque cosa tu abbia in mente.»

«Oh, devo andare a trovare altre persone quando finisco qui.» disse Lila. «Perché? Perché lo stai facendo? Perché non puoi lasciare il passato nel passato?» gridò Sophia.

«Perché non mi resta molto tempo.»

«Cosa ti hanno mai fatto queste persone?» chiese Sophia.

«Pensano di essere migliori di me, ecco cosa. Sono stufa di essere trattata come spazzatura.»

Ci fu un pesante sospiro. Poi Sophia disse: «Sei paranoica. Nessuno pensa di essere migliore di te, e questo non è un motivo per rovinare la vita delle persone.»

«Disse la stronza arrogante che ha mentito e pagato per mantenere pulita la sua reputazione e quella del marito» ribatté Lila. «Ora metti via quell'affare.»

Ci fu un attimo di silenzio. Poi Sophia disse: «Malcolm mi raccontò di quello che c'era nel tuo fascicolo prima di distruggerlo. Lui e Mrs. Ortiz erano rimasti sconvolti.»

La voce di Lila suonò dura e minacciosa. «È meglio se te ne vai subito, prima che cambi idea e ti uccida.»

SETTANTAQUATTRO

Josie si aspettò che Lila entrasse nella stanza dove lei e Trinity erano incastrate tra il letto e il muro, ma non arrivò. Trinity ripiombò nel sonno, con il naso rotto che fischiava. Anche se la mente di Josie era ancora annebbiata dalle botte che Sophia le aveva dato, cercò di scervellarsi per capire dove Lila le stesse trattenendo. Non riusciva a capire se stessero passando ore o minuti. Pensò di chiamare Lila, ma non voleva attirare la sua attenzione finché non avesse avuto un piano. Stava per addormentarsi quando un telefono squillò in un'altra stanza. Di nuovo, sentì la voce di Lila. «Pronto? Sì, sono Barbara. Va bene, arrivo subito.» Seguì il rumore di una porta che sbatteva. Lila era uscita.

Ancora una volta, Josie si chiese perché il nome Barbara le fosse così familiare. Poi si ricordò di quando era arrivata al parcheggio delle roulotte il giorno in cui i figli della Price avevano trovato dei resti umani. La vicina che li stava guardando e che aveva chiamato il 911 si chiamava Barbara Rhodes. Josie non l'aveva incontrata perché al suo arrivo era già stata interrogata e rimandata a casa.

Belinda Rose. Barbara Rhodes.

«Che bastarda!» esclamò. Si avvicinò a Trinity, dondolando il corpo da un lato all'altro finché non la toccò con un gomito. «Svegliati. Trinity, svegliati!»

Quindi Lila era sempre stata sotto il suo naso e ora si spacciava per Barbara Rhodes? Noah l'aveva interrogata il giorno del ritrovamento delle ossa e poco tempo dopo aveva visto la foto che le aveva dato Dex che ritraeva Lila Jensen sedici anni prima. Perché Noah non aveva fatto il collegamento? Trinity aveva detto che Barbara era sovrappeso e vecchia. Erano passati sedici anni: doveva avere un aspetto notevolmente diverso.

«Trinity» disse Josie. «Credo di sapere dove siamo. Credo che siamo nel parcheggio delle roulotte.»

Trinity si scosse con un gemito sommesso, ma non si svegliò.

«Trinity. Svegliati. Svegliati. Lila è uscita. Siamo nel parcheggio delle roulotte. Penso che dovremmo urlare. Qualcuno potrebbe sentirci.»

Josie pensò ai piccoli Price che vivevano con la madre poco lontano. Fece un respiro profondo e iniziò a urlare a squarciagola. Urlò finché non le venne il mal di gola e i polmoni non ne poterono più, tacendo solo per ascoltare se qualcuno stesse arrivando. Ma non c'era nessuno.

La voce di Trinity le giunse appena udibile. «Non ti sentirà nessuno. Non sprecare il fiato.»

Josie sapeva che aveva ragione: era cresciuta proprio in quel parco e anche allora nessuno sentiva le sue urla. O se le avevano sentite, le avevano ignorate.

«Se ti sente» aggiunse Trinity, «ti farà del male.»

«Mi ha già fatto del male.» disse Josie e riempì i polmoni per urlare ancora.

SETTANTACINQUE

Gridò finché non rimase quasi senza voce. Accanto a lei, Trinity piangeva. Alla fine, mentre le sue grida si riducevano a gracidii impotenti, Josie sentì una porta aprirsi e chiudersi e dei passi pesanti avvicinarsi. Sentì un'altra porta aprirsi e l'aria nella piccola stanza cambiò. Il cuore di Josie si fermò e poi ripartì.

«Josie» sussurrò Trinity. «Credo di essermela fatta addosso.»

«Shhh» disse Josie. «Ci tirerò fuori da questa situazione.»

Josie dovette allungare il collo per vedere un paio di caviglie grasse sotto l'orlo di un vestito di cotone bianco. Fece appena in tempo a notare che i piedi di Lila erano infilati in un paio di orrende scarpe basse nere prima di essere tirata su per un braccio e scaraventata sul letto. Cadde sulla schiena, con le mani e i piedi che si schiacciavano dolorosamente sotto il suo corpo. Il volto di Lila troneggiava su di lei.

Josie capì subito perché Noah non l'aveva riconosciuta; non l'avrebbe potuta ricollegare alla donna della foto che le aveva dato Dex. Ormai sessantenne, i lunghi e setosi capelli neri di Lila Jensen erano diventati bianchi come la neve. La lucentezza era sparita, ed era stata sostituita da una criniera di ciocche spesse e secche che le ricadevano sulla schiena. Era ingrassata.

Molto. Il vestito bianco e informe non riusciva a coprire la ciccia, che debordava tendendo il tessuto. La sua pelle pallida, un tempo liscia e giovane, era tesa per i chili in più, le guance erano così paffute che sembravano inghiottire i suoi occhi. Sophia aveva detto che Lila era malata e Lila stessa aveva detto che non le restava molto tempo. Josie si chiedeva di cosa. Cancro, forse?

«La piccola JoJo.» disse Lila.

Ma erano gli occhi a tradirla. Si socchiusero mentre Lila esibiva il sorriso che aveva riempito Josie di un terrore selvaggio per tutto il tempo che riusciva a ricordare. La bambina dentro di lei si ritrasse, ma l'adulta, il capo della polizia, si oppose.

«Il mio nome è Josie.» disse.

Lila fece una risatina. «No. Non lo è. Non è nemmeno quello vero.» Tirò un calcio e Trinity grugnì. «Ehi principessa, come si chiama la tua sorellina?»

Si sentì solo il pianto di Trinity.

«Perché lo stai facendo?» chiese Josie, cercando di distogliere l'attenzione di Lila da Trinity. «Perché l'hai fatto? Mi hai rubato la vita. Tutto. La mia vera madre pensa che sia morta. Tutta la mia famiglia. Perché?»

«Perché no?» chiese Lila.

«Avresti potuto andartene» disse Josie. «In qualsiasi momento.»

Il viso di Lila si infiammò e i suoi occhi luccicarono di rabbia. Si puntò un dito paffuto sul petto. «Pensi che io possa andarmene da questa vita? È questo che pensi? Che io abbia mai avuto la possibilità di andarmene? Tutte quelle orrende case-famiglia con i loro genitori affidatari degenerati? Che scherzo. Io volevo andarmene. Volevo scappare, ma non potevo. Tutti gli altri avevano genitori, soldi, case accoglienti. Tutte stupidaggini. Io non ho avuto niente. Anche quella vacca di Belinda era andata a vivere in una bella casa-famiglia con una donna che amava e proteggeva le sue ragazze. E io cosa ho avuto? In ogni casa schifosa in cui sono capitata, qualcuno mi ha fatto del male e nessuno è mai intervenuto. E anche quando ho chiuso con le famiglie affidatarie, la cosa non è finita. Perché gli altri dovrebbero vivere una vita perfetta mentre io vengo maltrattata ancora e ancora e ancora?»

Josie osservò in perfetta immobilità gli sputi che uscivano dalla bocca di Lila. Aveva la sensazione che Lila avesse aspettato molto a lungo per scatenare quella sfuriata. Quando ebbe terminato, Josie le chiese: «Ma perché proprio *io*? Perché hai preso me?»

«Perché potevo. Tu eri lì. Continuavo ad aspettare che la polizia venisse a prenderti, ma non è mai arrivata. Allora non sapevo cosa diavolo farne di te, così sono andata a cercare Eli. Sapevo che se gli avessi detto che eri sua ti avrebbe trattata come una figlia. Ma poi ha perso la testa per te, dico bene?»

«Credeva di essere mio padre.» disse Josie. Le faceva male dirlo ad alta voce: Eli Matson era l'unico padre che avesse mai conosciuto. I suoi ricordi erano ormai vecchi e sfocati, ma ciò che ricordava di più di suo padre era quanto l'avesse amata e quanto si fosse sentita al sicuro quando era con lui.

«Lui era mio. Avrebbe dovuto amare di più me» disse Lila. «Dopo che gli avevo dato la creatura che desiderava così disperatamente, mi si è rivoltato contro, mi ha ricambiato con l'odio. Che te ne pare, ha senso questo?»

Josie ricordava che suo padre aveva pronunciato quelle parole in ospedale dopo che sua madre l'aveva ferita al volto con un coltello: «Ti odio.» La battaglia per Josie era già iniziata da molto tempo, ma quella era la prima volta che lo aveva sentito pronunciare quelle parole. Altri ricordi le tornarono alla mente. La conversazione che aveva ascoltato dalla sua camera da letto la notte in cui suo padre si era ucciso era stata molto simile allo scambio di battute del litigio tra Lila e Sophia di poco prima: all'improvviso il tono di Lila era cambiato completamente, si era fatto più freddo e un po' nervoso. Josie avvertì un formicolio ovunque mentre la pelle d'oca le esplodeva su tutto il corpo. Forse prima non ci avrebbe creduto, ma con quello che aveva imparato su Lila nelle settimane precedenti, non aveva più dubbi sul fatto che fosse stata capace di qualcosa di impensabile.

«Hai ucciso mio padre?» Josie chiese a bassa voce.

Lila rise. «Ci hai messo un bel po' a capirlo. Bella detective che sei.»

«Perché?» chiese incredula. «Avresti potuto lasciarmi con lui e andartene. Ricominciare da un'altra parte. E mia nonna...» Qui la voce di Josie si incrinò, pensando al dolore e alla confusione che Lisette si era portata dietro per decenni, pensando che il padre di Josie avesse rinunciato a loro.

«Non mi stai ascoltando, piccola JoJo» disse Lila. «Ha avuto quello che si meritava. Mi aveva tradito. Diceva di amarmi, ma non era così. Non volevo ucciderlo. Non all'inizio. Ma poi stavamo camminando nel bosco per "risolvere le cose" dopo avergli mostrato la pistola che avevo preso da Zeke, e l'ho fatto. Aspettai che la polizia mi arrestasse, ma mi credettero quando dissi che si era suicidato.»

«E mi hai tenuta perché non volevi che fosse Lisette ad avermi.» disse Josie.

«Eri una piccola peste, ma avevi la tua utilità.» rispose lei, sorridendo.

«Finché mia nonna non ti ha pagato per andartene. Perché sei tornata? Perché dopo tutti questi anni hai sentito il bisogno di rovinare la mia vita? E quella di Trinity?»

Lila guardò verso Trinity che giaceva ai suoi piedi. «Due anni fa mi ritrovo seduta nella sala d'attesa di uno studio medico e guardo la televisione. E ci siete entrambe, in un'intervista che racconta di tutto il "bene" che avete fatto sui monti. Tu un famoso capo di polizia, e lei una famosa giornalista. Poi mi richiamano in ambulatorio e mi dicono che ho il cancro. Non era così che dovevano andare a finire le cose.» Tirò un altro calcio e Josie sentì Trinity strillare. «E questa sgualdrina. Ogni volta che accendevo la televisione, vedevo la sua faccia. La tua faccia. Non potevo andarmene senza assicurarmi che tu sapessi cosa si prova a essere me. Non ti concedo un lieto fine mentre le mie viscere marciscono.»

«Allora perché hai disseppellito Belinda?» chiese Josie. «Sei stata tu, vero? Hai fatto in modo che i ragazzi la trovassero. Ecco perché c'erano così tante buche.»

Lila annuì. «Quei piccoli idioti ci hanno messo una settimana. Non pensavo che l'avrebbero mai trovata. Avevo bisogno di soldi.»

«Hai spremuto Sophia Bowen per ventimila.» sottolineò Josie.

«Sì, ma c'è una cura sperimentale che potrei fare se avessi abbastanza soldi. Potrebbe essere la mia unica possibilità. Non posso ottenere quella cifra da Sophia, forse ci si avvicina, ma non sarebbe sufficiente. Ho messo in atto tutte le truffe possibili e immaginabili, ma non avevo più tempo. Poi mi sono ricordata che Belinda continuava a ripetere che aveva una grossa somma, che doveva solo incassarla. Lo diceva sempre. Mi implorava di aiutarla quando Sophia le dava la caccia, e diceva che l'avrebbe condivisa con me. All'epoca non le prestavo attenzione. Era una ragazzina stupida. Ma poi mi ricordai del ciondolo che portava sempre e pensai: "Come cavolo ho fatto a non arrivarci?" Sophia diceva sempre che era bigiotteria da quattro soldi, ma mi sono chiesta di che diavolo parlasse continuamente Belinda. Intendeva forse il ciondolo? Quindi sì, ho pagato un paio di ragazzini per dissotterrarlo.»

«Hai tu il ciondolo.» disse Josie.

«Ho cercato di venderlo, ma ho scoperto che Sophia aveva ragione. Era bigiotteria da quattro soldi. Dentro c'era solo una ciocca di capelli. Che stupida. Tanto lavoro per niente.»

Dovevano essere i capelli di Andrew Bowen. Il giudice Bowen aveva dato a Belinda il ciondolo e aveva ovviamente promesso che si sarebbe preso cura di Andrew. La "somma" di cui Belinda si era vantata era quello che avrebbe potuto ottenere minacciando di denunciare il giudice.

«Comunque» proseguì Lila, «credo di poterla ottenere da Sophia ora, soprattutto dopo la faccenda della fabbrica dell'altra sera. Le ho salvato il culo un'altra volta. Ho esaurito i miei fondi con questi piccoli progetti.» A questo punto, rise di nuovo e allungò una mano verso il basso, tirando su Trinity. «I trafficanti di droga di qui sono diventati costosi da quando ci sono stata l'ultima volta.» Trinity gridò di dolore mentre Lila la trascinava verso la porta. «Cosa stai facendo?» chiese Josie, non riuscendo a trattenere il panico nella sua voce. «Dove la stai portando?»

Lila la fece cadere su un fianco e il corpo di Trinity emise un forte tonfo. Le sue grida strozzate si trasformarono in un urlo di rabbia. «Lasciami stare, vecchia pazza!»

«Cosa vuoi farle?» chiese Josie.

«Ti unirai a lei molto presto.» rispose Lila. Si chinò verso Trinity, suscitando altre urla, e le slegò lentamente i piedi. Mise Trinity in piedi, ma lei ricadde subito a terra, le gambe erano ormai prive di forza dopo essere state legate nella stessa posizione per così tante ore. «È meglio che impari a camminare in fretta, principessa.» le disse Lila. Quando le gambe di Trinity crollarono ancora una volta sotto di lei, Lila sospirò, le infilò le braccia sotto le ascelle e la trascinò fuori dalla stanza.

Josie si sentì schiacciare il petto. «Trinity!» urlò.

«Josie!» fu la risposta.

Ci furono una serie di grugniti e un paio di tonfi, la porta d'ingresso che si apriva e si richiudeva, e poi il silenzio.

Lila stava per uccidere Trinity.

Josie aprì la bocca e ricominciò a urlare a squarciagola.

SETTANTASEI

Josie non aveva idea di quanto tempo fosse passato, ma all'improvviso un volto fluttuò sopra di lei. Non era Lila. Era un ragazzo. Il suo cervello, in preda al panico, impiegò un attimo per elaborare ciò che stava vedendo. Cercò di ricordare quale dei due ragazzi fosse. Quello con i capelli arruffati era il maggiore. Era Troy o Kyle?

«Kyle?» gracchiò.

Lui annuì. Tra le mani teneva una lunga pistola con la scritta RED RYDER incisa sul calcio. Una pistola a pallini. La sua innocenza e il suo coraggio le fecero venire le lacrime agli occhi. «Puoi slegarmi?»

Annuì di nuovo. Pose con attenzione la pistola sul letto vicino a lei e la aiutò a girarsi sulla pancia, in modo da poter lavorare ai lacci. Ci impazzì per diversi minuti, tanto che Josie poté sentire sulle braccia delle gocce calde di sudore che gli colavano dalla fronte.

«Va' a prendere un coltello» gli disse, «in cucina.»

Senza proferire parola, Kyle andò e tornò, e cominciò a tagliare delicatamente le corde. Rimasero entrambi in silenzio, in ascolto, nel caso Lila tornasse. Le liberò prima le mani, in modo che potesse girarsi sulla schiena e stendere con enorme sollievo le gambe in agonia. Kyle le porse il coltello e lei tagliò le corde che le legavano i piedi.

«Grazie.» gli disse.

Lui riprese la pistola dal materasso e fece per andare verso la porta. Josie non poté fare a meno di sorridere: voleva andare avanti, per proteggerla. «Vado io per prima.» gli disse. Poi si alzò e cadde a terra. Non era stata legata a lungo come Trinity, ma le sue gambe erano intorpidite e deboli. Kyle la aiutò ad alzarsi e si infilò sotto il suo braccio sinistro. Insieme, zoppicando, raggiunsero il soggiorno della roulotte, dove trovarono un tavolo da cucina coperto di incarti di fast food e flaconi di pillole. Sul divano c'erano un computer portatile e due telefoni cellulari.

Fuori era buio, si vedeva solo il bagliore dorato della luce esterna sopra la porta d'ingresso della roulotte dei Price. L'aria era fresca e, dopo diversi respiri profondi, la testa di Josie cominciò a schiarirsi. Appoggiandosi a Kyle, fletté e collaudò le gambe fino a quando non riuscì a stare in piedi.

Kyle indicò la scura area boschiva dall'altra parte della strada. «Sono andate nel bosco. Andiamo.»

Fece qualche passo verso gli alberi e si fermò, voltandosi verso di lei. «Non vieni?»

Josie lo avrebbe abbracciato, invece gli sorrise di nuovo e gli disse: «Kyle. Ti ringrazio di avermi salvata, ma da qui in poi posso farcela da sola. Ho bisogno del tuo aiuto per un'altra cosa però. Devi entrare in casa, svegliare tua madre e farle chiamare il 911. Di' loro che la tua vicina di casa teneva in ostaggio due donne rapite, una giornalista e il capo della polizia, e che ci ha portate nel bosco. Puoi farlo?»

Kyle annuì solennemente.

Josie gli posò una mano sulla spalla. «E poi ho bisogno che tu rimanga qui ad aspettare la polizia, va bene? Così potrai indicargli la direzione giusta.»

«Posso farlo.» le assicurò lui.

«Grazie.» disse Josie. Aspettò che lui fosse rientrato nella roulotte prima di inoltrarsi nel bosco rischiarato dalla luna.

SETTANTASETTE

La memoria muscolare di Josie si attivò nel momento in cui i suoi piedi toccarono il sentiero. Quando lei e Ray erano ragazzi, si erano incontrati di notte nei boschi un'infinità di volte. Le gambe la portarono nel cuore della boscaglia senza pensarci. Era a metà strada da dove avevano trovato i resti di Belinda Rose e dove suo padre era stato assassinato, quando si fermò, cercando di regolare il respiro e di ascoltare lo schiocco dei ramoscelli o il fruscio delle sterpaglie. L'unica cosa che le giunse fu il frinire dei grilli e il basso, cupo richiamo di un gufo. Il cuore le batteva così forte che sembrava potesse uscire dal petto.

Quando i suoi occhi si adattarono all'oscurità, alberi e rocce presero forma intorno a lei. La luce lunare era più forte in quel punto di quanto non fosse nel magazzino, e filtrava attraverso la chioma di alberi. Nel modo più silenzioso possibile, Josie trovò una roccia vicina, vi saltò sopra e si aggrappò a un ramo basso di un albero. Sfruttò questa posizione per perlustrare i dintorni. Le sembrò di vedere in lontananza lo sventolio del nastro della scena del crimine dove avevano disseppellito Belinda Rose. A sinistra c'era del movimento e poi sentì quello che sembrava un lamento. Trinity. Era ancora viva.

Josie scese e corse in direzione della scena del crimine, con le gambe rigide che iniziavano a marciare più velocemente. Il lamento divenne più forte quando si avvicinò alla buca da cui la dottoressa Feist aveva estratto i resti di Belinda. Rallentò fino a fermarsi.

All'improvviso, un dolore le attraversò la schiena e ruzzolò in avanti nella fossa nera, atterrando di faccia su un mucchio di terra smossa. Mentre rotolava su un fianco, il suo braccio sfiorò qualcosa di carnoso. Tastando, trovò uno dei gomiti di Trinity, allora fece scorrere le mani sul suo corpo prono, cercando di raggiungere i lacci. «Trinity!» sussurrò, aggrappandosi alla spalla. «Trinity, sono qui.»

Sopra di loro, la luce della luna si rifletteva sul pallido viso di Lila e il profilo di una pala brillava nelle sue mani. Un mucchio di terra colpì Josie in faccia.

Le avrebbe seppellite vive.

Josie rinunciò agli sforzi di slegare Trinity e tentò strenuamente di individuare i margini della buca, per trovare un appoggio. Le sue dita si chiusero intorno a una radice che fuoriusciva dal muro di terra, e appoggiandoci un piede la usò per issarsi su. Lila la attendeva in cima, con la pala alzata sopra la testa. La calò con tutta la forza, ma Josie rotolò su un lato, schivandola per poco. Inciampò in avanti, il piede si impigliò in una roccia e la fece barcollare. Arrestò la caduta con entrambe le mani e sentì l'estremità della pala sfiorarle la testa. Josie scattò per girarsi sulla schiena, mentre Lila agitava di nuovo la pala, e continuò a indietreggiare il più velocemente possibile, con la paura che le chiudeva la gola; ma stavolta la pala la colpì all'avambraccio, provocando uno schianto tremendo e una scarica di dolore lancinante le attraversò tutto il braccio. Una nausea improvvisa scosse il suo corpo. Trascinando il braccio senza vita, indietreggiò ulteriormente, cercando di mantenere la distanza tra loro.

Lila sollevò ancora una volta la pala, ridendo in modo

maniacale. «Forza, piccola JoJo. Ho aspettato a lungo questo momento. Smetti di correre. Fai la brava.»

Si udì uno schiocco e Lila si bloccò. La pala cadde a terra mentre lei si portava le mani ai lati del viso. «Ma che diavolo?» mormorò.

Un altro schiocco squarciò la notte. Poi un altro, e un altro ancora. Ogni volta Lila faceva un salto per la sorpresa. Josie si girò di scatto, cercando di capire da dove provenisse il rumore, mentre il suo cervello annebbiato si prendeva un attimo per capire che cosa fosse quello schiocco: la pistola a pallini di Kyle Price. Josie si mise in piedi e raccolse la pala con la mano sana. Corse verso Lila e con un forte colpo di reni, abbatté selvaggiamente la pala sulla schiena di Lila.

Lila cadde a terra. Josie arretrò e colpì di nuovo, ma mancò il bersaglio. Lila afferrò la caviglia di Josie, cercando di farla cadere. Josie abbassò di nuovo la pala, colpendola alla spalla con forza sufficiente a farle perdere la presa sulla sua gamba.

Josie si voltò e corse via, cercando di tornare da Trinity.

«Fermati, JoJo» ansimò Lila. «Sono tua madre, ricordi?»

«Non sei mia madre» disse Josie da sopra la spalla. «Mi hai portato via da mia madre.»

«Ti ho cresciuta io.»

«No, mi hai maltrattata, hai abusato di me, hai cercato di vendermi. Non sei una madre.»

La voce di Lila si stava avvicinando. «Sono l'unica che hai avuto.»

«Sei fuori di testa? Mi hai rovinato la vita e hai appena cercato di uccidermi.»

Josie si voltò e trovò Lila proprio davanti a sé. Alzò la pala sopra la testa, ma Lila la afferrò. Mentre lottavano, Lila cambiò tattica, urlando: «Ho dei soldi. Te li darò. Dammi quella dannata pala. Seppelliremo la giornalista insieme e andremo per la nostra strada. Nessuno deve saperlo. Sto morendo. Non voglio crepare in prigione.»

«Non me ne frega niente di quello che vuoi» le disse Josie. «È finita. Hai chiuso. Hai finito di rovinare vite. Mi assicurerò che tu marcisca in prigione per il resto della tua vita schifosa.»

Josie vinse quel tiro alla fune, facendo perdere l'equilibrio a Lila, che barcollò all'indietro ma senza cadere. Josie si girò per fuggire proprio quando un braccio di Lila scattò in avanti, raggiungendo la parte inferiore della schiena di Josie, facendola precipitare al suolo. Lasciò la pala e cercò di attutire la caduta con la mano buona. Appena colpì il terreno cominciò a rotolare. Perse di vista Lila, ma continuò a muoversi in modo che Lila non potesse individuarla. Alcuni passi risuonarono nelle vicinanze, ma poi Josie sentì di nuovo lo schiocco della pistola a pallini.

«Piantala!» gridò Lila.

Pop. Pop-pop-pop.

Riuscendo a orientarsi, Josie si rimise in piedi. Lila era parzialmente girata di spalle, cercando di capire da dove venissero i pallini. La pala pendeva lente da una mano. Dietro di sé, Josie vide due nastri per scene del crimine intorno alle altre buche che i fratelli Price avevano scavato; tenendo il braccio rotto contro il fianco, piantò i piedi in posizione di partenza, abbassò il mento, scattò il più velocemente possibile e placcò Lila al busto. Volarono in aria in una delle buche vuote. Il corpo carnoso di Lila attutì la caduta. Josie la sentì lottare per respirare, senza fiato. Il sudore le colava dalla fronte mentre con il braccio buono si affannava a girare il corpo di Lila e spingerla con la faccia nella terra. Le sedette sopra, bloccandole le gambe, e gridò a Kyle di andare a cercare aiuto.

I fasci delle torce tagliavano gli alberi. Josie sentì delle voci e il rumore degli scarponi che battevano sul terreno della boscaglia, poi la voce di Noah, che le fece venire le lacrime agli occhi. «Josie!»

«Qui!» gridò lei.

I suoi colleghi si precipitarono nella buca. Doveva esserci

una mezza dozzina di loro in piedi sopra la buca, con le torce puntate su di lei. «Trinity è laggiù» disse. «Nell'altra buca. Una delle altre buche. Ha bisogno di aiuto.»

«La troveremo.» disse Noah. Josie sentì altri scarponi che battevano il terreno. Delle urla. La notte era inondata dai raggi delle torce. Due dei suoi agenti entrarono nella buca con loro. Legarono le mani di Lila dietro la schiena e poi sollevarono Josie, facendola uscire e consegnandola tra le braccia di Noah.

SETTANTOTTO

Josie sonnecchiava su una sedia di plastica accanto al letto di Trinity al pronto soccorso di Denton. Trinity era gravemente disidratata, aveva riportato ferite ai polsi e alle caviglie dove Lila l'aveva legata. Il suo volto era gonfio e coperto da varie sfumature di blu, nero e verde. Aveva il naso rotto, come aveva immaginato Josie, e una TAC alla testa aveva rivelato un piccolo ematoma, ma non avrebbe avuto bisogno di un intervento chirurgico. Aveva un paio di costole fratturate e due dita rotte, ma sarebbe sopravvissuta.

Josie si sentì toccare una spalla e scattò in piedi, lasciandosi sfuggire un grido involontario. «Va tutto bene, Boss» disse Gretchen a bassa voce. «Ho avvertito che sarei venuta a prenderti. Ora devi andare a fare la visita preoperatoria. Noah sarà lì con te.»

Josie aveva una brutta frattura al braccio. Al suo arrivo al pronto soccorso era stata sottoposta a un esame completo e a varie radiografie: avrebbe dovuto essere operata. Le infermiere volevano che aspettasse nella sua stanza, ma lei si era rifiutata, vegliando invece al capezzale di Trinity. Josie guardò la sorella e poi Gretchen. «Quando arriveranno i suoi genitori?»

«Presto.» rispose Gretchen.

Josie si alzò e lasciò che Gretchen la sorreggesse fino al corridoio verso un'altra serie di stanze fredde, luminose e asettiche. Si sentiva intorpidita e silenziosa mentre si infilava un camice da ospedale e lasciava che le infermiere si occupassero di lei.

Le misurarono la pressione e la temperatura, le infilarono una flebo e le iniettarono nelle vene un farmaco che la fece sentire rilassata e assonnata. Fu grata per la lenta tranquillità che la colse. Quando Noah apparve al suo capezzale, lei gli fece un grande sorriso e lo cercò con la mano buona. Lui la prese e le sorrise di rimando. «Beh» osservò, «vedo che qualsiasi cosa ti stiano dando è meglio del Wild Turkey.»

Lei rise. O almeno così le parve.

Un attimo dopo la stavano spingendo in un lungo corridoio. Passarono davanti alla stanza di Trinity e Josie vide Shannon Payne che abbracciava la figlia e piangeva tra i suoi capelli arruffati. Anche nel suo stato di leggero stordimento, Josie fu colpita dalla somiglianza tra lei e Shannon Payne. Come aveva fatto Lila a farla franca per tutti quegli anni, spacciando Josie per sua figlia? Ora non aveva più importanza. Il peggio era passato. Lila sarebbe andata in prigione. Josie chiuse gli occhi, la sua mente era troppo stanca per pensare.

Quando li riaprì, si ritrovò in una stanza spaziosa, piena di gente che correva di qua e di là. L'aria era gelida. Un'infermiera con una cuffia le versò una fiala di medicinale nella flebo. «Ti chiederò di contare alla rovescia da dieci, tesoro, e ti godrai la migliore dormita che tu abbia mai fatto.»

Josie sorrise all'infermiera. Era proprio quello di cui aveva bisogno. Aprì la bocca per dire "dieci" ma il sonno arrivò prima.

SETTANTANOVE
DUE SETTIMANE DOPO

Josie si sedette sul bordo della sedia di plastica dura che la prigione della contea aveva messo a disposizione. Le pareti di un cubicolo la isolavano da entrambi i lati. Uno spesso vetro separava la stanza dei visitatori da quella dei detenuti. Non era abbastanza spesso, pensò Josie mentre Lila Jensen veniva condotta alla sedia di fronte a lei. La guardia la lasciò ammanettata e la spinse a sedere. Lila gli lanciò un'occhiataccia mentre lui diceva qualcosa che Josie non riuscì a capire. Si allontanò per appostarsi in un angolo della stanza, con le mani strette in vita, guardando Lila come se potesse saltare in piedi e aggredire qualcuno da un momento all'altro. Ma c'erano solo altre due detenute che avevano visite, e ognuna di loro era seduta a diverse file di distanza.

Il viso di Lila era cadente e giallo. Impossibile dire se il colore fosse dovuto alla lotta nel bosco o al fatto che il suo fegato stava cedendo. Si era rifiutata di dire ai medici del Denton Memorial dove era stata curata per il cancro o quale fosse il suo pseudonimo prima di diventare Barbara Rhodes. Un oncologo locale era riuscito a individuare un tumore alle ovaie. Quantomeno aveva subito un intervento chirurgico, radiazioni e chemioterapia, ma il cancro era tornato, propagandosi in tutto il corpo. Le avevano dato due mesi di vita. Josie pensava che fosse abbastanza malvagia da poter superare quella prognosi, forse anche di anni. Non era ancora sicura di cosa le avrebbe dato più piacere: sapere che Lila era morta o che stava soffrendo in prigione.

Lila le sorrise e prese il ricevitore del telefono dal suo lato del vetro.

Josie aveva il braccio destro ingessato e imbragato, quindi usò la mano sinistra per prendere il ricevitore e premerlo all'orecchio.

«Non pensavo che ti avrei rivista, JoJo. Tranne che in televisione. Sono stanca di vedere la tua faccia, a dire la verità.»

Anche Josie era stanca di vedere il proprio volto in televisione, ma era inevitabile. Trinity era una corrispondente di un notiziario nazionale e ora aveva la storia della vita. Si diceva che la rete stesse lavorando per trovarle un posto da conduttrice, tanto erano affamati della vicenda con Josie.

Josie andò dritta al punto. «Voglio i nomi dei tuoi complici.»

«Cosa intendi?» chiese Lila.

«Sai cosa intendo. Chiunque ti abbia aiutato a realizzare i tuoi... come li chiamavi? I tuoi "progetti". Chiunque tu abbia pagato per mettere gli annunci su Craigslist, per entrare in casa mia, per pedinare Trinity e la sua famiglia. O per spostare Trinity. O per portare la mia auto alla carrozzeria di Heinrich e poi riportarla dov'era.»

Lila rise, gli occhi blu scuro brillavano. «No.» disse.

«Posso farti stare più comoda qui dentro.» le propose Josie. Odiava farlo, odiava anche solo proporlo, ma quello che odiava di più era il pensiero di quelle persone senza nome e senza volto che a Denton l'avevano aiutata a realizzare i suoi piani contorti.

«Vaffanculo» disse Lila. «Pensi che ti darò il tuo lieto fine, JoJo? No, non lo avrai. Non da me. Hai fatto una scelta in quei boschi. Potevi lasciarmi andare.»

«Ho fatto una scelta?» Josie chiese incredula. «Non ho mai avuto una scelta. Mai. Me l'hai tolta quando avevo solo poche settimane di vita.»

«Oh, vuoi giocare a questo gioco? A chi ha avuto l'infanzia peggiore? Tu non vuoi sapere com'è stata la mia.»

Josie si protese in avanti. «Ti sbagli. Voglio saperlo. Il tuo fascicolo di affidamento è stato distrutto. Non è rimasto nulla. Non so nemmeno da dove vieni.»

Lila ci pensò un attimo. Poi strinse la mano intorno al ricevitore. «Ti dico una cosa, JoJo. Tu sei una detective, giusto? Un grande capo della polizia e tutto il resto. Ti darò un indizio. Se lo scopri prima che io muoia, ti darò quei nomi.»

«E sarebbe?»

Lila riagganciò il telefono e si alzò. Dietro di lei, la guardia trasalì, con la mano sulla pistola, e fece un passo verso di lei. Lei si chinò in avanti, spalancò la bocca e respirò sul vetro finché non si appannò. Poi, con un dito, tracciò una serie di lettere e numeri nel punto che aveva creato.

OY9555

Poi si voltò e fece segno alla guardia. Josie guardò il messaggio svanire mentre Lila Jensen veniva ricondotta nelle viscere della prigione.

OTTANTA

Josie sonnecchiava sul divano di Noah, rannicchiata in una coperta, con il telecomando nella mano buona. Guardava le repliche di *Ally McBeal* mentre aspettava che l'antidolorifico attenuasse le pulsazioni del braccio. Era tornata a casa sua, aveva sostituito la finestra della cucina, ridipinto le pareti della camera, sostituito le lenzuola che erano state rovinate e comprato un nuovo portagioie. Ma non ci si sentiva bene, non si sentiva al sicuro come a casa di Noah, dove non c'erano giornalisti famelici che la aspettavano fuori, gridando e facendo a gara per ottenere uno scatto e qualsiasi commento lei potesse rilasciare. A casa di Noah si sentiva al riparo e fuori pericolo. Lui le aveva assicurato che poteva restare per tutto il tempo necessario. Aveva cercato di stare con lei il più possibile, ma c'era così tanto lavoro da fare per concludere il caso di Lila che passava a casa solo un paio d'ore alla volta.

Il telecomando le cadde di mano quando sentì la porta d'ingresso aprirsi e chiudersi. Sbatté le palpebre per scacciare la stanchezza e sorrise quando Noah entrò. Lui le sorrise a sua volta, posando la grande scatola di legno che teneva in mano sul tavolino e poi dandole un bacio sulla fronte. «Come ti senti?» chiese.

Josie sollevò il gesso. «Come se qualcuno mi avesse rotto il braccio con una pala.»

«Mi dispiace.» disse Noah.

Josie alzò le spalle. «Guarirà.»

«Hai capito il messaggio di Lila?»

Lei scosse la testa. «Ci dormirò sopra. Mi verrà in mente. Che cos'è?» Noah batté una mano sulla scatola. «L'abbiamo trovata nella roulotte di Lila. Ho pensato che volessi darci un'occhiata.»

Josie si scostò la coperta dalle ginocchia e poggiò i piedi sul pavimento, spostandosi sul bordo del divano.

«Argenteria?» chiese. Assomigliava a una vecchia scatola dove Lisette teneva il suo costoso servizio di argenteria. L'aveva regalata a Josie e a Ray quando si era trasferita a Rockview. Josie se lo ricordava perché lei e Ray ne avevano discusso. Josie pensava che avrebbero dovuto usarla, perché altrimenti sarebbe stata inutile. Ray pensava che fosse troppo elegante per usarla regolarmente. Quella scatola giaceva ancora abbandonata nel garage di Josie.

«No» disse Noah. «O meglio, è quello che penso contenesse, ma ora è... non lo so. Dà un'occhiata.»

Josie si avvicinò e sollevò il coperchio. L'interno era foderato di velluto rosso scuro, consumato in molti punti. C'erano diversi gioielli, compresi quelli che Needle aveva preso a casa di Josie. Li passò al setaccio finché non trovò quello che cercava. Le lacrime le riempirono gli occhi quando le dita si strinsero intorno al suo vecchio anello di fidanzamento, poi al ciondolo che Ray le aveva regalato quando si erano diplomati. Normalmente, la loro vista le avrebbe fatto male al cuore, ma ora la riempiva di gioia. Erano cimeli della vita che aveva vissuto nonostante tutto quello che Lila le aveva fatto. Simboli dei grandi amori della sua vita fino a quel momento.

Li mise da parte e passò al setaccio vari ritagli di giornale, tra cui uno sull'incendio di casa Payne. C'erano anche foto, soprattutto di uomini, tra cui il padre di Josie. C'erano altri gingilli che avevano poco significato per Josie, di cui non riusciva a capire l'importanza. C'era il ciondolo di Belinda Rose che conteneva un ciuffetto di capelli di Andrew Bowen. «Questo dovrai portarlo ad Andrew Bowen.» disse Josie.

«Certo.» rispose Noah.

Sollevò una lunga sciarpa viola avvolta intorno a qualcosa di morbido e la srotolò. Un rantolo le sfuggì dalla gola. «Oh mio Dio.»

Tra le sue mani, con il musetto coperto da macchie di sangue color ruggine, c'era Wolfie.

OTTANTUNO

Josie era seduta a un tavolo nel retro del Komorrah's Koffee. Teneva i capelli legati in una coda di cavallo e coperti da un cappellino da baseball. Era riuscita a sfuggire alla stampa, pur non essendosi allontanata molto dalla centrale, dove si erano insediati diversi giornalisti nella speranza di beccare qualcuno che entrando o uscendo potesse dare informazioni sul clamoroso caso di Lila Jensen. Ci sarebbero voluti mesi prima che il fervore si spegnesse.

Le campane a vento posizionate sopra la porta d'ingresso tintinnarono quando Gretchen entrò. Josie sorrise e le fece cenno di avvicinarsi. Gretchen si accomodò di fronte a lei e tirò fuori dalla giacca un fascicolo.

«L'hai trovato?» chiese Josie.

Gretchen spinse il fascicolo sul tavolo. «Sì, l'ho trovato. È tutto lì.»

Le dita di Josie sfiorarono il margine della cartella. «L'hai letto?»

«Sì.»

Josie fece cenno alla cameriera e Gretchen ordinò un caffè grande. Josie aveva già ordinato diversi pasticcini e spinse il piatto sul tavolino verso Gretchen, facendolo ruotare in modo che il dolce in crosta di noci pecan le finisse proprio sotto il naso. Gretchen lo guardò come se stesse studiando un avversario. «Siamo qui per parlare di madri deleterie» disse Josie. «Ne avrai bisogno.»

Gretchen rise e prese il pasticcino, dando un sostanzioso morso. Un pezzetto di noce le rimase sul labbro inferiore. «È meglio che ne prenda uno anche tu, perché quella di Lila Jensen è la madre di tutte le madri deleterie.»

Josie scelse una danese con crema al formaggio e la divorò in tre bocconi. Gretchen assaporò il suo pasticcino più lentamente, osservando Josie mentre masticava. «Hai già pianto?»

Josie scosse la testa. Si pulì le mani su un tovagliolo e sorseggiò il suo caffellatte.

«Ti verrà da piangere» disse Gretchen in tono pratico. «Voglio dire, fallo e basta. Devi scaricare un po' di pressione.»

Josie annuì.

«Hai incontrato i Payne?» le chiese poi.

«Sì, più o meno. Sono venuti in ospedale. Mia nonna ha proposto una cena. Tutti insieme. Secondo lei un'atmosfera festaiola sarebbe più facile per me.»

Josie era appena uscita dalla sala operatoria quando Shannon e Christian Payne, insieme al figlio Patrick, avevano fatto irruzione nella sua stanza. Shannon l'aveva presa tra le braccia, stringendola, piangendo e sussurrando cose che Josie non ricordava. Christian e Patrick erano rimasti in disparte: il ragazzo sembrava a disagio e impacciato, mentre il padre se ne stava in piedi, stoico, piangendo in silenzio. Due giorni dopo, Trinity si era presentata con un test del DNA inviato per posta e lei e Josie si erano sedute a gambe incrociate sul letto dell'ospedale, sputando dentro piccole fiale e ridendo come adolescenti.

Josie posò un palmo sulla cartella. «Mi dici cosa c'è scritto?»

«Certo.» disse Gretchen. Sorseggiò il caffè e poi intrecciò le mani sul bordo del tavolo. «Avevi ragione. L'indizio che Lila ti ha dato era un numero da detenuto. La madre di Lila Jensen sta scontando cinque ergastoli in un carcere di massima sicurezza.»

Josie sgranò gli occhi «Cinque ergastoli?»

«È schedata come Roe Hoyt, ma è solo il nome che le è stato dato dopo il ritrovamento.»

«Di cosa stai parlando?»

«Roe Hoyt viveva da sola in una baracca nei boschi della contea di Sullivan. Niente elettricità né acqua corrente. Il terreno era tecnicamente dello Stato, quindi non era di sua proprietà. Pensarono che la baracca fosse un vecchio rifugio dei guardiacaccia, un luogo in cui potevano fermarsi e ripararsi se si trovavano in quella zona. Per anni non ci era andato nessuno.»

Josie chiese: «Chi la trovò?»

«I cacciatori» disse Gretchen. «Li spaventò perché non parlava molto, se non a versi, tra cui la parola da cui ha preso il nome. Aveva un aspetto selvaggio, sporco e trasandato. Avrebbero potuto lasciarla in pace, se non fosse che aveva una bambina.»

Josie si sentì sprofondare. «Lila.»

Gretchen annuì. «I cacciatori dissero che dimostrava circa cinque anni. Correva per il bosco completamente nuda come un animale selvatico. Cercarono di portarla via, ma lei li aggredì. Anche Roe lo fece. Così tornarono in città e chiamarono le autorità. La polizia arrivò e le prese in custodia. Quando perquisirono la baracca, trovarono i resti di cinque neonati.»

«Cristo.» disse Josie.

«Lila venne data in affidamento. La sua prima madre affidataria la chiamò Lila e le diede il loro cognome, Jensen. Aveva un lieve ritardo mentale e molti problemi comportamentali. I Jensen non riuscivano a gestirla, così fu trasferita da una casa-famiglia all'altra. Questo non è nel fascicolo. L'ho saputo da Alona Ortiz. Lesse il fascicolo di affidamento di Lila prima che Malcolm Bowen lo distruggesse.»

«Te l'ha detto lei?»

«Il procuratore non è interessato a perseguire la Ortiz. Ha fatto un accordo: dirà tutto quello che sa e testimonierà contro Lila e Sophia. Tra l'altro, è stata lei ad aiutare Belinda la prima volta che è scappata dalla casa di Maggie Lane per partorire. Bowen la pagò per dare a Belinda un posto dove stare fino all'arrivo del bambino. Poi ha fatto in modo che Andrew entrasse nel sistema di affidamento e ha unto altre ruote per poterlo adottare. In ogni caso, tutto quello che si può immaginare di brutto in una casa-famiglia, è capitato a Lila Jensen.»

«Mio Dio.» disse Josie.

Cercò di immaginare Lila da piccola. Selvaggia, costretta in un mondo che non capiva e con persone di cui non poteva fidarsi. Aveva mai avuto una possibilità?

Gretchen indicò il fascicolo. «Puoi tenerlo. Un giorno sarai pronta ad aprirlo.»

Assaggiarono un altro pasticcino e la cameriera fece il rabbocco del caffè. Cambiando argomento, Gretchen chiese: «Tara ti ha parlato?»

«Sì. Ha revocato la sospensione e mi ha detto che posso tornare al mio posto di capo una volta terminato il congedo medico. Le ho detto di no.»

Gretchen si strozzò con la danese che aveva appena infilato in bocca. Tossì e sputò in un tovagliolo. «Cosa?»

«Non voglio fare il capo» disse Josie. «Non l'ho mai voluto. Tara mi rivuole ora solo per non fare brutta figura per avermi licenziata dopo che ho scoperto che tutta la mia vita è una bugia. Le ho detto di nominare un altro detective e io tornerò a fare quello che facevo prima che il capo Harris morisse.»

«Che cosa ha detto?»

«Non lo so» disse Josie. «Ho smesso di ascoltare dopo "ha una bella faccia tosta".»

Gretchen rise. «Si ricrederà.»

Gli odori di pasta al sugo e di pane all'aglio riempivano casa sua. Dal suo posto sul divano in soggiorno, poteva sentire il rumore dei piatti che tintinnavano e il rubinetto dell'acquaio che scorreva. Poteva sentire la madre di Ray e Misty che parlavano e ridevano, anche se non riusciva a capire cosa stessero dicendo. Harris dormiva profondamente appoggiato al suo petto, con la testa rivolta verso Lisette, che sedeva accanto a Josie sul lato del suo braccio ingessato, accarezzando i fini capelli biondi del bambino.

«Che profumino» commentò Lisette. «Mrs. Quinn ha detto che Misty ha fatto la pasta da sola. Pasta fatta in casa! Chi l'avrebbe mai detto che la spogliarellista sapesse cucinare?»

«Nonna!» la ammonì Josie.

Lisette rise, accarezzando con un dito artritico la guancia rosea di Harris. «Siete una strana coppia, voi due.»

«La sto solo aiutando» disse Josie. «Non è poi così male. Ho la possibilità di passare molto tempo con il piccolo Harris.»

Una ventata di aria fresca annunciò l'arrivo di Noah. Chiuse la porta d'ingresso dietro di sé e si guardò intorno, con gli occhi puntati su Josie. Sorrise. Tra le sue braccia c'era una grossa busta. «Ho preso tre tipi di vino diversi» disse dall'ingresso. «Non ero sicuro di quale si abbinasse meglio "all'incontro con la figlia perduta da tempo e che credevi morta da trent'anni".»

«La risposta è tutto quanto.» disse Josie.

Noah rise e si diresse in cucina. Lisette diede una gomitata a Josie, con occhi scintillanti. «Anche tu passerai molto tempo con quel bel ragazzo, vero?»

«Rallenta, nonna, siamo ancora colleghi di lavoro.»

«E allora? Non sei più di rango superiore a lui, giusto? Tu e Ray eravate sposati e lavoravate entrambi per la Polizia di Denton. Non è una situazione impossibile.»

«Non ora, nonna.» disse Josie, ma non riuscì a togliersi il sorriso dalla faccia. Harris si agitò e Lisette lo sollevò dal petto di Josie, cullandolo tra le braccia. Josie si alzò e sbirciò oltre le finestre.

«Non essere nervosa.» disse Lisette.

Josie si voltò verso la finestra. Non essere nervosa non era un'opzione. Non era possibile. Non esistevano guide o istruzioni per questo scenario. Non sapeva se passare più tempo con i suoi consanguinei la eccitasse o la terrorizzasse: un po' entrambe le cose, in realtà.

Josie si sedette di nuovo accanto a Lisette. «Nonna, sei favorevole a questa cosa? Davvero? Non sono obbligata a farlo.»

Lisette sollevò un sopracciglio. «Sciocchezze. Non puoi più stare lontana dalla tua famiglia.»

«Ma tu...»

Lisette strinse il ginocchio di Josie. «Sarò sempre tua nonna. Apparterrai sempre a me. Ma ora sarai anche loro, e va bene così. Anzi, sono felice che tu l'abbia scoperto.»

«Sei felice?»

Lisette annuì. «Non sto ringiovanendo, tesoro.»

«Nonna!»

«Un giorno me ne andrò. E arriverà presto. Mi sento in pace sapendo che ci sono persone che si prenderanno cura di te.»

Josie appoggiò la testa sulla spalla di Lisette. «Grazie, nonna.» Un attimo dopo suonò il campanello. Josie saltò in piedi e andò nell'atrio. Si voltò verso la cucina. Noah, Misty e la madre di Ray stavano sulla porta e le rivolgevano sorrisi di incoraggiamento.

Josie fece un respiro profondo e aprì la porta.

UNA LETTERA DA LISA REGAN

Un grazie sincero per aver scelto di leggere *La sua tomba nascosta*. Se vi è piaciuto e volete rimanere aggiornati sulle mie ultime uscite, iscrivetevi al seguente link. Il vostro indirizzo e-mail non sarà mai condiviso e potrete rimuovere l'account in qualsiasi momento.

italia.bookouture.com/subscribe/

Grazie mille per essere tornati nella città immaginaria di Denton, in Pennsylvania, per seguire Josie Quinn nella sua ultima avventura! Spero che continuerete a seguirla quando tornerà a ricoprire il suo ruolo di detective e si occuperà di altri casi emozionanti.

Apprezzo molto il parere dei lettori. Potete mettervi in contatto con me attraverso i social media qui sotto, compreso il mio sito web e la mia pagina Goodreads. Inoltre, se volete, vi sarei molto grata se lasciaste una recensione e magari consigliaste *La sua tomba nascosta* ad altri lettori. Recensioni e passaparola contribuiscono molto ad aiutare nuovi lettori a scoprire i miei libri. Come sempre, un sentito ringraziamento per il vostro sostegno. Significa molto per me. Non vedo l'ora di sentirvi e... arrivederci alla prossima volta!

Grazie,

Lisa Regan

RIMANI IN CONTATTO CON LISA REGAN

www.lisaregan.com

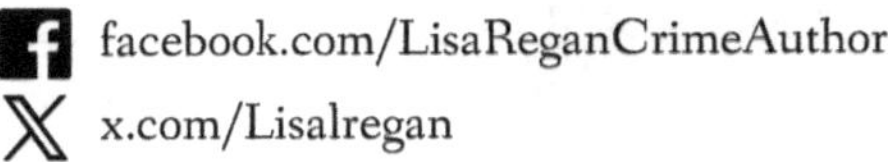
facebook.com/LisaReganCrimeAuthor
x.com/LisaIregan

RINGRAZIAMENTI

Come sempre, prima di tutto voglio ringraziare i miei fantastici lettori e fedeli fan! Grazie di cuore per il vostro entusiasmo e la vostra passione e per avermi accompagnata in questo meraviglioso viaggio. Grazie a mio marito, Fred, e a mia figlia, Morgan, per l'infinita pazienza e l'incessante incoraggiamento. Grazie alle mie prime lettrici Nancy S. Thompson, Dana Mason e Katie Mettner, che sono tra le migliori amiche di scrittura che un'autrice possa desiderare! Grazie alla mia famiglia – William Regan, Donna House, Rusty House, Joyce Regan e Julie House – per il loro costante sostegno. Grazie ai «soliti noti» - le persone della mia vita che mi sostengono e mi incoraggiano, diffondono i miei libri e mi fanno sempre andare avanti: Carrie Butler, Ava McKittrick, Melissia McKittrick, Torese Hummel, Christine e Kevin Brock, Laura Aiello, Helen Conlen, Jean e Dennis Regan, Marilyn House, Tracy Dauphin, Michael Infinito Jr., Jeff O'Handley, Susan Sole, la famiglia Funk, la famiglia Tralies, la famiglia Conlen, la famiglia Regan, la famiglia House, i McDowell e i Kays. Grazie a Lilly Billarrial per la battuta sui santarellini. Grazie alle adorabili persone del Table 25 per avermi incluso, incoraggiato e insegnato. Sapete a chi mi riferisco. Vorrei anche ringraziare tutti i blogger e recensori che hanno letto i primi due libri su Josie Quinn, dando una possibilità al mio lavoro e spargendo la voce!

Grazie di cuore al sergente Jason Jay per aver risposto a tutte le mie domande sulle forze dell'ordine in modo così rapido e dettagliato da permettermi di rendere un'opera di finzione quanto più autentica possibile.

Come sempre, devo ringraziare Jessie Botterill per la sua continua brillantezza, pazienza e fiducia in me, così come l'intero team di Bookouture. Siete dei veri taumaturghi e mi sento davvero benedetta e grata di poter lavorare con voi.